Weihnachten 2020 / Vater /

Brita Steinwendtner

Gesicht im blinden Spiegel

Roman

OTTO MÜLLER VERLAG

Für W.

Die Drucklegung dieses Buches
wurde gefördert durch die Kulturabteilungen
von Stadt und Land Salzburg.

STADT : SALZBURG   LAND SALZBURG

www.omvs.at

ISBN 978-3-7013-1279-5

Satz: Media Design: Rizner.at
Druck und Bindung: EuroPB, Příbram, CZ
Umschlaggestaltung: Leo Fellinger

Denn was ist, ist niemals alles.

Christoph Ransmayr

PRÉLUDE EINS

Im Rausch von Trommeln und Trompeten, von Zimbeln, Geigen und Posaunen, von Klarinetten und Kalimba, zieht eine Karawane von Menschen in das Bild. Sie kommt und entschwindet und kommt wieder. Auf gebrochener Leinwand gebrochene Menschen. Oder lachen manche, sind auch glückliche dabei? More Sweetly Play the Dance. William Kentridges Apokalypse der Wiederkehr im Museum der Moderne. Eine Gestalt taucht am rechten Bildrand auf, sie ist in ein langes, weites Gewand gehüllt, der Mann tanzt in wilden Drehungen gegen den Strom, gegen die Erwartung, tanzt und wirbelt über die Bildfläche und verschwindet als Ahnung dessen, was bevorsteht. Die Musik ist Ebbe und Flut und wilder Atem und die Menschen kommen abermals in das Leben oder die Illusion eines Lebens oder in den Tod, more sweetly play the dance, sie gehen, tanzen, stolpern, werden geschlagen und aufgerufen, geführt und verführt, kommen in Gruppen und allein, tragen sich, ein Geschick, eine Schuld, eine Freude. Dann verschwinden sie am rechten Bildrand. Ich warte atemlos, höre die Stille, stehe nicht auf und gehe nicht weg, denn schon kommen sie wieder von links in das Bild, im Taumel der Musik, gefügig und mutig ziehen sie über die gestaffelte Leinwand. Dem Zug der Menschen geht einer voran, immer gleichen langsamen Schritts. Auf ihn warte ich. In seiner Linken hält er einen Stapel von Zetteln, mit der Rechten wirft er den jeweils obersten in einer formvollendeten Bewegung, wie in

Zeitlupe, über seine Schulter. Langsam fortschreitend, wirft er unbeirrt in schönem Bogen ein Blatt nach dem anderen hinter sich. Die Blätter taumeln zu Boden und die Nachkommenden gehen über sie hinweg, treten sie in den Staub, gehen achtlos in die Zukunft.

Ich schaue dem Geschehen zu. Dann gehe ich in das Bild, knie nieder, hebe einen Schwung von Blättern auf und gehe damit fort, um vom Schicksal dieses einen einzigen Menschen zu berichten, das darauf verzeichnet ist. Ihn, diesen Einen, zu retten vor dem Vergessen.

KÖNIGGRÄTZ

I

Kalter Regen fällt auf die Felder nieder.
Sie stehen hoch und reif.
Die Ähren schwer vom Nass, biegsam bergab.
Regengetränkt die Erde.
Matschig die Fuhrstraßen, lehmig die Hohlwege.
Nebelbahnen ziehen her und hin.
Grauer Himmel hockt auf den Hügelkuppen.
Saatkrähen fliegen über die Dörfer.
Die Menschen versperren ihre Häuser.
Sie warten.
Unheil liegt in der Luft.

Wie schön ist das Land in der Sonne gewesen.

Sommerlich noch vor wenigen Tagen und friedlich vor wenigen Wochen. Dem Reifen hingegeben. Die Kornfelder wuchsen in ihr Gelb, der Hafer zitterte im leichten Wind, die Wiesen standen gut für fette Rinderweiden. Sanfte Hügel einer Urlandschaft, von Gletschern geschliffen, fruchtbar und wasserreich, in der Ebene zieht die Elbe westwärts den fernen Häfen zu, dem Meer. Es war ein Wispern und Rascheln, Summen und Zwitschern gewesen, Käfer und Insekten, Schmetterlinge und Vögel nützten die Stunde. Die Sonne eines heißen Juni kam früh und ging spät. An den Wegrändern blühten Kamille,

Kornraden und weiße Schafgarben. Die Menschen taten ihr Tagewerk, bereiteten die Ernte vor, schmiedeten das Werkzeug, gingen zur Messe am Sonntag. Kaufleute zogen auf den Hauptstraßen von Ost nach West und von Nord nach Süd und weithin. Der Klang der Mittagsglocken flog über die Hügel, die mit lichten Wäldchen bestanden waren. Wenn die Sonne sank und Kühle aufstieg, ging ein leises Rauschen durch Fichten und Buchen. Lindenblüten fielen sacht zu Boden.

„Böhmisches Paradies" nennen die Menschen diesen Flecken Erde.

Aber jetzt ist Aufruhr im Land.

Lärm und Räderrollen, Kommando, Schrei und Befehl. Seit Wochen unübersehbare Militärkolonnen, Mann und Munition, Geschütze, Kanonen, Feldküchen, Lazarette. Reiterschwadronen querfeldein, Marschschritt in den friedlichen Dörfern. Einquartierung von Soldaten, Errichtung von Lagern auf fruchtbaren Äckern, zertrampelter Grund. In das Umland der Elbe wälzen sich gewaltige Armeen Richtung Königgrätz: Vom Süden her kommen die Österreicher aus Brünn, Olmütz und Pardubitz. Vom Nordwesten und Norden, von Reichenberg, Höhenwasser und Trautenau her rückt die gegnerische Heeresmacht vor.

Aufmarsch zur großen Schlacht.

Um Land und Bodenschätze? In den Annalen steht geschrieben: Jetzt, 1866, geht es um den Ausschluss

Habsburgs und des österreichischen Kaisers aus dem Deutschen Bund. Um Machtgewinn für das aufstrebende Preußen.

Es ist Krieg.

Die, die ihn befehlen, wissen immer, worum es geht.

Jene, die für ihn sterben, selten.

Dies hier ist ein Bruderkrieg.

Sind sie nicht kurz zuvor noch Waffenbrüder gewesen, Preußen und Österreich gemeinsam gegen Dänemark um Schleswig und Holstein? Und werden sie nicht bald darauf den Zweibund zur Freundschaft und gegen zukünftige Feinde schließen und dies wiederum nur wenige Jahre später für einen Krieg nützen, der zum Weltenbrand werden wird?

Warum dazwischen dieser Krieg?

's ist Krieg! 's ist Krieg! O Gottes Engel wehre
Und rede Du darein!
's ist leider Krieg – und ich begehre
Nicht schuld daran zu sein!

2. Juli 1866.

Kalter Regen fällt auf die Felder nieder.

Fällt von den Bäumen auf die Zelte eines Feldlagers.

Es liegt am Fuß des Hügels von Chlum.

Johannes Czermak wartet.

Geduldig poliert er sein Signalhorn.

Obwohl es blank ist wie eine Monstranz.

Er hat Angst.

Zwei seiner Freunde sind mit ihm gekommen.
Kaum sechzehn Jahre alle drei.
Viel zu jung für den Krieg.
Johannes, Bohumil und Ferdinand.
Sie glaubten dem Plunder der Parolen.
Die Mädchen werden Kränze flechten.
Eitles Herz, berauscht von sich.
Vom Gerassel einer angeblich großen Zeit.
Sie wussten nicht, was das ist: eine Schlacht.

Johannes hat sich an den Rand des Lagers zurückgezogen. Zwischen drei Bäumen ist eine Plane gespannt, hier ist er geschützt. Er redet sich ein, dass er voll Vorfreude ist, begierig, in die Schlacht zu gehen und für Kaiser und Vaterland zu sterben. „Seinen Mann stellen", auch das hat er oft gehört. Stirbt man leichter und leichtsinniger, wenn man jung ist? Warum kommt ihm jetzt Agáta in den Sinn, die zarte Geigenspielerin aus der Musikschule von Neustadt an der Mettau? Agáta, die ihn Jan oder Johánek nennt, eine weiche Melodie in ihrem Sprechen hat und ihm die Haut zum Brennen bringt? Er verdrängt ihr Bild und kommt wieder auf Tapferkeit und Mut und Ehre. So heißt es doch, so steht es in den Zeitungen und auf den Anschlägen an Rathäusern und Kirchen. So wird geredet überall und die Faust gereckt und Hurra gerufen. Was jedes einzelne Wort bedeutet, darüber denkt er nicht nach, die Worte sind groß und hehr und Rattenfänger.

Die drei Freiwilligen-Freunde wurden rekrutiert. Da die Zeit für die Befähigung zur Waffe kaum reichte, sie alle drei jedoch gute Musiker waren, wurden sie zunächst als Heeresmusiker angenommen: Johannes als Trompeter, Bohumil und Ferdinand als Trommler. Ein rudimentäres Trompetencorps für die Infanterie. Gegebenenfalls könnten sie in eine größere Formation eingegliedert werden, denn wichtig ist Musik im Kampf, aufputschend immer voran, tatámtatara, zum freudigen Angriff! Da lagen sie nun, in einer der zahllosen Einheiten der habsburgischen Armee am Fuße des Hügels von Chlum.

Nahe von Königgrätz.

Am Rand des Böhmischen Paradieses.

Johannes war der, der den Ton angab. Er war wendig in Körper und Kopf. Groß gewachsen und zäh. Sein Haar trug er immer länger als seine Kameraden, strich es zurück, wenn er träumte, ließ es über die Augen fallen, wenn er wütend war. Manche fanden, er wäre ein wenig wankelmütig. Schnell, vielleicht zu schnell begeistert, schnell entmutigt. Er lernte leicht, sprach sprudelnd, liebte jedoch mehr, was er verschwieg.

Vor allem liebte er das Trompetenspiel.

Das Strahlende an ihm, Engel mit den Posaunen.

Liebte das Laute und Wilde.

Es riss den Himmel auf.

Gold und Messing und Jubel.

Trompete war Überschwang und Schmetterei.
Schmeichelei in den leiseren Tönen.
Er war noch so jung.

Mühelos hatte Johannes die Klappentrompete erlernt und jüngst die vor kurzem erfundene Ventiltrompete, die noch etliche Gegner unter den Musikern hatte. Aber in Neustadt hatte er Herrn Procháska als ersten Lehrer gehabt und jetzt in Braunau den Kapellmeister Sorokin, der aus Czernowitz stammte und über ein reiches Musikrepertoire verfügte, beide hervorragende, aufgeschlossene Lehrer. Und das Signalhorn für die Schlacht war sowieso ein Leichtes. Die Töne flogen ihm voraus, es war, als ob er ihnen folgen und ohne Mühe zu den Wolken aufsteigen könnte.

Johannes entstammte einer gemischten deutschböhmisch-tschechischen Familie aus Neustadt an der Mettau/Nové Město nad Metují, Bohumil war Tscheche aus Pardubitz/Pardubice und Ferdinand war der Sohn von assimilierten jüdischen Eltern aus Wien. Sie gingen zusammen in das Gymnasium des Benediktinerklosters von Braunau an der böhmisch-schlesischen Grenze und durften bereits groß aufspielen mit Orchester und Orgel zur Feier des Heiligen Benedikt oder mit der Blasmusik an der Spitze eines Festzuges anlässlich der vielen Stadtfeste. Sie genossen den Jubel und fühlten sich wichtig.

Die blühende Stadt Braunau, tschechisch Broumov, liegt auf einer flussreichen Hochebene zwischen den

Ausläufern des Falken- und Eulengebirges sowie in einem spannungsreichen Grenz- und Mischgebiet. Nur einen Steinwurf von der damaligen schlesisch-preußisch-polnischen Grenze entfernt, war seine Lage immer schon ideal für lebhaften Handel und gute Verkehrswege. Viele Sprachen waren auf dem ausladenden Marktplatz zu hören, Deutsch, Polnisch, Jiddisch, Ruthenisch und Tschechisch, das im größeren Raum von Böhmens Nordosten vorherrschend war. Das habsburgische Kaiserreich stand über allem, über Stadt, Kloster und rechtschaffenem Gedeihen, und verstand sich als Schirmherr gegenseitiger Toleranz. Die Wirklichkeit hat andere Draperien und drängt auf handfeste Lösungen.

Sonntagnachmittag im Kaffeehaus. Die Stunde, die die Freunde zur freien Verfügung hatten. Hier wurde Schach und Billard gespielt und unterschiedliche Zeitungen lagen auf: Die *Neue Freie Presse* und das *Fremden Blatt* aus Wien, die *Prager Zeitung* und die *Schlesische Zeitung* aus dem preußisch regierten Breslau. Sie fühlten sich sehr erwachsen, zündeten sich eine Zigarette an und schlugen ein Bein über das andere. Inmitten von Qualm, zitternden Staubpartikeln und der Geräuschkulisse leisen Gesprächs lasen sie von Aufrüstung und Abrüstung und von neuerlicher, sogar verstärkter „geheimer" Rüstung. Sie verfolgten die gegenseitigen Vorwürfe, Bezichtigungen und Beschuldigungen, die Lügen und die Prahlereien. Lasen von Wahrheit und Gerechtigkeit und immer war Gott im Krieg dabei, mit Überzeugung auf jeder Seite. Im Gymnasium der Benediktiner war es klar, auf welcher Seite Gott stehen würde, auf der österreichischen selbstverständlich, auf der katholischen. Die meisten Patres predigten den Angriff auf die preußischen Protestanten.

Nur einer, ein Mann mittleren Alters namens Korbinian, der neu in das Kloster gekommen und offensichtlich kein Ordensmitglied war, fand einen anderen Zugang. Johannes fühlte sich spontan zu ihm hingezogen. Korbinian lehrte Poesie, Grammatik und Geschichte, aber sein Unterricht unterschied sich vom übrigen. Am Ende einer Stunde forderte er seine Zöglinge auf, nachzudenken. Zum Beispiel über jene Stelle aus Homers *Ilias*, der zufolge Achill den besiegten Hektor von schnellen Rossen um das Grab seines Freundes Patroklos schleifen lässt, zwölf Tage lang. Oder sich in einen Soldaten zu versetzen, der beobachtet, wie sein Feldherr Napoleon mit der Leibgarde sicher über die Beresina setzt, während Abertausende in panischer Flucht vor den russischen Verfolgern niedergemetzelt und auf den übrigen einstürzenden Brücken zertrampelt werden, im eiskalten Fluss ertrinken und auf den Bergen ihrer angeschwemmten Leichen neue Brücken errichtet werden.

Johannes, Bohumil und Ferdinand hatten wenig Lust, darüber nachzudenken. Das eine Beispiel war Mythos, das andere gemildert durch die Tatsache, dass Napoleon von gerechter Strafe ereilt, schließlich besiegt und auf St. Helena verbannt wurde. Außerdem lagen die Begebenheiten so weit zurück, was sollte sie das angehen, sie, die gerade sechzehn waren und alles, was sich vor ihrer Geburt ereignet hatte, als Kehricht ansahen.

Die Wirklichkeit ist offen und elastisch, hatte Pater Korbinian gesagt. Sie heißt alles willkommen – die Tatsachen, die es gibt, wie Granit und Granatäpfel, und jene, die sie schafft durch bravouröse Rhetorik, wie Krieg und Frieden. Aber da waren die drei schon beim Trommeln und Trompeten.

Als die Kunde vom nahenden Krieg kam, wurde das Konvikt geschlossen und die Schüler wurden nachhause geschickt. Auf der Postkutschenreise redeten sie sich in Euphorie. Weg von Kloster und Gott, weg von daheim, den Maßregelungen und dem Alltäglich-Langweiligen. Hin zu Abenteuer, Dreinhauen und Nichts-gefallen-Lassen. Vom Feind. Die Preußen wären sich zwar ihrer Überlegenheit durch straffe Disziplin und das hochmoderne Zündnadelgewehr gewiss, was sollte dieser Schlagbolzen jedoch ausrichten gegen „eine Million auserlesener Soldaten“ der Österreicher? Eine Viertelmillion sei schon auf dem Weg, Soldaten aus Böhmen, Mähren und Wolhynien, aus Galizien und Lodomerien, Ungarn, Österreich und Illyrien, Kroatien, Dalmatien und Slawonien… Und im Kopf gingen die Reden von Hass und Hetze im Kreis. Also nieder mit dem Feind!

Sie debattierten mit brennendem Herzen und wenig Verstand. Redeten sich in einen heißen Wirbel im Getrappel der Pferde, und Habsburg wurde immer besser und Preußen immer schlechter, der Kaiser in Wien ein sorgender Vater für seine Völker, der preußische König und sein Ratgeber Otto von Bismarck hingegen Vertreter von „Blut und Eisen", Habsburg wurde zur Schirmmacht und Preußen zum Aggressor, und das, nein, das wollten sie denn doch nicht dulden, die drei in der Postkutsche, so weit waren sie gekommen, als sie durch die dichten Wälder des Falkengebirges hinunter nach Hronov und durch Nachod fuhren. Und als bald danach Neustadt an der lieblichen Mettau vor ihnen lag, wo Johannes zuhause war, war der Entschluss gefasst: Dass sie für Kaiser und Vaterland kämpfen würden auf Biegen und Brechen. In den Krieg!

Was sollt ich machen, wenn im Schlaf mit Grämen
Und blutig, bleich und blaß
Die Geister der Erschlagnen zu mir kämen,
Und vor mir weinten, was?

Wenn wackre Männer, die sich Ehre suchten,
Verstümmelt und halb tot
Im Staub sich vor mir wälzten und mir fluchten
In ihrer Todesnot?

*

2. Juli abends.

Kalter Regen fällt auf die Soldaten nieder. Johannes lehnt an einem Baumstamm am Rand des Infanterie-Feldlagers Nr. … Die genaue Bezeichnung hat er sich nicht gemerkt. Die eilige Verlegung gab ihm keine Möglichkeit mehr, seinen Eltern Ort und Abteilung zu schreiben. Erst seit kurzem weiß er, dass der Ort hier *Chlum* heißt. Das Dorf liegt auf der Kuppe eines bei Schönwetter weithin sichtbaren Hügels und besteht nur aus einer Handvoll Häusern, umgeben von Feldern und Wiesen von großer Fruchtbarkeit. Vom Tal der Elbe aus gesehen ruht es wie eine Verheißung unter dem Blau des Himmels und den Sternen der Nacht.

Aber es war Krieg. Chlum wurde zum strategischen Orientierungspunkt für die Heerführer beider Lager. Auf österreichischer Seite war es Feldzeugmeister Ludwig August Ritter von Benedek, Preußens Heerscharen wurden angeführt von König Wilhelm I. und seinem Generalstabschef, Helmuth von Moltke. Die tragische Geschichte Benedeks wird in zahlreichen Berichten und Büchern beschrieben werden und Johannes wird sie Jahre später lesen – aber morgen schon, bereits am Abend nach der Schlacht, wird Benedek als zögerlich bis unfähig beurteilt werden, Moltke als genial.

Düster die Wolken, regenverhangen der anbrechende Abend.

Im Lager Unruhe, Hektik, Kommandos. Vereinzelt ein Streit. Das Klirren von Gläsern aus einem Zelt, Singen. Artillerie wird in Stellung gebracht. Munition aufgefüllt. Granaten und Schrapnells in Kisten dorthin und dahin getragen. Säbel werden in die Scheide gesteckt. Bajonette auf den Vorderladergewehren geschärft. Pferde gefüttert und gestriegelt. Sättel aufgebockt. Offiziere abseits im Gespräch. Ordonanzen eiligen Schritts. Ein Reiter kommt im Galopp aus Richtung Josephstadt an der oberen Elbe, wo Benedek sein Hauptquartier aufgeschlagen hat.

Johannes spielt leise auf seiner Trompete.

Er spielt eine Fuge von Bach.

Bohumil und Ferdinand kommen angerannt.

Rufen: Morgen!

Morgen geht es los!

Wenn tausend, tausend Väter, Mütter, Bräute,
So glücklich vor dem Krieg,
Nun alle elend, nun alle arme Leute,
Wehklagten über mich?

3. Juli 1866.

Der Schlaf kam als Gaukler in dieser Nacht. Ließ schlafen und erwachen und aufschrecken und Johannes trieb es in dieses Morgen und zurück ins Gestern. Und fragte und zweifelte und war zerzankt mit sich. Flugsand von Erinnerungen. An die Mutter, die sich abwandte, als er ging, an die zornige Geste des Vaters, des Tischlermeisters Quirin Czermak, der sich an die Stirn schlug und in einem ausholenden Bogen die Hand resigniert sinken ließ, an Cäcilia, die Schwester, die am Fenster stand und die Hände über der Brust kreuzte. Aber waren nicht die beiden älteren Brüder, Franz und Karl, längst in der Armee? Sie mussten ja, als die Mobilmachung ausgerufen wurde. Karl, der sich Karel nannte, wollte zwar nicht gehen, aber Franz ging pflichtbewusst. Im Halbschlaf wurde Johannes von groben Männern fortgezerrt, er riss sich los im Traum und flüchtete in die Tischlerwerkstatt des Vaters, roch den Leim, hörte das Hämmern und Nageln, draußen war Winter, der Platz mit den Arkaden war zugeschneit, es war sein Marktplatz, sein Städtchen, in dem er geboren war und das er in sich trug als glückliche Selbstverständlichkeit: Neustadt an der Mettau. Ein Kleinod sei es, hörte er seit seiner Kindheit sagen, ein Renaissance-Juwel, auf eine steil abfallende Tonschieferrippe gebaut, an drei Seiten von der Mettau umflossen, alte Bürgerhäuser, ein Schloss und eine Kirche in der Diagonale des Stadtplatzes, in dessen Mitte eine Dreifaltigkeits- und eine Mariensäule zum Schutz aller Menschen, die hier lebten. Die Tschechen nennen das Städtchen Nové Město nad Metují und ihn, Johannes, nennen sie von klein auf Jan und beides war ihm recht,

– und als der Morgenappell durch den Regen hindurch die Zeltgassen entlangtönt, war er im Traum doch gerade Schlittschuhlaufen auf der zugefrorenen Mettau, es krachte, das Eis barst,

– und zum zweiten Mal wird zur Tagwache geblasen, lauter diesmal, drängender, auftaumelnd stößt Johannes mit Bohumil zusammen, der ihn an den Schultern rüttelt, alle drei springen in die Montur, nehmen ihre Instrumente, Trommel und Signalhorn, das lauter ist, auch ordinärer als die schlanke Trompete, gut für das Aufpeitschen der Soldaten, um sie voranzujagen und ihnen die Angst vor dem Tod und dem Töten zu nehmen. Gewehre mit aufgepflanzten Bajonetten hängen um ihre Schultern, denn auch die Musikanten müssen zur Waffe greifen, wenn das Mutmachen zu Ende und der Schlachtenruf zum dritten oder vierten Mal verklungen sein wird,

– Johannes, Bohumil und Ferdinand spielen sich in einen Rausch, tatütatü-tatámtatara, sie stürmen mit der ganzen Kompanie den schlammigen Acker des Hügels von Chlum hinauf, wie durch ein Wunder überleben sie den mörderischen Kugelhagel der preußischen Zündnadelgewehre, die vier-, fünfmal schneller nachladen und schießen können als die hoffnungslos veralteten Vorderlader der österreichischen Truppen, sie stürmen im Schein des brennenden Kirchturms, dichter Nebel und der Gestank verbrannten Pulvers liegen über dem Schlachtenlärm, sie werden zurückgeworfen, greifen wieder an, Dröhnen der Kanonen, Splittern von Granaten, ein verirrtes Schrapnell, das vorzeitig in der Luft explodiert, prasselt wie Hagel auf die Erde nieder. Eine Rast ist ihnen vergönnt bis Nachschub kommt, endlich Verstärkung.

Bei einem Schluck kalten Tees hält Johannes inne und sieht, welch farbenprächtiges Bild die unterschiedlichen Regimenter bieten, die sich in der Ebene von Königgrätz in Formation bewegen, Infanterie, Kavallerie und Landwehr: Eine Symphonie in Weiß, Dunkelblau und Mittelblau, Kragen und Manschetten mit Gold, Rot oder Orange verziert, Messingknöpfe und Verschnürungen blitzen auf, Braun und Grau manche Waffenröcke, krapprot die Hosen der Husaren, leuchtend die Federbüsche, Tschakos und Kappen, ruhmreich ausstaffiert zum Sieg, eine hellfröhliche Buntheit alten Standesbewusstseins und gehegter Traditionen, und es scheint ihm, dass es –,

– dass es eine festliche Friedensparade wäre.

Und sie heimgehen könnten.

Nachhause.

Hügelauf sind die Hänge und Hohlwege jedoch übersät mit Toten, Verwundeten und Sterbenden, ihr Schrei schießt in Ohr und Hirn, die Stabs-Damianner hetzen im Ritt über die Felder, um die Verwundeten aufzuspüren, viel zu wenige können von den Sanitätern fortgeschafft werden, Blessierten- und Bandagenträger rufen sich Unverständliches zu, die Verbandsplätze sind überfüllt, die Feldspitäler am Rand ebenso.

Noch ein letzter Angriff, schallt der Befehl durch die Reihen!

Für Kaiser und Vaterland und Sieg!

Wer Chlum erobert, gewinnt die Schlacht!

Von Euch hängt es ab, Soldaten, von Euch!

Stürmt, schießt, kämpft bis zum Letzten!

Und Johannes, Bohumil und Ferdinand marschieren wieder mannhaft in das mörderische Feuer, tatütatütatüüüü-tatámtatara, nur zu, damit es vorbei ist, endlich zu Ende, Kartätschen und Vierpfünder nehmen sie unter Beschuss, Äste, Steine und Splitter fliegen durch die Luft, die Ruthenen zur Linken versuchen zu fliehen, auf der rechten Seite hören sie von der Ebene herauf die Kapelle der Hoch- und Deutschmeister die Hymne „Gott erhalte, Gott beschütze/Unsern Kaiser, unser Land“ spielen, und lauter blasen und trommeln die Drei, tatütatütatámtatara, Inferno von Kugeln, Schrapnells und Granaten, der Fahnenträger stürzt, es stürzen die Vielen rundum, jeder schießt und sticht um sich, so viel er kann –

Rausch des Krieges

Irrwitz des Tötens – – – –

Wenn Hunger, böse Seuch und ihre Nöten
Freund, Freund und Feind ins Grab
Versammleten, und mir zu Ehren krähten
Von einer Leich herab?

Was hülf mir Kron und Land und Gold und Ehre?
Die könnten mich nicht freun!
's ist leider Krieg – und ich begehre
Nicht schuld daran zu sein!

*

4. Juli, früh am Morgen.

Ein Mann im langen schwarzen Gewand geht langsam über den Höhenrücken von Chlum. Der Regen hat aufgehört, der Nebel sich gelichtet. Das Dorf ist zerstört, der Kirchturm ein Trümmerhaufen, aus dem immer noch Rauch aufsteigt. Die wenigen Häuser sind bis auf die Grundmauern zerschossen, verwüstet die Bauerngärten. Auf den Dorfwegen, Feldern und Wiesen liegen die Leichen. Das Wäldchen ist zerfurcht von Schützengräben, sie sind voll Blut. Und dunkelrot sind die Hohlwege, die zu ihm hinaufführen, keine Erde mehr zu sehen, kein Lehm, kein Gras. „Hohlweg der Toten" wird in den Büchern stehen. Die Bäume sind kahl vom Beschuss der Artillerie, schwarz stehen sie da im Grauen des Morgens. Die letzten Fackeln der Patrouillen, die nach Überlebenden suchten, sind verlöscht. Die Leichenplünderer sind weg.

Der Mann im langen Habit geht über das Schlachtfeld.

Stunde um Stunde.

Mittag ist vorüber.

Der König von Preußen, Wilhelm I., kommt mit seiner Entourage das hügelige Schlachtfeld heraufgeritten. Am späten Abend zuvor hat er seiner Gemahlin nach Berlin noch ein Telegramm geschickt: „Vollständiger Sieg über die österreichische Armee … Ich preise Gott für seine Gnade; wir sind alle wohl." In der hereinbrechenden Dunkelheit war rings der Feuerschein der brennenden Dörfer zu sehen und aus einem der Lager war ferne Musik zu hören gewesen, Märsche vergangener Siege, der *Dessauermarsch*, der *Hohenfriedbergermarsch* … Und als der Zapfenstreich erklungen wäre, so wurde berichtet, hätte sich der feierliche Choral „Nun danket alle Gott" von Bataillon zu Bataillon fortgepflanzt über die nächtliche Ebene.

„Ein bisschen viel Gott", wird Karl, Johannes' mittlerer Bruder, der Karel genannt werden will, später zu seinem Vater sagen. „Und praktisch ist es auch: Man bedankt sich für eine Gnade, die einem geschenkt worden ist, somit ist das, was man getan hat, richtig und gottgefällig und somit müssen sich Kaiser-König-General nicht schuldig fühlen. Bravo!"

Der Mann im langen, weiten Gewand geht über das Schlachtfeld.

Langsam, konzentriert und suchend.

Der König von Preußen erweist auf der Höhe von Chlum zwei hier gefallenen Kommandeuren die letzte Ehre. Die Trompeter blasen einen Trauermarsch. Sonst liegt Totenstille über den Wäldern, niedergebrannten Dörfern und dem zertrampelten Korn.

Die Pontonbrücken über die Elbe sind zerstört.

Der Sieger hat das Vorrecht, einer Schlacht den Namen für immer zu geben. Viele Dörfer im Umkreis hätten diesen zweifelhaften Ruhm verdient: Sadowa, Lipa oder Rosberitz, Langenhof, Problus oder sogar ein Wald, der zur Gruft für Tausende wurde, der Swibwald. Am meisten wohl Chlum, wo die erbittertsten und verlustreichsten Kämpfe stattgefunden hatten. Eine „Schlacht von Chlum" jedoch hätte keinen Klang gehabt, kein Ansehen für die Nachwelt. In ungefähr zwölf Kilometern Entfernung liegt eine fürstliche, eine blühende, stolze Stadt: Königgrätz. Und der König nannte das blutige Geschehen vom 3. Juli des Jahres 1866:

„Die Schlacht von Königgrätz"

In den Geschichtsbüchern wird später zu lesen sein, dass die Schlacht von Königgrätz die größte Schlacht des 19. Jahrhunderts auf böhmischem Boden war. Zwischen 350 000 und 400 000 Mann wären sich gegenübergestanden. Man wird die Zahl der Toten, Verwundeten, Vermissten und Gefangenen auflisten, sogar die Anzahl der toten Pferde und verlorenen oder gewonnenen Geschütze. Wer jedoch hat die toten und verwundeten Männer, Frauen und Kinder in den Dörfern gezählt? Wer berichtete vom Elend der Überlebenden, deren Häuser und Scheunen verbrannt und deren Ernte, Werkstätten und Lebensgrundlagen vernichtet waren? Wer kann sagen, wessen ganzes Leben zerstört wurde, das Leben selbst, wenn über die Jahre hin in der Erinnerung nur der Krieg bleibt?

Vorboten nur des Kommenden.

Vorhölle – –

Noch ist der Tag des 4. Juli 1866 nicht zu Ende.

Von Johannes ist nichts zu berichten.

Auch nicht von Bohumil und Ferdinand.

Sie sind verschollen.

Auf dem Hügel von Chlum sucht der Mann im langen Habit nach Überlebenden.

Benedeks geschlagene Restarmee zieht inzwischen in Eilmärschen Richtung Südwesten mit dem Ziel Olmütz, wo man auf Verstärkung aus Wien hofft. Durch die heldenmütige Reiterschlacht bei Stresetitz-Langenhof und den langen, erbitterten Kampf um den Hügel von Chlum waren die Preußen an schneller Verfolgung gehindert worden. Einige der zurückflutenden Einheiten jedoch, die in der noch von den Österreichern gehaltenen Stadt Königgrätz Zuflucht suchen wollten, fanden sich zu ihrem Entsetzen vor verschlossenen Toren: Der Kommandant hatte sie in der Dunkelheit und Verwirrung für feindliche Preußen gehalten, hatte die Tore schließen, die Schleusen öffnen und das Gebiet vor dem Glacis durch das Wasser der Elbe überfluten lassen, so dass hunderte Soldaten ertranken oder in den Sümpfen erstickten.

Resümierend wird die Nachwelt dennoch festhalten, dass Benedek große Umsicht und Tatkraft bewiesen hätte, die restlichen österreichischen Streitkräfte, 180 000 Mann, zu retten und einen einigermaßen geordneten Rückzug zu organisieren.

„Ich bin mittendrin gewesen auf dem Marsch zurück", erzählt Karel später im elterlichen Haus auf dem Stadtplatz von Neustadt an der Mettau, „das war ein Desaster, wer redet da von ‚geordnet'? Im Straßengraben sind wir gelegen, haben unsere zerschundenen Füße gekühlt, elendiglich war das, kein Wasser, nichts zu trinken, im Kampfgebiet waren die Brunnen kaputt oder vergiftet, halb verhungert sind wir, war ja nichts mehr da, alles längst requiriert schon auf dem Hinmarsch, krepierte Pferde, kaputte Geschütze, alles drunter und drüber, alle Sprachen durcheinander, kein Mensch hat den andern verstanden, sechzehn Sprachen sind's in der Armee, könnt ihr euch das vorstellen? Ulanen und ein paar zerlumpte Tiroler Jäger sind an uns vorbeigeritten, wir zu Fuß waren im Dreck, viele haben ihre Wunden selbst mit irgendeinem Fetzen verbunden, ununterbrochen sind Hilfstransporte an uns vorbeigefahren, die Bahnhöfe waren überfüllt und stinkend von Schwerverletzten und Verstümmelten, die auf einen Zug gewartet haben, die Strecken waren alle gesperrt für den Zivilverkehr, um diese Elendsgestalten, Hunderte und Tausende, nach Wien bringen zu können, kein Sinn im ganzen Krepieren, wozu die ganze Tapferkeit, die Cholera hat viele erwischt, wir waren so erschöpft, dass … Ach was, ihr habt ja doch keine Ahnung! Keine Ahnung habt ihr! Braucht das Zeug, das sie schreiben, gar nicht zu lesen!"

Der Mann im langen Gewand sucht nach Überlebenden.

Er kümmert sich nicht um die Heldenfeier des Königs von Preußen. Langsam geht er über das Schlachtfeld, den Blick zu Boden gesenkt, aufmerksam und von Zeit zu Zeit mit einem Stock etwas umdrehend, etwas, das einmal ein Mensch war. Er ist der preußischen Armee attachiert, aber er unterscheidet nicht zwischen Freund und Feind. Er erkennt sie an der Uniform, aber es hat nichts zu bedeuten. Der Mann sucht nach Verwundeten. Prüft, ob nicht doch einer noch lebe. Nicht verblutet sei an zerfetztem Bein, offenem Gedärm oder einer Kugel im Kopf. Die Hoffnung ist nicht groß. Die Nacht ist kalt gewesen, der Tag ist schwül und heiß. Es ist fast zwanzig Stunden nach dem Ende der Schlacht. Große schwarze Vögel haben sich zu reicher Beute niedergelassen. Aber er hat früher mitunter noch nach drei, vier Tagen Überlebende gefunden.

Der Mann steigt stetig über den Tod.
Er scheint ein Ritter des Johanniterordens zu sein. Die Johanniter sind die Engel der Schlacht von Königgrätz. Alle sind sie freiwillig gekommen und haben ein kleines Heer besonderer Art mitgebracht: Ärzte, Geistliche, Krankenwärter und -wärterinnen, Bahrenträger, Schwestern und Brüder zur Pflege. Sie kamen, um die dem Militär unterstellten Hilfseinrichtungen zu unterstützen. Waren die ersten, die Lebensmittel und Verbandszeug in die Lazarette brachten, und bauten um die Kampfzone mit freiwilligen Spenden der Ritter bewegliche Krankenstationen auf. Für die Schwerverwundeten öffneten sie ihre großen Ordensspitäler vom Rheinland über Dresden bis zu den Städten Schlesiens. Zu ihrer Unterstützung integrierten sie kleine Gruppen von Männer- und Frauen-Kongregationen aus den unzähligen deutschen Kleinstaaten und Reichsstädten, wie Franziskaner, Barmherzige Schwestern, Alexianer-Brüder oder Cölestinerinnen zur Heiligen Maria. Schon am Nachmittag der Schlacht von Chlum standen siebzig Wagen der Johanniter zum Abtransport der Verletzten bereit.

Der Mann im langen Gewand ist seit Tag und Nacht und Tag auf den Beinen, ohne ein Stück Brot, nur mit einem Schluck Wasser. Er hat schon Viele gerettet. Er ist müde. Aber noch immer sieht man ihn suchen, langsam und gebeugt.

Und da – – hat er da eine Bewegung gesehen, eine winzige Bewegung? Das Heben einer Hand, eines Fingers vielleicht nur, aber doch eine Bewegung? War es Täuschung? Er kniet nieder. Tastet, prüft. Ein junger Soldat. Er hat ein zerschossenes Gesicht. Sein Mund ist ein Loch voll verkrustetem Blut. Der Rest eines Signalhorns liegt an einem dünnen Riemen neben seiner Schulter. Der Johanniter fühlt den Puls: der lebt! Ja, der lebt! Er springt auf, winkt den beiden Trägern, die am Waldrand gewartet haben. Kaum noch Wärme in diesem Häufchen Mensch. Ist eiskalt und totenblass, er muss große Mengen Blut verloren haben. Ein zweiter junger Soldat liegt zusammengekrümmt zwischen den Knien des ersten. Er ist tot.

Kinder, das sind ja fast noch Kinder!, ruft der Mann, als sie den Verletzten vorsichtig auf den zweirädrigen Karren betten und den aufgewühlten Hügel Richtung Lazarett hinunterfahren. Hat man sie einfach zur Schlacht getrieben, braves Schlachtvieh? Hatten die keine Väter, die es ihnen verboten haben, in den Krieg zu ziehen? Wer hat das zugelassen? Wer hat sie so verführt? Und schlägt sich auf den Kopf und rennt voraus. Die beiden Helfer sehen sich verschreckt an. Und leiser, zu sich selbst gesprochen am Rand des Zuckerrübenfeldes: Waren sie selbst so verblendet, so leichtsinnig, so ahnungslos? So überzeugt vom Siegen? Und wussten nichts vom Tod?

Warum? Wütend schreit er es hinaus: Warum? Da hilft kein Gott, kein Heiliger.

Er hat viel gesehen, ist schlachterfahren und abgestumpft, um es ertragen zu können. Aber dieser junge Soldat mit dem zerfetzten Gesicht erinnert ihn an einen anderen, der ihm nahe, sehr nahe war. Und den er in den Straßenschlachten von Prag während der Aufstände gegen die Habsburger im Jahre 1848 verloren hat.

Und den er nicht hatte retten können.

Der König von Preußen kommt zurück vom Hügel von Chlum. Mit seinem Gefolge reitet er an dem kleinen Elendszug vorüber. Die milchigen, feuchtigkeitsgetränkten Strahlen der Sonne dieses neuen Tages lassen die goldenen Uniformknöpfe aufblitzen. Zwei Offiziere lachen. Die Hufe der Pferde werfen Schlamm auf. Der Ritter von den Johannitern kümmert sich nicht darum. Er beugt nicht das Knie. Er schaut den Halbtoten an auf dem hölzernen Karren.

Du, sagt er still. Du, ja, du sollst gerettet werden.

II

Ein junger Soldat liegt im Lazarett von Jičín.

Es ist dunkel.

Es ist Nacht am Tag und Nacht in der Nacht.

Der Arzt kommt und geht, die Schwestern kommen und gehen. Er merkt es nicht. Nur wenn der Johanniter den Raum betritt, wo die Moribunden liegen, scheint er unruhig zu werden. Die dritte Woche nach der Schlacht geht zu Ende. Noch kann der Arzt nicht sagen, ob der junge Mann durchkommen wird. Er wisse auch nicht, sagt er zum Ordensritter, ob er es ihm wünschen solle. Die rechte Seite von Kinn und Wange ist schwer verletzt, die Unterlippe ein mühsam zusammengeflicktes Etwas. Ein Schrapnell, ein Granatsplitter, eine Gewehrkugel – es ist schwer zu sagen. Ein Glück, sagt der Arzt, dass der Kieferknochen nicht stärker zerstört ist. Ein Teil der Wunden hat zu eitern begonnen.

Der Patient hat hohes Fieber.

Schüttelfrost wirft ihn vom Lager auf.

Dann wieder bricht Schweiß am ganzen Körper aus.

Der Mann im schwarzen Gewand sitzt an seiner Seite.

Viele Tage und Nächte, wenn es der Dienst erlaubt.

Er redet mit dem immer noch Bewusstlosen.

Nimmt die leblose Hand.

Redet ruhig, aber stetig und erzählt ihm Geschichten von der Schönheit. Vom Glanz der Sommertage draußen über dem Stadtplatz von Jičín, über den sich der Himmel blau wölbt, als ob nichts geschehen wäre, über den kleine Wolkenbänke ziehen und nachts der Mond aufgeht als Hort der Träume. Erzählt, wie unter den Arkaden das Leben weiterläuft, der Schneider einen neuen Herrenanzug in der Auslage drapiert, eine Bäuerin aus ihrem Weidenkorb Eier, jungen Lauch und rote Ribisel verkauft und in den Wirtshäusern Bier und Nussschnaps ausgeschenkt werden. Dass beim Uhrmacher ein Schild an der Türe hängt mit der Aufschrift „Geschlossen durch Tod von Meister und Lehrbub“ erzählt er nicht und ebenso wenig, dass viele schwarz gekleidete Frauen über das Pflaster gehen, die adeligen Damen mit wehendem Witwenschleier bis zum Boden. Er verschweigt, dass Wehklagen aus den offenen Fenstern zu hören ist und dass der eine oder andere Amputierte den ersten scheuen Ausgang versucht, mühsam das Gehen mit Krücken erlernend mit nur einem Bein oder das Gleichgewicht suchend mit nur einem Arm. Dass Kinder an den Ecken stehen und die Hand aufhalten, die Augen groß vor Hunger. Wenn er daran denkt, schweigt der Johanniter eine Weile. Hält die Hand, streicht mit einem Tuch über die schweißnasse Stirn. Lüftet die Bettdecke. Und beginnt vielleicht wieder zu reden, bevor er geht, und erzahlt, dass in den Gärten und Alleen die Akazienblüten ihren verrückt machenden Duft verströmen und die Abende lau und still sind.

Und dann erzählt er von der Liebe.

Niemand wusste, wie der Verletzte hieß. Woher er kam und wen man verständigen könnte. Alles, was Auskunft über die Identität hätte geben können, war zerschossen und verloren. Man erkannte an der Kleidung, dass er Österreicher war, zumindest auf der österreichischen Seite gekämpft hatte. Aber man wusste nicht genau, in welcher Kompanie, unter welchem Kommandeur. Viele von ihnen waren tot. Allein bei den letzten Angriffen auf Chlum und Umgebung hatte das I. Korps, Benedeks letzte Reserve, fast 300 Offiziere und beinahe 6 000 Mann verloren. Abertausende waren von den Preußen gefangen genommen worden. Es gab zwar Verbindungen unter den Lazaretten beider Seiten, den Stellen für Gefangenenaustausch und auch zwischen den Organisationen, die sich um den Verbleib der Vermissten bemühten.

Aber es herrschte Chaos.

Die Restarmee der Habsburger war auf der Flucht.

Die Preußen drängten nach.

Die einen kämpften ums Überleben.

Die anderen waren im Siegestaumel.

Man musste also warten.

Sich gedulden, bis der Verletzte sprechen konnte.

Falls er je sprechen können sollte.

Oder schreiben.

Es war die sechste Woche nach der Schlacht von Königgrätz.

Der Sommer hatte sich das Böhmische Paradies als sein bevorzugtes Reich gewählt und bedachte es mit allen seinen Gaben. Mit stetem Schönwetter, erträglicher Hitze, milden Gewittern. In den späten Stunden des Tages legte sich angenehme Kühle über Land und Menschen. Morgens stiegen die Lerchen in den tiefblauen Himmel und abends sang die Amsel zur guten Nacht. In den Randgebieten des Paradieses, wo keine Truppen durchgezogen und keine Kämpfe stattgefunden hatten, war das Getreide geerntet, reifte der Hopfen, röteten sich die Birnen und blühten die Levkojen in den Gärten.

In den Hügeln und Tälern um Rosberitz, Sadowa und Chlum, um Skalitz und Königgrätz sowie in den weitläufigen Ebenen an den Ufern der oberen Elbe begann unter der leisen Melodie der Trauer ein neuer Tag. „Wiederaufbau" wird es benannt nach jedem Krieg. Die Menschen weinten und arbeiteten. Suchten zusammen, was geblieben war: eine Erinnerung, einen Kinderwagen, eine Säge, ein paar Ziegel, einen Flecken Erde. Sie gingen schlafen und sie gingen ans Tagewerk und sie gingen auf den Friedhof. Sie gingen zur Sonntagsmesse irgendwo in den Trümmern oder blieben trotzig zuhause und irgendwann merkten sie, dass sie überlebt hatten und suchten nach einer Zukunft, vielleicht nach einer kleinen zärtlichen Berührung.

Helmuth von Moltke besetzte Prag, das geschlagene österreichische Heer flüchtete weiter Richtung

Wien. Bekam Verstärkung von Erzherzog Albrecht, der von der siegreichen italienischen Front zurückberufen worden war. In Niederösterreich wütete die Cholera, gierige Trabantin großer Heereszüge. Ministerpräsident Otto von Bismarck, der wie keiner sonst zur Entscheidungsschlacht gedrängt hatte, verhinderte zur Überraschung aller nun die Fortsetzung des Krieges mit besseren Argumenten: Das Ziel, Österreich aus dem Deutschen Bund zu verdrängen, wäre erreicht, jetzt aber wäre es klüger, den Gegner für zukünftige Zusammenarbeit zu gewinnen. Am 23. August 1866 wurde in Prag Frieden geschlossen.

Um den Mann im langen schwarzen Gewand, der sich Johanniter nennt, ist eine Aura des Unerklärlichen. Wie nicht ganz von dieser Welt, wie zwischen den Zeiten.

Jetzt öffnet er leise die Tür zum Krankenzimmer. Bleibt eine Weile, geht und kommt wieder und setzt sein stilles Reden fort, du sollst wissen, mein kleiner Soldat, sagt er, dass ein Aufatmen durch das Land geht. Es war ein unseliger Bruderkrieg, aber jetzt ist Frieden. Wenn du aufwachen wirst, wirst du wissen, was das bedeutet: Frieden. Du wirst es erstmals erkennen. Und du wirst später – glaub es mir einfach, Lieber – den Dichter Theodor Fontane lesen, er wird diesen Krieg den „Deutschen Krieg“ nennen und dies zu einer Zeit, in der Preußen bereits den nächsten Krieg siegreich beendet haben wird. Es wird überhaupt viel geschrieben und spekuliert werden, in Berlin auf diese Weise, in Prag auf jene, in Wien auf eine dritte Art und in Lemberg, Sarajewo, Paris oder Venedig noch einmal anders.

Venetien, auch das sollst du wissen, ist übrigens in seinem italienischen Teil für Österreich verloren. Es ist eine geheime Schacherei der Mächtigen gewesen, dennoch hat man mit Trommeln und Trompeten nur wenige Tage vor Königgrätz zur Schlacht von Custoza geblasen. Sie ist von den Österreichern gewonnen worden, aber es war sinnlos. Verbrecherisch sinnlos die Toten, Verwundeten, Elenden auf beiden Seiten. Venetien war verloren, bevor die ersten Kampfhandlungen begonnen haben …

Der Kranke stöhnt auf.

Durch das offene Fenster ist das Wiehern eines Pferdes zu hören, dann ein Kinderlachen, das Springen eines Balls. Leichter Wind bewegt die Vorhänge.

*

In das Haus Nr. 1223 in Neustadt an der Mettau, dem Haus mit dem Schaf als Emblem auf der Fassade zum Marktplatz, war in den Wochen nach der Schlacht von Königgrätz das Schweigen eingezogen. Die Eltern schwiegen, die Tochter schwieg. Die beiden älteren Söhne hatten die Kämpfe überlebt. Franz, der Älteste, war wieder nach Wien abgereist, wo er nach Abschluss des Polytechnikums schon vor dem Krieg eine Stelle im Eisenbahnministerium gefunden hatte. Er war ungern gefahren. Unter den Geschwistern liebte er Johannes am meisten, den Jüngsten, der an seinem großen Bruder hing wie am Leitstern seines Lebens. Johannes war der kleine Rausch in einer nüchternen Familie gewesen, er lachte und wirbelte durch die Wohnung und später spielte er Trompete. Mit elf Jahren hatte er begonnen, er hätte es schon viel früher tun wollen. Aber der Musiklehrer hatte davon abgeraten, denn zuerst müssten Zähne, Kiefer und Lippen gefestigt sein, um einen entsprechenden Druck und eine präzise Spannung aufbauen zu können. Aber elf, zwölf Jahre, da könne man beginnen. Und: der Bub habe großes Talent – das sagte er bereits nach kurzer Zeit. Franz wollte in Wien im Kriegsministerium Nachforschungen betreiben, ein Zeichen finden, einen Hinweis, eine Hoffnung. In den Gefangenenlisten schien Johannes nicht auf, das wussten sie.

Karel, der es sich verbat, Karl gerufen zu werden und der Neustadt an der Mettau nicht anders als mit dem tschechischen Namen Nové Město nad Metují in den Mund nahm, hatte noch ein Jahr des verhassten Militärdienstes zu leisten. Er war kein Pazifist, neigte mitunter sogar zu Gewalttätigkeit. Aber es war die k.k. Armee des Habsburger Reiches, dem er nicht dienen wollte und das den Bestrebungen nach einer unabhängigen tschechischen Nation im Wege stand.

Er hatte vor, nach Absolvierung seines Dienstes nach Prag zu gehen. Er wusste noch nicht, was genau er dort wollte, aber es war Prag, wohin er musste, in Prag wurde die tschechische Sache vertreten, in Prag war was los, sagte er. Er nahm die Sache mit Johannes, und wieder sagte er „die Sache“, leichter als die übrige Familie. Er wird schon auftauchen, der Kleine, sagte er, und zum Vater: „Hättest ihn halt nicht gehen lassen sollen.“

Der Vater Quirin Czermak war ein milder Mann. Er hatte weder mit Drohungen noch mit klugen Einwänden den stürmisch-überzeugt-verblendeten Johannes daran hindern können, sich freiwillig zu melden. Er wusste auch den radikal-tschechischen Ansichten Karels nichts entgegenzusetzen. Quirin hielt sie für das Ergebnis von Agitatoren, denn er hatte Zeit seines Lebens die friedliche Koexistenz gelebt und war dafür eingestanden. Er selbst hatte gemischt österreichisch-tschechische Ahnen, wie sein Vor- und Zuname zeigten, und seine Frau Rosa, die Mutter seiner vier Kinder, war die Tochter eines tschechischen Bauern. Alle in der Familie waren – besser oder schlechter – zweisprachig, mit Vorliebe zum einen oder anderen Idiom, aber dennoch geübt in beiden. So nahm er Karels Verhalten als Zeichen der Zeit und fand Trost in der Beobachtung, dass der ideologische Riss in vielen Familien durch die Generationen ging.

Die Unsicherheit über das Schicksal von Johannes hatte die Lichtlosigkeit in das Haus gebracht, die leiseren Schritte, die freudlosen Mahlzeiten. Die Mutter weinte, wenn sie alleine war. An manchen Sonntagen ging sie zur alten Holzkirche hinaus, die im sechzehnten Jahrhundert für Johannes den Täufer vor den Toren der Stadt erbaut worden war und einsam am Rand der Wälder lag. Nach ihm, dem Heiligen, hatten sie ihren Jüngsten getauft. Quirin glaubte, Schuld zu sein am Weinen, am Weggehenlassen, dem ganzen Unglück. Nicht, dass ihm jemand Vorwürfe gemacht hätte, aber unausgesprochen vielleicht doch. Franz nahm das Ereignis als freie Entscheidung des kleinen Bruders. Sie hatten in Erfahrung gebracht, dass Bohumil tot war, hatten den Eltern in Pardubice kondoliert und bedauert, dass sie nicht von der Totenfeier benachrichtigt worden waren. Sie hätten gerne erfragt, ob Bohumils Eltern Genaueres über die letzten Tage vor der Schlacht wüssten, ob sie herausgefunden hätten, wo genau, in welchem Kampf, unter wessen Kommando Bohumil zu Tode gekommen wäre – sie waren jedoch auf kühle, fast feindselige Ablehnung gestoßen und mit der Auskunft abgefertigt worden, dass man nichts wüsste. Auf dem Partezettel stand nur: Geboren am … Gestorben am 3. Juli 1866. Der dritte der drei Freunde, Ferdinand, war möglicherweise von den Preußen gefangen genommen worden. Franz hatte dessen Namen in den Gefangenenlisten gefunden, es hatte sich jedoch herausgestellt, dass es nur eine Namensgleichheit war, und von einem sechzehnjährigen Ferdinand Weiss aus Wien gab es vorläufig keine Kenntnis. Die Behörden versprachen weitere Nachforschungen. Ferdinands Eltern übersiedelten bald darauf nach Czernowitz, von wo aus sie alles versuchen wollten, um den Verbleib der Söhne herauszufinden.

Quirin Czermak stand in seiner Werkstatt an der Rückseite des Hauses Nr. 1223.

Er blickte in das sonnige Gärtlein.

Nahm gedankenlos ein Werkzeug zur Hand.

Legte es wieder hin.

Dachte daran, wie alles geworden war.

Die Werkstatt hier war ihm längst zu klein, darum hatte er am Ufer der Mettau ein leerstehendes Gebäude gemietet. Er selbst ging mehrmals am Tag den steilen Fußweg mit den vielen Treppenabsätzen hinunter, um den beiden Gesellen und dem Lehrbuben Anweisungen zu geben und die Arbeit zu überwachen. Quirin war Kunsttischler und weithin bekannt für seine Geschicklichkeit und seinen ästhetischen Sinn. Vom Lehrbuben in Jičín hatte er sich zum gesuchten und hoch geschätzten Kunsttischler mit zwei Betrieben in Neustadt emporgearbeitet. Er war ernst und zuverlässig und lieferte pünktlich. Sein Ruf gründete sich vor allem auf seine Fertigkeit, Kommoden und Kästen, Tische und

Sessel sowie kleinere Einrichtungsgegenstände und Schatullen in barockem Stil anzufertigen. Das war gerade in Mode gekommen und beliebt in Adelskreisen und bei zu Ansehen und Reichtum gekommenen Bürgern. Er war viel unterwegs in den zahlreichen Schlössern und neuen Villen des Böhmischen Paradieses, des Glatzer Grenzlandes und des Königgrätzer Kreises. Wenn er eine neue Bibliothek mit verzierten Einbauten auftragsgemäß ausgeführt hatte und die Bücher wieder in Reih und Glied standen, nahm er mit Staunen diese für ihn neue Welt wahr. Er hatte Scheu und Ehrfurcht davor. Und erzählte zuhause den damals noch kleinen Kindern davon, mit unterschiedlicher Resonanz. Nur Johannes hatte große Augen gemacht und wollte das nächste Mal mitgenommen werden. Rosa bewunderte liebevoll ihren Mann, der begonnen hatte, sich selbst eine kleine Bibliothek zu bauen, Bücher zu kaufen und sie auch zu lesen. Rosa war auf einem Bauernhof aufgewachsen, auf dem die tägliche Mühsal und Sorge um Kuh, Krautkopf und Heuschober das Leben bestimmt hatten, nur ein Kalender hing an der Küchenwand mit Heiligengeschichten.

Bei der adeligen Herrschaft von Neustadt war Herr Czermak beliebt. Das Schloss, das auf dem Felsrücken hoch über der Mettau lag, hatte mehrmals die Besitzer gewechselt, von den Leslies zu den Liechtensteins bis zu den Lambergs und anderen. Die herrschaftlichen Familien wohnten schon lange nicht mehr hier, sie kamen nur kurz auf Besuch und hatten einen Verwalter eingesetzt. Wichtig für sie waren allein die beträchtlichen Erträge aus Land-, Forst- und Handelswirtschaft. Dass diese mit zunehmender Liberalisierung und dem Aufkommen weitläufiger Industrieanlagen kleiner wurden, nahmen sie mit Unmut zur Kenntnis.

„Groß genug für das Adelspack", sagte Karel, „jagt sie zum Teufel, diese österreichischen Ausbeuter!"

„Vergiss nicht", entgegnete der Vater, „dass unter ihnen auch viele böhmisch-tschechische Geschlechter waren und sind, die Wallensteins zum Beispiel, die ursprünglich Valdštejna geheißen haben, wie du weißt, die Trčkas, Kinskys und so weiter –"

„Egal, sie haben uns alle lang genug regiert und ausgesaugt! Und die meisten sind ja doch aus Wien gekommen, zumindest aus dem Dunstkreis des Kaisers, dem das reiche Böhmen brav den immer leeren Säckel gefüllt hat."

„Gebt doch Frieden", sagte Rosa und brachte die süße Nachspeise. Der Nebel stand vor den Fenstern der Wohnstube im ersten Stock des Hauses am Marktplatz von Neustadt an der Mettau oder Nové Město nad Metují, dem Städtchen, das abseits lag und nur ein kleiner Reflex auf der Spiegelwand der großen Weltbühne war.

Der ganze Besitz des Schlosses zeigte Spuren von Verfall. Ab und zu kam die Gräfin Elisabetta, die volksnah und in vielen karitativen Organisationen tätig war, um nachzusehen und das Schlimmste zu verhindern. Sie hatte Quirin beauftragt, die vom Holzwurm zerfressene Bibliothek zu restaurieren. Es war eine langwierige und mühsame Arbeit. Die Gräfin unterhielt sich gerne mit dem Tischler. Eines Tages brachte sie einen bescheidenen Imbiss, schenkte aus einer verstaubten Flasche zwei Gläser Weißwein ein und forderte ihn auf, Platz zu nehmen.

„Lernt einer Ihrer Söhne nicht Trompete?"
„Ja, Johannes, der Jüngste."
„Er geht doch in die Musikschule, die ich unterstütze?"
„Ja, seit zwei Jahren schon."
„Scheint sehr begabt zu sein."
„Das freut mich zu hören, Frau Gräfin."
„Ist er auch ein Leser?"
„Ich glaube, auch das bejahen zu können."
„Liest er mit Freude und Eifer?"
„Darüber könnte Ihnen meine Frau besser Auskunft geben. Eingeschrieben ist er jedenfalls im hiesigen Lesezirkel *Zur Slawischen Linde*, die, wie Sie wissen, nach dem Revolutionsjahr 1848 gegründet worden ist. Und in den Ferien bringt er aus dem Gymnasium von Braunau jeweils einen Stapel Bücher mit nachhause, die er sich aus der Klosterbibliothek leihen darf."
„Dann habe ich ein Geschenk für ihn."

„Frau Gräfin –?“

„Den *Trompeter von Säckingen.*“

„Ist mir nicht bekannt.“

„Joseph Victor von Scheffel hat das Buch geschrieben.“

„Es wäre meinem Sohn sicher eine Ehre! Verbindlichsten Dank, Frau Gräfin.“

Johannes war damals dreizehn Jahre alt. Als er zu Weihnachten nachhause kam, fand er das Buch und ward nicht mehr gesehen. Las den *Sang vom Oberrhein* in einem Tag zu Ende. Hatte einen roten Kopf und fliegende Gedanken. „... der Welt eins aufspielen und titanisch Himmelstürmen mit der Kunst um ewig ferne Schönheit ...“ Johannes las und las wieder und lernte auswendig. „... in der Schlacht zum Angriff blasen, markig und bedeutsam ...“ Und Johannes spielte. Und wollte werden wie der junge Trompeter von Säckingen. Bis dahin war er ein guter Trompetenschüler, ab jetzt war er eingeweiht.

Quirin Czermak ging in der Werkstatt auf und ab.

Spatzen hüpften durch den kleinen Garten, der bis an die Wehrstraße reichte, die das Städtchen umfasste. Durch die Fenster fiel Sonnenlicht, in dem feiner Holzstaub zitterte. Im schmalen Beet an der Mauer roch der Salbei, blühten die Rosen, reiften die Marillen am Spalier. Ein Truthahn schickte seine Koloraturen in den Tag. Er hörte Cäcilia Klavierspielen. Die Liebe zur Musik hatten sie und Johannes von der Mutter geerbt, die oft mit den Kindern sang, gut Akkordeon spielte und mit der tschechischen Volksmusik aufgewachsen war. Zu allen Festen wurde in den Dörfern ringsum aufgespielt, zur Kirchweih, zum Christfest, zur Auferstehung und zum Wochenmarkt, zu Geburtstagen, Ehrungen und Beerdigungen. Oder einfach zur Lust, um die Schinderei des Tages zu vergessen. Johannes hatte sein Trompetenspiel schnell vervollkommnet und durfte bei den Festen der Nationalgarde bereits in der ersten Reihe der Kapelle mitmarschieren.

Jetzt lag seine schlanke Ventiltrompete in einem Zimmereck.

Das Signalhorn hatte er ja mitgenommen in die Schlacht … Eine Dose Holzleim fiel dem Tischlermeister aus der Hand. Er grollte mit sich selbst, als er die Reste aus den Hobelspänen zu retten versuchte, es war ein teurer Leim, den er erst kürzlich in der Soukenická von Königgrätz gekauft hatte.

Sehr unruhig, zerfahren war Herr Czermak.

Vormittags hatte er den Metzger Brandeis getroffen, der weit in der Gegend herumkam, um die besten Rinder, Schweine und Schafe zu kaufen. Quirin verstand sich gut mit dem Metzger, ihre Kinder waren ungefähr gleichen Alters. Brandeis konnte den Schmerz des Tischlers verstehen. Er selbst war verschont geblieben: sein einziger Sohn – die anderen fünf Kinder waren Mädchen – war unversehrt zurückgekehrt vom sinnlosen Schlachten. Im Gespräch hatte sich herausgestellt, dass Brandeis am Tag zuvor in Jičín gewesen war, wo er die Krüppel gesehen und erfahren hatte, dass das Lazarett der Johanniter bald geschlossen werden sollte, jetzt, mehr als acht Wochen nach dem Unglückstag vom 3. Juli. Und Brandeis sagte: „Kannst mit mir fahren, Quirin, übermorgen muss ich nach Münchengrätz, ich hab genug Platz im Rosswagen, da kann ich dich in Jičín abladen und am Abend wieder mit nachhaus' nehmen."

Jetzt konnte er nicht mehr aus.

Jetzt musste es sein.

Der Tischlermeister wusste, dass es in Jičín dieses private Lazarett eines Ordens gab, das im ehemaligen Schloss des Generalissimus Wallenstein untergebracht war. Das große österreichische Lazarett stand in Königgrätz, dort hatte er nachgefragt, jedoch nichts erfahren und die Verwundeten waren bald darauf nach Wien verlegt worden. Bis zum heutigen Vormittag hatte er einen Besuch in Jičín aufgeschoben – unentschuldbar war es und unerklärlich für ihn selbst. Flucht vor einer Nachricht, die er nicht hören wollte? Aber jetzt, wenn die Krankenstation geschlossen werden sollte, musste er hin.

*

Das Lazarett ist nur mehr schwach belegt.

Die Geheilten sind entlassen.

Viele der Moribunden sind gestorben.
Aber er, dieser junge, unbekannte Soldat, lebt.
Nur minutenweise ist er bei Bewusstsein.
Der Johanniter bleibt an seinem Bett.
Hält seine Hand.
Die eitrigen Wunden heilen langsam.
Der Arzt hat Zuversicht.
Hoffnung will er nicht sagen.
Gut wäre die Überstellung in ein Ordensspital.
Der Johanniter möchte den Verletzten mitnehmen.
Er hat ihn sich erwählt für das Leben.

Es wird langsam Herbst, erzählt er ihm. Und Nebel liegen morgens über der Stadt. Du weißt ja, sagt er, dass sie zwischen drei Flüssen liegt: der Cidlina, der Mrlina und der böhmischen Iser. Es ist Frieden und die Gefangenen kommen nachhause. Die Schwalben sammeln sich. Am Wochenende wird das erste Fest nach dem Krieg gefeiert: das Fest zum Erntedank. Es hat kaum Ernte und Früchte gegeben, aber das Wenige soll gefeiert werden. Vielleicht wird sogar getanzt. Die Mädchen werden in Überzahl sein, aber es gibt hübsche Mädchen hier, sagt der Johanniter mehr zu sich selbst als zum jungen Soldaten, und da …

da glaubt, ja, da sieht er, beugt sich näher …

kann es sein?

Kann es wirklich sein, dass ein schiefes kleines Lächeln in dessen Gesicht zu erkennen ist? Der

Johanniter springt auf, öffnet das Fenster, „Er hört mich", ruft er, schreit es fast in die Dunkelheit, „Er kann mich hören!" … Vielleicht versteht er, was ich sage! Vielleicht versteht er schon längst, was ich ihm erzähle – –

Quirin Czermak steigt aus dem Pferdegespann.

Jičín ist ihm vertraut.

Hier ist er zur Welt gekommen.

Achtzehn Jahre hat er hier gelebt, bevor er auf die Walz ging, wie viele seiner Handwerkskollegen. Auf seiner Wanderschaft hat er bittere Armut gesehen in den Werkstätten von Schneidern, Tischlern und Schustern, in denen mitunter von fünf Uhr früh bis zehn Uhr nachts nur mit kurzen Pausen gearbeitet werden musste. Nicht nur einmal hat er mit einem Zweiten das Bett geteilt, um sich ein paar Kreuzer vom Kostgeld zu ersparen. Hat viel erfahren vom Elend in den Ziegeleien, den Steinbrüchen und Webereien, hat viele Neugeborene sterben sehen, viele Kinder, die nichts zu essen hatten, da der Lohn des Vaters kaum für mehr als ein Stück Brot für alle Neune reichte. Auch viel Heiterkeit und Lebensmut hat er in den Schenken und Wohnhäusern erlebt, die an größeren Orten für Handwerker und Arbeiter errichtet wurden, viel Zukunftshoffnung auch in den Fortbildungseinrichtungen der aufstrebenden sozialdemokratischen Bewegung sowie in den nationalpatriotischen tschechischen Turnvereinen der Sokoln, die später zu Zentren des Aufruhrs gegen Habsburg wurden. Bis Nürnberg, Basel und sogar bis Venedig ist er auf seiner Wanderschaft gekommen. Dann zog er weiter nach Wien und schließlich gründete er in Neustadt an der Mettau seine eigene Werkstatt. Wenige Jahre später konnte er bereits das Haus auf dem Marktplatz kaufen. Wann war das? Das war in einem anderen Leben, sagt er sich.

Ruhelos geht Herr Czermak über den Stadtplatz von Jičín. Gitschin heißt es auf Deutsch. Hier kennt er jedes Haus. Der Platz ist jenem von Neustadt ähnlich, viereckig, mit Arkaden eingerahmt, alles nur etwas größer, repräsentativer. In der Schule haben sie von Wallenstein gelernt, der Jičín reich gemacht und sich hier in den Jahren seines Aufstiegs ein Schloss hat erbauen lassen. Etwas heruntergekommen sieht es jetzt aus. Noch kein Licht aus den Fenstern, es ist früh am Morgen. Herr Brandeis hatte noch ein Stück des Weges bis Münchengrätz vor sich, so waren sie bei Dunkelheit aufgebrochen. Auf der Fahrt hatten sie schemenhaft die Türme von Königgrätz, ein Stück weiter den Swibwald und den Hügel von Chlum gesehen.

Der Stadtplatz belebt sich langsam.

Der Tischlermeister zieht sich zur Pestsäule in der Mitte des Platzes zurück, wo weniger Betrieb ist als unter den Arkaden. Kurz überlegt er, ob er beim jungen Kaufmann Jakob Kraus anklopfen soll, der ihn vor kurzem um Rat für den Umbau seines Papierkontors gefragt und eine mit Intarsien verzierte Kassette für den Schmuck seiner Frau, der schönen Arzttochter Ernestine, in Auftrag gegeben hat. Jakob Kraus war eine bahnbrechende, wenngleich höchst simple Erfindung gelungen: Papiersäcke, die geklebt waren – eine Erfindung, mit der Kraus die gesamte Monarchie belieferte und sich damit ansehnlichen Reichtum erwarb.

Aber Quirin zögert, hinüberzugehen.

Es ist ja noch zu früh.

Er lässt sich auf den Stufen des Säulensockels nieder. Will gerne beten zu allen Heiligen, aber er hat noch nie beten können. Er zählt die schwarzen Quadrate der Steinplatten zu seinen Füßen und die weißen Trennstreifen dazwischen. Horcht auf die Geräusche der erwachenden Stadt, beobachtet die eleganten Droschken, die Ochsenkarren, die hastenden Dienstmädchen, die Männer, die Bierfässer schleppen, und die Männer in schwarzen Anzügen und weißen Hemden.

Die Minuten sind lahme Hunde.

Und dann – –

Dann sieht er den Beinamputierten.

Mit Krücken kommt er aus den Schlossarkaden. Quirin schluckt. Beginnt zu hecheln. Sein Herz schlägt in den Schläfen. Er steht langsam auf und zieht seinen schwarzen Gehrock gerade. Warum hat er keinen Stock mitgebracht. Es schwindelt ihn. Wenn jetzt jemand um Hilfe riefe, er würde es nicht hören. Wenn jetzt Hagel fiele, er würde ihn nicht spüren, und wenn ein Zwerg mit Blattgoldhut vor ihm stünde, er würde ihn nicht sehen.

Dann geht er zügig zu Wallensteins Schloss.

Nähert sich dem Krüppel.

Nein, nicht dieses Wort!

Und fragt, ob das Lazarett schon geöffnet sei für Besucher – –

Erst am nächsten Morgen konnte der Tischlermeister sprechen. Er saß die ganze Nacht stumm und mit leerem Blick in seinem Lehnstuhl. Zitterte. Rosa brachte eine warme Decke und heißen Tee. Von der Dreifaltigkeitskirche hörten sie das Schlagen der Viertelstunden, der halben Stunden, der Dreiviertelstunden und der ganzen Stunden.

Um fünf hörten sie von ferne die ersten Pferdefuhrwerke, die den steilen Berg vom Tal der Mettau heraufkamen und erst lauter wurden, wenn sie durch das Horská Tor auf den Marktplatz einbogen. Rosa trug die Pendeluhr in die Küche, sie konnte das Ticken nicht ertragen. Um halb acht nickte der Tischlermeister ein und Rosa sagte zu Cäcilia, die zur Probe für das Marionettentheater musste, dass der Vater schlafe und sie noch nichts wisse. Dann waren sie wieder allein. Rosa lief zum Bäcker zwei Häuser weiter, kaufte frische Semmeln und drei Marmeladekipferl und kochte starken Kaffee.

Irgendwann am Vormittag fand Quirin stockende Worte. Sagte, dass er an der Pforte Johannes beschrieben und gefragt hätte, ob ein junger Mann, der dieser Beschreibung ähnlich wäre, hier läge. Die Nonne hätte einen Mann geholt, der sich als Ritter des Johanniterordens vorstellte. Dieser hätte sofort vermutet, dass einer seiner Patienten der Gesuchte wäre. Als sie am Ende eines langen Ganges vor einer Tür angekommen wären, hätte der Ritter ihn zurückgehalten. Hätte ihn beim Arm genommen und ihn fragend, forschend angeblickt. Quirin hätte genickt.

Ja, es wäre Johannes gewesen.

Dieses Stück Mensch, das er, der eigene Vater, erst nach längerem Hinsehen erkannt hätte. Er könne nicht beschreiben, was er gesehen hätte. Er könne nur sagen: das Gesicht. Der Johanniter hätte erzählt, wie er Johannes am Tag nach der Schlacht auf dem Totenfeld des Hügels von Chlum gefunden, ihn in das Lazarett gebracht und ihn bis heute gepflegt hätte.

Der Ritter hätte ihn nochmals am Arm genommen.

Eine Weile gewartet, bis er sagte:

„Er wird leben."

Später hätte der Johanniter gefragt, ob der Vater die Einwilligung gäbe, den Sohn mit nach Breslau zu nehmen, wo im Ordensspital gute Ärzte zur Verfügung stünden und der Verwundete die beste Pflege fände. Das Lazarett in Jičín würde in drei Tagen geschlossen werden. Er, Quirin, hätte zugestimmt.

Der Tischlermeister saß totenblass im Lehnstuhl und wusste nicht, ob das Folgende wirklich gesprochen oder nur gedacht wurde.

Was hätten wir denn mit ihm tun sollen.

Johannes hat mich nicht erkannt.

Er wäre uns gestorben.

Dann wären wir wenigstens bei ihm gewesen –

Wenn er sterben muss, sagte Rosa.

Aber vielleicht … im Spital … wer weiß –

Ja, vielleicht hast du recht …

Dann umarmte sie ihn.

Sie spürte sein Zittern.

Das ist ihm geblieben.

*

Als Johannes erwachte, war er Schmerz. Er suchte ihn. Fingerte über den Kopf. Kam der Schmerz vom Gesicht? Der rechten Wange, den Lippen? Da war ein Fehlen. Ein holperndes Tasten wie über einen dreckigen, aufgewühlten Hohlweg. Nein, das war nicht er. Nein. Nicht seine Hand. Nicht sein Gesicht. Der Schmerz gehörte ihm, aber das Gesicht gehörte ihm nicht. Es musste ein Fremder sein. War das Traben von Pferden zu hören? Die Nacht kam, die Dämmerung, wieder die Nacht. Das ging so hin. Wie lange? Gab es Tage im Taumelgefühl dieser Reise? Denn eine Reise war es, schien ihm. Als ob ihn jemand an einer dunkelroten Wand vorüberzöge.

33, 33. Die Zahl spukte durch seinen Kopf. 33, er wusste nicht, was dies bedeuten sollte. Gab es eine Welt da draußen hinter den Vorhängen des Verschlags, in dem er dahintrieb? Jemand war bei ihm, dessen Stimme er kannte. Wie kam es, dass er eine Wärme spürte, wenn er sie hörte?

Die Stimme sagte: Du bist zurück, Johannes.

Im Spital des Johanniterordens in Breslau blieb Johannes fast zwei Jahre. Er wurde drei Mal operiert. Es waren zwei junge Ärzte am Werk, die in Berlin an der Charité ausgebildet worden waren. Später, als der neue, der größte aller bisherigen Kriege kam, wurden sie zu gesuchten Spezialisten. Nach der letzten Operation hatte Johannes' Gesicht ein Aussehen, das man als Menschengesicht bezeichnen konnte.

Wie er diese Jahre überstand, ist nicht zu sagen.

Wie er in das Leben zurückfand, ebenso nicht.

Der Vater kam alle drei Monate.

Es war eine lange Reise von Neustadt nach Breslau.

Ein paar Mal war die Mutter mit.

Sie rang um Fassung.

Aber es war ihr Kind.

Und es lebte.

Auch Franz kam und sprach dem kleinen Bruder Mut zu. Er hatte in den Straßen von Wien Schlimmeres gesehen. Er war mit der neuen Kaiser-Ferdinands-

Nordbahn gekommen, die von Wien nach Krakau führte, völkerverbindend und zugleich wirtschaftlich notwendig zu den ergiebigen Kohle-, Eisen- und Salzlagern der Monarchie. Franz berichtete dem Vater über alle Einzelheiten der Strecke, an der er mehrmals umgestiegen war, wie großartig diese neue Erfindung wäre, eine Revolution, sagte er, das wird ein ganzes Zeitalter verändern! Von Wien nach Laibach sei die gesamte Südbahn schon fertig, sogar die Bergstrecke über den Semmering, eine technische und europäische Großtat! Bis in die letzten Dörfer der Monarchie, bis Galizien und Lodomerien werden wir Schienen legen und sie an die große Welt anschließen, an den Fortschritt, du wirst sehen, Vater, wie groß …, und Franz unterbrach sich, als er sah, wie abwesend der Vater aus dem Fenster ihres Breslauer Hotels blickte. Er erschrak über sich selbst, wie konnte er so taktlos sein und so begeistert von einer hellen Zukunft sprechen, die der Jüngste so nicht haben würde.

Quirin Czermak sprach mit dem Johanniter und dankte ihm. Tat es bei jedem Besuch, bei dem er die langsame Genesung seines Sohnes beobachten konnte. Dankte ihm mit wachsender Intensität, wollte ihn beschenken – Geld wollte er nicht anbieten –, ihm Gutes tun, aber der Mann sagte nur:

Ich liebe Ihren Sohn, ich tue es um seines Lebens willen.

Von Breslau, der schönen Stadt zwischen vielen Flussläufen, Kanälen, Brücken und Kirchen, der fürstlichen, herzoglichen, und seit mehr als einem Jahrhundert königlich-preußischen Stadt mit den herrlichen Plätzen und reichen Bürgerhäusern sowie den Fabriken der explodierenden Industrialisierung sah Johannes nichts. Er war zu schwach und die Zeit zwischen den Operationen zu kurz, als dass er die schützenden Mauern des Ordensspitals hätte verlassen können oder wollen.

Er schlich die Gänge des Hauses entlang. Die Schwestern grüßten freundlich und lächelten ihn an, sie kannten ihn schon gut. Nachts spielte er auf einer imaginären Trompete ins Nichts. Er spielte mit schwachem Atem und sperrigen Fingern den Trompetenpart aus barocken Konzerten, am liebsten den Solopart aus Antonio Vivaldis Concerto für Trompete und Streichorchester in D-Dur,

und spielte, wachte, träumte, weinte, Wut und warum …

In der Abteilung, in der Johannes lag, gab es keine Spiegel und keine Bilder. Einmal hatte er sich verirrt und war in den Trakt der Quarantänepatienten gekommen. Da sah er im Glas eines Heiligenbildes zum ersten Mal sein Gesicht. Lange stand er da, ungläubig.

Der Schock nahm ihm den Atem. Er sah sich erstarrt an. Führte seine Hand über die versehrte rechte Narbenwange, sah das deformierte Kinn, betastete seine Lippen. Schaute lange dieses Bild an, aus dem ihn ein Mensch anblickte, den er nicht kannte. Dann ballte er eine Faust und zerschlug das Glas. Er schrie und schreiend rannte er weg, eine Blutspur hinterlassend, irrte panisch durch das Ordenshaus, suchte einen Ausgang, weg, nur weg von diesem Gesicht, weg von der Wahrheit und in den Tod… Als er schließlich ein offenes Tor fand und immer noch schreiend ins Freie wollte, rannte er in die Arme des Johanniters.

Johannes brauchte Wochen, bis er nicht mehr an Selbstmord dachte. Einer der Ärzte kam und brachte Tropfen zur Beruhigung. Er versuchte, ihm Mut zu machen und bemühte sich. Nach der Operation, die noch vor ihm liege, sagte er, wird es besser sein.

Es wurde besser.

Johannes hatte wieder einen Mund.

Die Wunden heilten gut.

Die Narbenschmerzen waren erträglich.

Schwester Łucja, eine langgediente, freundliche Ordensschwester, die schwer an ihrem gedrungenen Körper trug, hatte es sich in den Kopf gesetzt – oder war sie beauftragt worden? – ihn wieder das Sprechen zu lehren. Vor allem die Labiallaute b, p und m, ebenso das schwierige f und w. Sie hatte große Geduld und übte mit ihm das Konjugieren lateinischer Verben wie amo, amas, amat, amamus, amatis, amant, amo, amas…, ich liebe, du liebst…, amabo, amabis…, ich werde lieben, du wirst lieben … und übte deutsche Nomina: Peter und Paul, Wiese, Weide, Wald und Wolf … Johannes entwickelte nach anfänglichem Widerstand Freude an diesen Übungen, er merkte den Fortschritt, übte alleine viele Stunden während der eintönigen Tage und langsam begann er, sich auf morgen zu freuen und übermorgen und weiter. So wuchs eine kleine Zukunft.

Den Johanniter sah er seltener als früher. Der Ordensmann war tagelang bei Kranken auswärts unterwegs und im Haus selbst in vielerlei Pflege und Organisation eingebunden. Johannes vermisste ihn. Ihn und die Wärme, die von ihm ausging, die dunkle, weiche Stimme, die ihn zurückbrachte, wenn er ins Nichts wollte. Er rügte sich selbst, einen so abgegriffenen Vergleich zu denken: wenn der Johanniter kam, ging die Sonne auf. Der seltsame Mann wusste gut zu unterhalten, berichtete von der Welt draußen, dem Absterben und dem Wiederkommen, der neuen Mode und den neuen Fabrikschloten, vom Tod eines Dichters namens Heinrich Heine und dann sprach er, verwirrend und verworren für Johannes, von einem „Privilegium de non tolerandis Judaeis“, dann wieder von Galilei oder der Abschaffung der Sklaverei in den USA, sprach von Flucht und Kriegen, dem Trojanischen, dem Dreißigjährigen und den weltumspannenden, die bevorstünden, erzählte von Giftgas und Revolutionen. Er sprach vollkommen ununterschieden und selbstverständlich von dem, was war und was sein und kommen würde, als ob er auf Flügeln die Jahrhunderte überbrückte oder auf einem Regenbogen.

Der Mann hatte etwas Rätselhaftes.

Er war ohne Zeit und ohne Begriff.

Jeden Sonntagmorgen, bevor sie gemeinsam zur Messe in die Ordenskirche gingen, brachte der Johanniter ein neues Buch oder die *Schlesische Zeitung* mit. Und immer nahm er wie nebenbei ein Blatt aus einem kleinen Stapel von Zetteln, den er aus der Innentasche seines langen Habits zog, und legte es Johannes auf den Tisch. Darauf hatte er in einer kleinen Schrift eine Strophe oder ein, zwei Sätze geschrieben, ohne zu vermerken, von wem sie stammten oder den Beschenkten aufzufordern, darüber nachzudenken. Nur einen einzigen Namen hatte er unter dem Zitat „Il fine dell' uomo, come d'ogn' altro animato, è vivere" angegeben: Paolo Sarpi. Dadurch waren beide wie ein Wegweiser herausgehoben und Johannes im Gedächtnis geblieben. Die übrigen Beispiele standen einfach da als Zeichen für irgendetwas.

… mit der einen hand zeichnen sie soldaten, und mit der anderen radieren sie sie wieder aus.

Laß ab von diesem Zweifeln, Klauben,
Vor dem das Beste selbst zerfällt,

Und wahre dir den vollen Glauben
An diese Welt trotz dieser Welt

… verliebt in das Grün des fernsten Grases

Ich glaube jedem, der die Wahrheit sucht.
Ich glaube keinem, der sie gefunden hat.

Il carnato del cielo
sveglia oasi
al nomade d'amore
Die Rötung des Himmels
weckt Oasen
für den Nomaden der Liebe

Mein sind die jahre nicht, die mir die zeit genommen;
Mein sind die jahre nicht, die etwa möchten kommen;
Der augenblick ist mein, und nehm' ich den in acht,
So ist der mein, der jahr und ewigkeit gemacht.

Eines Tages – es war kurz vor der Entlassung des Patienten – machte der Johanniter mit Johannes eine Ausfahrt. Es war die erste nach fast zwei Jahren. Johannes hatte Angst.

Er sträubte sich, aber der Mann führte ihn vor das Tor, wo eine Droschke mit zwei braunglänzenden Pferden und einem Kutscher wartete. Sie fuhren durch die belebte Stadt, die zur Großstadt geworden war. Fuhren über die Zuflüsse der Oder, in deren

Tiefebene Breslau liegt, und über Hunderte von Kanälen, die der Stadt schon früh den Ruf eingetragen hatten, das „Venedig des Nordens" zu sein. Es war ein milder Abend, die Straßen und Plätze waren überfüllt mit Menschen, vor den Hotels standen livrierte Pagen, Glocken tönten von der Marienkirche, der Duft von Gebratenem lag in der Luft, aus einem Haus hörte er Geigenmusik, aus einem anderen Streit, Knechte schleppten weiße Säcke in eine Bäckerei, Kinder spielten Ball, ein Marktschreier bot Lakritzen an und ein anderer Gewinnlose, es war ein Leben, wie er es gekannt hatte von früher.

Es war die Alltäglichkeit, die weitergegangen war in den Monaten, als er litt, es gab also noch ein Lachen und es gab Burschen und Mädchen, manche umarmten sich und eine wahnsinnige Lust überkam ihn, dabei zu sein, mittendrin, wieder Teil der Welt zu werden –

– und Johannes beugte sich aus dem Fenster der Droschke und wollte singen, und hatte plötzlich das Bild von Agáta vor sich, die damals, ja, irgendwann bevor es geschah, in der Musikschule zugleich mit ihm Unterricht genommen hatte, Agáta, die so zart Geige spielte, deren Kleid wehte, wenn er sie nachhause begleitete und die sagte, wie schön hast du heute wieder gespielt mit Deiner Trompete, Jan, war das eine Fuge von Bach? Sie hatte Jan zu ihm gesagt und jetzt schien es ihm, dass aus ihrem Mund der tschechische Name zärtlicher klang, Agáta, die eine leichte Röte auf ihren Wangen hatte, wenn sie sich vor dem Gartentor ihres Elternhauses verabschiedeten und sie mit ernster Miene sagte, bis morgen, Jan, und es ihm ganz heiß geworden war… Und in der Droschke durch die Gassen von Breslau und das pralle Leben fahrend, dachte er: Vielleicht hab ich für sie spielen wollen im Krieg, ihr zeigen, dass ich schon ein mutiger Mann bin und vor sie hintreten in der Uniform eines kaiserlich-königlichen Feldmusikanten – –

und da spürte er die Hand des Johanniters, der sagte: „Jetzt bist du angekommen, Johannes.“

*

Drei Wochen später wurde Johannes aus dem Ordensspital entlassen. Der älteste Bruder kam, um seinen jüngsten abzuholen. Franz hatte sich vier Tage Urlaub genommen. Er hatte ein beträchtliches Geldgeschenk des Vaters dabei, das er dem Johanniter mit ausdrücklichem Dank der Eltern als Spende für den Orden überreichte. Der Vater hätte gern mehr gegeben, sagte Franz, aber er wäre seit dem Unglück mit Johannes ein gebrochener Mann. Das Zittern seiner Hände würde ihm keine feinen Schnitzarbeiten mehr erlauben, so dass die Geschäfte nicht mehr so gut gingen wie früher.

Ein breitkrempiger Hut warf Schatten auf Johannes' Gesicht. Leicht gebückt, aber halbwegs bei Kräften, ging er am Arm seines Bruders zur Droschke, die sie zum Bahnhof von Breslau brachte. Hier begann die lange Reise, die sie mit mehrmaligem Umsteigen über Mährisch-Ostrau, Olmütz und Pardubitz in das ehemalige Hussitenstädtchen Josephstadt/Jaroměř führen würde, wo die Mettau in die Elbe mündet und sie nur mehr ein kurzes Stück nach Neustadt zurückzulegen hätten.

Nachhause.

Franz hatte sich diese Route liebevoll ausgedacht, um auf diese Weise Johannes in ein neues, überraschendes Leben zu führen und der Erinnerung an die Schlacht einen Gegenpol zu offerieren. Er wollte ihm zeigen, wie schnell und unabhängig vom Schicksal des Einzelnen die Karawane der Menschen weiterzog, über das Geschehene hinwegging, schuldbeladen, achtlos oder freigedacht. Neuen Zielen zu, einem Fortschritt entgegen, der nicht aufzuhalten sein würde.

Johannes stand in der Bahnhofshalle und richtete sich auf. Sah die hohen Glas- und Eisenkonstruktionen, die Arabesken und Goldintarsien in den Mosaiken, sah die Buntheit der eilenden Menschen, die keine Notiz von ihm nahmen und sich in einem Strudel von Sprachen unterhielten, Polnisch, Tschechisch, Deutsch, Russisch, Ungarisch und Jiddisch, hörte das Englisch und Französisch fremdländischer Herren, aus dem Gewirr von Rufen, Fragen und Gepäckstücken erstand eine Welt aus Kaufleuten, Beamten, Luxusreisenden und Ochsenhändlern, aus hochmütigen Damen, Getreidemaklern und galizischen Rabbinern, und Johannes sah die rauchige Bierstube mit armseligen Gestalten und das elegante Restaurant mit weiß gedeckten Tischen, auf der Empore des Speisesaales spielte eine Kapelle Walzermelodien, er hörte das ungeduldige Rufen der Träger, die Maschinen der gewaltigen Lokomotiven sprangen in stotterndem, dann rhythmischem Takt an, Räder ächzten, Johannes stand da im Qualm und unter dem Gewölbe aus Lärm und Stimmen und war nichts als Staunen. Und wunderte sich immer noch, als sie im Coupé saßen und die Landschaft in einem nie gekannten Tempo vorüberzog, die Industrieanlagen und die Vororte auftauchten und wieder verschwanden, die Uferböschungen der Oder, die Dörfer, Felder, Wälder und Wege, ein Schwalbenflug, eine Halluzination und das Vorspiel von Mozarts *Don Giovanni*.

Es war Abend, als sie in Neustadt ankamen. Die Mettau lag im Dunkel, der Marktplatz im Licht der Gaslaternen. Der Vater empfing sie unter dem Tor des Hauses mit der Nr. 1223 und dem Lamm als Zeichen. Cäcilia bekam feuchte Augen, als sie Johannes sah, umarmte ihn stürmisch und barg ihren Kopf an seiner Schulter. Er roch ihr Haar, ihre Haut. Karel war in Prag geblieben, er musste zu einer Versammlung, schickte aber herzliche Grüße. Die Mutter hatte ein Festmahl bereitet und Reseden auf den Tisch gestellt. Der Rinderbraten und die Serviettenknödel waren zart, die Kerzen brannten, das Gespräch stockte. Über der Dreifaltigkeit stand der Sichelmond.

Zuhause.

Johannes hielt sich viel in der Werkstatt des Vaters auf. Er machte kleine Handreichungen, kehrte die Späne von Hobel und grober Schnitzerei in einen Korb und polierte die feineren Schnitzmesser, die nicht mehr in Gebrauch waren. Er ließ sich Farben und Wirkungsweise der verschiedenen Beizen und Lacke erklären und die unterschiedliche Seele von Buchen-, Eichen-, Linden- und Birnenholz. Es war ein neues Feld für Johannes und das Handfeste daran gefiel ihm, es beruhigte ihn. Vater und Sohn waren sich einig im Schweigen und es entstand eine Nähe, die es früher nicht gegeben hatte. Manchmal saßen sie im Gärtlein an der Werkstattmauer, die noch die Wärme des Tages gespeichert hatte. Über Zaun und Wehrstraße hinweg schauten sie in das Grün der jenseits der Mettau liegenden Hochflächen. Wenn die Mutter eine Erfrischung brachte und sie die beiden still nebeneinandersitzen sah, flog etwas Helles über ihr Gesicht. Die Männer prosteten sich zu, zitternd der Ältere. Der Geselle für die Großaufträge arbeitete nach den Anweisungen seines Meisters selbständig in der Werkstatt am Ufer der Mettau, den zweiten Gesellen hatte Quirin Czermak schweren Herzens entlassen müssen. Den Lehrbuben konnte er noch behalten. Dem Vater war der steile Weg in das Tal zu beschwerlich geworden, so ging Johannes oft mehrmals am Tag als Bote hin und her. Er blieb eine Weile am Ufer des Wassers, sah den Spiegelungen des Himmels zu und zählte die vorübertreibenden Blätter.

An der Wehranlage des Flusses lag unmittelbar neben dem Besitz des Vaters der Betrieb eines Schmieds. Herr Vitus Kriwanek stand manchmal vor seinen lauten, großräumigen Werkstätten, rauchte eine Pfeife und hob eine Hand zum Gruß. Mit der Zeit kamen sie ins Gespräch. Herr Kriwanek war einer der wenigen, der nie nach dem Befinden von Johannes fragte, ihm offen in das Gesicht blickte und keinerlei Anzeichen von Überraschung oder Abwehr zeigte. Johannes wusste, dass er seine beiden Söhne in der Schlacht von Königgrätz verloren hatte. Der eine starb bereits bei den ersten Kampfhandlungen um Sadowa, der andere gegen Abend auf dem Hügel von Chlum. Nie sprachen sie darüber. Aber Johannes hatte ein Gefühl des Aufgenommenseins und war dankbar dafür.

Wieder sammelten sich die Schwalben, fielen die Kastanien, ließ das warme Licht der Septembersonne die Erde erglühen. Auf dem Erntedankfest wurde getanzt, die Mädchen waren hübsch und hatten geflochtene Blumenkränze im Haar. Agáta war nicht unter ihnen. Johannes stand am Fenster im ersten Stock. Er sah das fröhliche Treiben auf dem Marktplatz unter sich und war bedacht darauf, nicht gesehen zu werden. Ein Mann schrie etwas in ein trichterförmiges Sprachrohr, der Tanz stockte, ein Trompetentrio und ein Trommelwirbel schmetterten ein musikalisches Hurra und der Tanz begann von neuem, schneller, wilder.

Wie viele Jahre war es her, dass ihm der Johanniter im Lazarett des Wallenstein'schen Schlosses vom Erntedankfest auf dem Stadtplatz von Jičín erzählt und er es mehr träumend als wachend wahrgenommen hatte? Drei? Vier Jahre?

Die Mutter schlug ihr Akkordeon in ein Tuch ein und stellte es auf den Dachboden. Die Ventiltrompete hatte sie längst verräumt. Mit großer Natürlichkeit und Zurückhaltung umsorgte sie Johannes, ohne ihn zu demütigen. Da sie ein Bauernkind war, kannte sie den Umgang mit verletztem Leben. Heilen braucht Geduld, sagte sie zu ihrem Mann, und tat, wovon sie glaubte, dass es gut war. Manchmal, wenn sie den langen Weg nach Rezek zum Hof des Bruders ging – die Eltern lebten nicht mehr – nahm sie Johannes mit. Mit Verwunderung hörte er dieser sonst stillen Frau zu, wie sie ihm lebhaft über die Beschaffenheit von Ackererde, Baumrinde oder Vogelkot zu erzählen wusste. Am Hof selbst half er beim Äpfelklauben und blieb eine Weile bei den Kühen auf der Weide. Beobachtete ihr unermüdliches Fressen, das zungenlange Abrupfen der Grasbüschel und das stoisch verinnerlichte Wiederkäuen. Sie sahen ihn nicht an. Wenn Regen bevorstand, zogen die Tiere alle in dieselbe Richtung, langsam und fressend über die weite Hochfläche hin. An klaren Tagen sah man bis zu den fernen Waldrücken des Adlergebirges.

Königgrätz. Mit dem Zweispänner waren Vater und Sohn unterwegs, um in der Soukenická neue Ware einzukaufen. Quirin wählte mit Bedacht Beizen, Holzleim und Pauspapier für die Arabeskenverzierungen. Er würde es kaum mehr brauchen. Seine Hände zitterten und die technischen sowie chemischen Entwicklungen überrollten rasant sein Handwerk. Johannes sah sich mittlerweile in der Stadt um. In aller Pracht stand sie vor seinen Augen, goldne Zier, mächtige Kirchtürme und Selbstbewusstsein demonstrierende Bürgerhäuser. Er sah das lockende Leben eines blühenden Gemeinwesens. Im Kopf hatte er andere Bilder. Er dachte an die in den Wassermassen der geöffneten Schleusen Ertrunkenen des 3. Juli und wünschte sich in ihre Gesellschaft.

Johannes, du musst wieder mehr unter Menschen gehen –. Es fiel ihm schwer. Die Arkaden des Marktplatzes von Neustadt boten Schutz vor Schnee, Unwetter und Sommerhitze, aber nicht vor dichtgedrängten Menschen. Er gab sich Mühe. Gab Antwort, wenn man ihn fragte, ihm Mitleid und Zuneigung zeigte, ihn einlud, doch einmal vorbeizukommen. Durchreisende starrten ihn an. Kinder tuschelten. Mit dem einen oder anderen Freund von früher kam er ins Gespräch, sie hatten sich nichts mehr zu sagen. Sie waren jetzt um die zwanzig und das Leben hatte ihnen gegensätzliche Erfahrungen zugedacht. Mit ihnen zu reden, war Qual, er hatte keinen Anteil an guten Positionen, Plänen, Liebschaften und der Lust am Dasein. Den Mädchen ging er aus dem Weg. In der Schenke trank er Bier, beim Bäcker kaufte er Kaisersemmeln und beim Metzger Brandeis bestellte er Rinderbraten für den Sonntag.

„Dass Gott erbarm", sagte Herr Brandeis zu seiner Frau, „der arme Teufel".

Im März erlitt Johannes einen schweren Rückfall. Die Narben entzündeten sich und begannen wieder zu eitern. Der Hausarzt stieß an seine Grenzen und wies ihn in das Spital der Barmherzigen Brüder ein, ein anderes gab es nicht in Neustadt. Mehrere Wochen blieb Johannes bei den Barmherzigen.

In der Klosterbibliothek war er stiller Gast.

Nachts kam die Musik, schlich sich ein, kam von irgendwo her, aus dem Bauch, dem Kopf, dem Atem. Dem Traum. Nachts kamen sie, die Melodien, die er geliebt hatte, Lieder, Ouvertüren, Märsche, er brauchte kein Orchester, er brauchte nur seine goldne Ventiltrompete, er selbst würde auf dem Turm des Schlosses und Agáta allein unten auf dem Marktplatz stehen, sie würde zu ihm heraufschauen, Leute würden sich um sie scharen und alle würden den Blick zu ihm, dem Trompeter, erheben, es gäbe keine Grammatik mehr und keine Gräber, nur Girlanden über seiner Stirn.

Im Klostergarten half er gern, als es ihm besser ging, und freundete sich mit Sempronius an, einem alten Pater, der ihm kichernd von früher erzählte, als ob die Geschichte eine flotte Polka wäre und alles Unglück flüchtig wie ein Tanzschritt. Erzählte von Festen und Bränden, Kuhhandel und Kriegen und von Albrecht von Wallenstein, der einst kurze Zeit der Herr von Neustadt war, als man ihn noch ehrte für Siege, Macht und Reichtum. Wallenstein, der ermordet wurde in Eger. Und einer seiner Meuchelmörder, der Ire Walter Leslie, wurde in Wien sofort hoch geehrt, die reichste Beute jedoch war, so Sempronius weiter, „Na, was glaubst du? Unsere Stadt! Samt Schloss und allen dazugehörenden Dörfern und Landbesitzungen – so ist der Mörder mit dem ehemaligen Besitz des Ermordeten belohnt worden!"

Als Johannes nach seinem Spitalsaufenthalt in das Elternhaus zurückkehrte, gab es manche Veränderung. Franz wurde nach Brünn in die dortige Zentralstelle der Habsburgischen Eisenbahnen versetzt und Karel machte in Prag in der tschechischen Widerstandsbewegung Karriere. Cäcilia feierte große Hochzeit mit dem Gemeindevorsteher von Königinhof, einem angesehenen Mann, sie freute sich auf ein angenehmes Leben in der schönen Stadt an der Elbe.

Niemand in der Familie verstand Cäcilias Wahl, denn Hermann war ein roher Militarist, ein Verächter alles Tschechischen und vielfach aktiv in deutschnationalen Vereinigungen.

Johannes selbst hatte sich verändert.

Es musste alles anders werden, *er* musste anders werden! So konnte es nicht weitergehen. Wange und Mund waren gut geheilt. Man sah ihn häufiger auf dem Marktplatz, es schien, dass sich die Leute an ihn gewöhnt hatten und er sich an sie.

Der Metzger Brandeis sah es mit Freude und sagte zu seiner Frau: „Ich glaub, der Czermak-Bub ist über den Berg."

Häufig wurde Johannes in der Bücherleihstelle *Zur Slawischen Linde* gesehen. Zuhause rückte er einen Tisch an das Fenster der großen Stube, von wo aus er auf das Leben des Marktplatzes blicken konnte und es mit zunehmender Neugier verfolgte. In jüngster Zeit sah ihn die Mutter mitunter sogar lachen. „Weißt du", fragte er, „wie der Heinrich Heine den Gottvater beschreibt, als er die Welt erschaffen hat? Hör zu:

Kaum hab ich die Welt zu schaffen begonnen,
In einer Woche war's abgetan.
Doch hatt ich vorher tief ausgesonnen
Jahrtausendlang den Schöpfungsplan.

Das Schaffen selbst ist eitel Bewegung,
Das stümpert sich leicht in kurzer Frist…

‚das stümpert sich leicht' – ist das nicht gut? Das bin ich, ich stümpere auch so vor mich hin, zwar nicht leicht, aber es wird schon –", sagte Johannes und seine Mutter war überrascht vom ironischen Unterton. Mit größerer Anteilnahme las er nun täglich die *Neue Freie Presse*, die in der ganzen Monarchie vertrieben wurde, und am Wochenende kaufte er *Národní listy*, das Organ der Jungtschechen, Karels Lieblingszeitung. Sich bilden, wissen, was geschieht, sich ändern, das wollte er. Den Gedanken, noch einmal in das Gymnasium nach Braunau zurückzukehren, um die Schule abzuschließen, verwarf er. Ebenso das Angebot des Vaters, die Kunsttischlerei zu erlernen. Er war fast einundzwanzig, er scheute sich einerseits, dem Spott seiner Mitschüler ausgesetzt zu sein, andererseits, dem Vater nicht genügen zu können. So entschloss er sich, nach Breslau zu reisen, um den Johanniter um Rat und, im besten Fall, eine Arbeitsmöglichkeit zu ersuchen. Er hatte ihm seit seiner Rückkehr mehrere Briefe geschrieben, jedoch nie Antwort erhalten. Johannes deutete es als Überlastung.

Breslau wurde eine Enttäuschung. Der Johanniter war nicht mehr im Ordensspital. Er wäre nach Johannes' Entlassung fortgegangen, wahrscheinlich nach Köln, hieß es, vielleicht sogar nach Jerusalem. Die Anonymität der großen Stadt, die Johannes bei der denkwürdigen ersten Ausfahrt so genossen hatte und in der er jetzt heimisch zu werden hoffte, erschreckte ihn. So allein gelassen, verstörten ihn die vielen Menschen und die tausend Möglichkeiten, hier zu arbeiten und zu leben.

Eine Nacht blieb er im Gästezimmer des Klosters. Schlaflos. Fragte sich, was er denn nun eigentlich tun wolle. Er hatte den Eindruck, dass noch jemand im Zimmer war. Keineswegs unheimlich kam es ihm vor, eher vertraut. Ich bin lange genug hier gewesen, das wird es sein, sagte er sich.

Trotzdem zündete er eine Kerze an.

Blieb stehen vor dem Spiegel.

Sah sich, blickte sich an.

Nach langer Zeit nickte er sich zu.

Er ballte keine Faust, zerschlug nicht das Glas und rannte nicht in Panik davon. Er wusste, dass am Tor niemand auf ihn warten würde, außer er selbst.

Johannes fuhr in die Provinz, in das Vertraute zurück. Er stand auf dem Bahnhof von Breslau, hielt der Menge stand, schob seinen Hut aus dem Gesicht. Beschloss, nicht ohne Theatralik, ab jetzt mutig zu sein und seine Lethargie auf die Schienen zu werfen.

Er kaufte eine Karte und stieg in ein Coupé. Er fuhr dieselbe Strecke wie damals mit Franz. Mit jedem Stoß der Räder, so stellte er es sich im Rausch des Tempos vor, vernichtete er ein Zögern, ein Selbstmitleid, ein Hadern, einen Selbstmordgedanken.

Er blickte aus dem Fenster, er kannte die Gegend nicht, er wollte sie in Zukunft kennenlernen. Jedes rhythmische Schlagen der Räder war ihm ein Ja und ein Ja.

In Gedanken warf er die Blätter, auf die er seine Albträume geschrieben hatte, aus dem Fenster, und übergab sie der flüchtigen Welt.

Als er nach Neustadt kam, war er voller Pläne. Er dachte daran, nach Czernowitz zu fahren, um Ferdinand zu suchen. Der Freund war tatsächlich von den Preußen gefangen genommen, nach drei Monaten jedoch entlassen worden und war zu seinen Eltern zurückgekehrt. Zunächst jedoch wollte Johannes nach Brünn, um mit Franz die Zukunft zu besprechen.

Es kam anders.

Das Rauschrot der Träume erlosch.

Zwei alltägliche Erlebnisse machten zunichte, was so mühsam erkämpft war. Schneller als gedacht und tiefer als befürchtet.

An einem warmen Nachmittag schlenderte Johannes zwischen den ergrünenden Bäumen über die Kohenského-Chaussee. Eine Schar Kinder kam ihm entgegen. Schon von weitem riefen sie: „Das Krüpperl kommt, das Krüpperl kommt, das Krüpperl ohne Kinn und Kauen“, sie lachten und liefen kichernd davon. Da packte ihn die Wut, er rannte ihnen nach, wartet nur, schrie er, drohte, hatte sie mit erhobenem

Stock fast eingeholt, Passanten blieben erschrocken stehen, ein Mann hielt ihn grob auf – als er die Verzweiflung im entstellten Gesicht des Verfolgers sah, hielt er inne und ließ los.

Kurze Zeit später traf er an einem Sonntagmorgen einen Kameraden aus der Musikschule, mit dem er in der Kapelle der Nationalgarde gespielt hatte. Filip war in großer Montur, trug seine Posaune unter dem Arm und war auf dem Weg zum Hochamt in der Dreifaltigkeitskirche, in der an diesem Tag mit großem Orchester Primiz für einen jungen Neustädter Priester gefeiert werden sollte. Allein dieser Anblick zerschnitt die Fäden, mit denen sich Johannes sein kunstvolles Überlebensnetz geknüpft hatte. Filip war bester Laune, sein rundes Gesicht glänzte, er schwitzte in der Tracht, stieß Johannes mehrmals übermütig an, plapperte vor sich hin, erzählte aus seinem Leben und seiner erfolgreichen Posaunerei und fragte dann: „Weißt du eigentlich, dass Agáta geheiratet hat? Sie ist nach Troppau gezogen, weißt eh, der Hauptstadt vom mickrigen Restgebiet Österreichisch-Schlesien, dort lebt sie jetzt – bist ihr ja einmal nachgestiegen, der zarten Geigerin Agáta, oder nicht? Na ja, jetzt wär das alles sowieso vorbei für dich …“ Und Filip stieß Johannes nochmals freundschaftlich auf die Brust, sagte noch „Nichts für ungut, tut mir leid, entschuldige“, und ging seines Weges zum Kirchentor.

Johannes war erstarrt.

Danach verstummte er.
Er war ein Krüppel.
Ein Krüppel würde er bleiben.
Unnütz, ungeliebt, eine Spottfigur.

Nach wenigen Tagen sah man ihn hinunter an das schattige Ufer der Mettau gehen. Er klopfte beim Schmied an, bei Herrn Vitus Kriwanek.

Sie sprachen lange.
Kurz darauf fing Johannes eine Schmiedelehre an.
Er wollte in die Finsternis.
In das Ungesehene.
Wollte die Fertigkeit für Feinarbeiten erlernen.
Für schmiedeeiserne Grabkreuze.
Für die Toten von Chlum.
Für Bohumil und die Namenlosen.

Gegen alle Einwände von Eltern und Geschwistern blieb Johannes bei seinem Entschluss, starrköpfig wie 1866. Zum Neujahrsfest starb der Vater. Jetzt, als es zu Ende ging, konnten sie reden und der Sohn bat um Verzeihung. Es wäre die falsche Entscheidung gewesen damals, sagte Johannes, diesmal jedoch wäre es die richtige.

„Du bist nicht schuld an meinem Weggehen gewesen, du hättest mich nicht halten können. Die Phrasen der Kriegshetzer sind nicht schuld, ich hätte sie nicht glauben müssen. Ich allein bin's, ich war unwissend, selbstherrlich und ehrsüchtig – oder wir alle sind schuldig, weil wir es seit ewig nicht schaffen, Frieden zu machen."

„Du redest plötzlich so sicher", sagte der Vater, „wie kommt das?"

„Ich hab viel an den Johanniter gedacht in der letzten Zeit. Manchmal hab ich das Gefühl, dass er in meiner Nähe ist. Du hast ihn ja gekannt, er war so ungreifbar. Im Morgengrauen, wenn ich noch im Halbschlaf bin, kommt es mir vor, als ob ich mit ihm reden könnte und er mir Ratschläge gäbe. Und dass es die richtigen sind."

Johannes brachte ein frisches Glas Wasser für den Vater, beugte sich nahe zu ihm und sagte noch, dass er nach diesen langen vier Jahren der Mutlosigkeit endlich eingesehen habe, dass er selbst sein Leben leichtfertig weggeworfen habe, jetzt sei er so weit, ein neues zu suchen. Er stand auf und ging zum Fenster. Kahl stand der Marillenbaum an sein Spalier gebunden. Die Türe zur Werkstatt war verriegelt. Auf der Wehrstraße zwischen Zaun und Felsabsturz zog ein Ochsengespann vorüber, der Leiterwagen ächzte unter einer schweren Last. Jenseits der Mettau lagen die Höhenrücken im Weiß der Schneefelder und dem Schwarz der Nadelwälder. Der Himmel war grau und nieder.

Der Vater starb wenig später, zittrig, herzkrank und versöhnt.

Der Tischlergeselle, der inzwischen Meister geworden war, führte die Werkstatt weiter, kam ohne das

Ansehen von Quirin Czermak jedoch bald in Schwierigkeiten und musste den Betrieb zum Verkauf anbieten. Weder Franz noch Karel konnten mit so großen Summen aushelfen. Für das Gewerbe gab es keinen Interessenten, zum Verkauf stand demnach nur das schöne Haus auf dem Marktplatz, das ohne gutes Einkommen nicht zu halten war. Neuer Besitzer wurde der ehrgeizige Versicherungsbeauftragte Svoboda, dessen Akquisitionen weit in das Gebiet des Böhmischen Paradieses und des Glatzer Grenzlandes hineinreichten und der ein repräsentatives Büro auf dem Stadtplatz von Königgrätz besaß. Seine Frau, belesen und beflissen – Johannes kannte sie flüchtig aus der Bücherei *Zur Slawischen Linde* –, war Lehrerin in Nachod, so lag Neustadt günstig in der Mitte. Rosa Czermak kehrte auf den elterlichen Bauernhof zurück, ihr Bruder hieß sie willkommen als Arbeitskraft und Hüterin seiner kleineren Kinder.

Johannes zog in das Gebäude der ehemaligen Werkstatt am Ufer der Mettau, das der Familie geblieben war. Es war nicht schwierig, den Raum in eine bescheidene Bleibe mit zwei Zimmern umzubauen, Fließwasser gab es reichlich, eine Toilette war im Schuppen vorhanden und Johannes hatte keine großen Ansprüche. Der frühere Lehrbub, der eine andere Arbeit im Ort gefunden hatte, half ihm gerne. Der glücklose Nachfolger des Vaters ging in das Sägewerk von Weckelsdorf/Teplice.

Und die große politische Landschaft? Was wäre von ihr zu erzählen?

Nach der Völkerschlacht von 1866 wurde der Deutsche Bund unter der Führung Österreichs aufgelöst. Dies hatte zur Folge, dass der habsburgische Kaiser jegliche Verankerung in deutschen Landen verlor und das Kernland Österreich plötzlich eine Minderheit im eigenen Reich wurde, bevölkerungsmäßig und von der Sprache her. Dies zwang Kaiser Franz Joseph I. schon ein Jahr nach Königgrätz eine Personalunion mit den Ungarn einzugehen, so dass aus der k.k. Monarchie eine gleichberechtigte k.u.k. Doppelmonarchie wurde, was die anderen Kronländer, vor allem Böhmen, zutiefst verletzte und in den kommenden Jahren zu schwerwiegenden Auseinandersetzungen führte. Preußen hingegen annektierte oder vereinigte innerhalb kürzester Zeit alle deutschen Königreiche und Kleinstaaten, stieg zur politischen und militärischen Großmacht auf und stürzte sich in einen Krieg mit Frankreich.

Vielleicht hatte der stille Tischlermeister Czermak aus Neustadt an der Mettau eine Ahnung von den sich daraus ergebenden Entwicklungen. In der kleinen Bibliothek, die nach seinem Tod auf den ältesten Sohn Franz überging, fand dieser viele Jahre später im Band VII der in Leder gebundenen 15 Bände der Gesammelten Schriften von Wilhelm von Humboldt einen offenbar noch vom Vater eingelegten Zettel mit folgender Stelle:

... Man muß auf keine Weise den wahren und eigentlichen Zweck des Deutschen Bundes vergessen, insofern er mit der europäischen Politik zusammenhängt. Dieser Zweck ist Sicherung der Ruhe; das ganze Dasein des Bundes ist mithin auf Erhaltung des Gleichgewichtes durch innewohnende Schwerkraft berechnet; diesem würde nun durchaus entgegengearbeitet, wenn in den Reihen der europäischen Staaten ... noch ein neuer kollektiver eingeführt würde. Niemand könnte dann hindern, daß nicht Deutschland als Deutschland auch ein erobernder Staat würde, was kein echter Deutscher wollen kann ...

Jahreswende 1870/71.

Europa hielt den Atem an.

Preußen feierte einen großen, schnellen Sieg.

Der deutsch-französische Krieg war zu Ende. Am 18. Jänner 1871 kam es zu einem denkwürdigen, weit in das 20. Jahrhundert dunkel-folgenreich hineinwirkenden Ereignis: Im Spiegelsaal des Schlosses von Versailles, dem Schloss der französischen Könige, wurde vor der besiegten und gedemütigten Grande Nation der preußische König Wilhelm II. zum deutschen Kaiser gekrönt und das deutsche Kaiserreich ausgerufen.

***

PRÉLUDE ZWEI

Und wieder kommt der lange Zug von Menschen über die gebrochene Leinwand. Langsam zieht er darüber hin und verschwindet, taucht wieder auf und geht aus dem Bild. Müht sich im Trommel- und Trompetenwirbel durch das Leben. Jede Figur durch ihr eigenes und unverwechselbares Leben. Die Gestalt, die aus einem dicken Stapel von Zetteln einen immer neuen herauszieht und ihn langsam über ihre Schulter wirft in die Achtlosigkeit, geht immer noch dem Zug voran. Und immer, wenn sie wiederkommt, knie ich nieder und versuche, ein Blatt, das in meine Hände taumelt und mir Fortsetzung verspricht, aufzufangen, um es vor den Füßen der ewig Wandernden zu bergen und dieses eine Schicksal zu retten vor dem Vergessen im Perpetuum der Zeit.

AN DER METTAU – NAD METUJÍ

I

Weidenzweige hängen tief in den Fluss.
Schwingen in Mäandern und Kreisen.
Unter ihrem Schutz ist Johannes zu sehen.
Er spielt Musik.

Vielleicht wären die Weiden selbst gerne das Wasser, sagt er, dann müssten ihre Blätter nicht sterben, um wieder geboren zu werden. Dann gäbe es das Wort heillos nicht und nur das Wort Halleluja.

Johannes hat Cellospielen gelernt.

Nach langem Zögern war er eines Tages zu seinem früheren Musiklehrer gegangen und hatte gefragt, ob er ihn die Kunst des Spielens auf einem Violoncello lehren könnte. „Selbstverständlich", sagte Herr Jaroslav Procháska, „du bist begabt, Jan, du hast ein gutes Gehör und hast schnell die Trompete begriffen, du wirst auch das Cello streichen lernen." Er fragte nicht weiter, warum gerade dieses Instrument. Er sah Johannes verstohlen an und wusste, dass ihm für Trompete oder Klarinette unversehrte Lippen und für die Violine ein Teil der Wange fehlten, dass er wohl von einer Trommel nichts wissen wollte und ihn das Akkordeon zu sehr an einen kunstvoll eingesetzten Atem erinnern könnte. Procháska kannte Jan, für den er manches Mal sogar die Koseform Honzík verwendete, lange genug, um zu ahnen, was alles zugrunde gegangen war in der unseligen Schlacht.

Ich brauche den Ton, der von innen kommt, sagte Johannes zu seinem Musiklehrer, also den Ton, die Melodie, die ich innen in mir habe. Die brauche ich auch außen. Draußen in der Welt, damit ich sie hören kann, damit ich hören kann, wer ich bin.

Von Zeit zu Zeit spielte Johannes immer noch Trompete. Tat es mit den Fingern und der Erinnerung an übermütige Tage. Auf einer imaginären Tastatur fingerte er ins Leere. Stümperte vor sich hin, spät abends, wenn er seine Hände von der Schmiedearbeit gelockert und lange in seinen Büchern gelesen hatte, aber noch nicht schlafen konnte. Wenn er nicht werden konnte, was er wollte. Wenn er das Eigentliche nicht fand und die Einsamkeit das Rauschen der Stille war.

Das Klavier hatte Cäcilia mitgenommen. Die kleine Trommel, die er in einer Laune beim Trödler auf dem Marktplatz erworben hatte, warf er wieder weg. In hohem Bogen schmiss er sie auf den Misthaufen der Keuschlerin Branka ein Stück weiter flussaufwärts, wo er sie vergrub unter dem Stallmist der einzigen Kuh und der zwei Ziegen. Es kam immer noch vor, dass er nachts schrie, verstört, zerstört. Dann sprang er auf, taumelte vor die Tür und hielt seinen Kopf unter den Strahl des Brunnens. Sah in den Nachthimmel. Manchmal trug die Turmspitze der Dreifaltigkeitskirche die Milchstraße. Von der großen Druckerei, die zu einer Fabrik ausgeweitet worden war und in der rund um die Uhr gearbeitet wurde, sank das ferne Surren der Maschinen hinab in den dunklen Fluss.

Johannes übte. Er saß zwischen seinem neuen Zuhause und der Mettau, die er bei sich Metují nannte, es klang ihm weicher, und spielte Cello. Das Instrument hatte er von der Musikschule gegen Kaution geliehen. Ein Cello ist die menschlichste Stimme unter den Instrumenten, hatte Herr Procháska gesagt, eine Violine ist zu hoch, eine Bassgeige zu tief – aber ein Violoncello kommt dem Menschen am nächsten. Johannes übte. Ein niederes Notenpult vor sich, übte und variierte er mit zunehmender Freude. Die nackten Füße standen im hohen Gras der Böschung. Das war die Stunde des Tages, in der er gerne hier war. Zwischenzeit. Zwischen Tun und Träumen. Zeit des Spiels. Da war er er oder ein ganz anderer, war im Festen und im Dahintreiben, war schwarz und malvenfarben und golden. Vielleicht auch einmal perlgrau, die Farbe des Rückens der Lachmöwe, wie die Mutter erklärt hatte, oder der Rückseite des violetten Leberblümchens.

Hier war er unbehelligt und doch eingebunden in das Tun der Menschen. Hörte morgens das Erwachen in den Häusern und Betrieben ringsum, sah den aufsteigenden Rauch aus den Schornsteinen, das Lüften von Betten und das Anschirren der schweren Rösser und der Ochsen, hörte singen, zanken und fluchen, roch den Duft von Majoran in der morgendlichen Feuchtigkeit, vielleicht zog einmal der Geruch von übergegangener, angebrannter Milch zu ihm herüber. Abends hörte er das Schließen von Haustüren, sah das Aufglimmen von Lichtern in Küchen und Stuben, hörte das Gebet eines Kindes zu seinem Schutzengel. Und hoch über ihm auf dem Felsen lag seine Stadt, unverrückbar und unbeteiligt, aber sie war da und hier war er geboren. Er saß unter den Weiden, im Gras oder an der Wand des Hauses, und spielte selbstvergessen vor sich hin. Er war noch kein Virtuose, aber es ließ sich hören. Die Metuji nahm die Melodien mit, reichte sie weiter an die Elbe, so kamen sie bis an das Meer. Die Fische konnten sie hören und schlossen sie ein in einen großen Kreis.

Die wenigen Menschen, die so spät noch den steilen Verbindungsweg zwischen Marktplatz und Fluss hinauf oder hinunter gingen, hörten den Cellospieler wie die vertraute Botschaft des Abends. Sie hatten sich daran gewöhnt. Manche warteten darauf, es war ihnen wie Frieden. Der Krieg war längst vorüber. Achtzehn Jahre lag die Schlacht von Königgrätz zurück, man schrieb bereits das Jahr 1884. Mancher Schmerz war verheilt und die immer neuen Tage und Jahre betrieben ihr Werk der Verführung mit neuen Erlebnissen und Erfordernissen, neuen Fragen, Sorgen und Glücksmomenten. Andere Passanten hörten den Cellospieler, aber es ging sie nichts an.

Die Entscheidung, bei Herrn Kriwanek die Kunst des Schmiedens zu erlernen, hatte Johannes nicht bereut. Er war inzwischen Meister für Huf-, Wagen- und Zeugschmiede geworden und ebenso in der Herstellung von Sensen und Sicheln ausgebildet, für deren Produktion Kriwanek ein eigenes, kleineres Werk besaß. Auf einem anderen Gebiet als der Vater, aber dennoch in der verfeinerten Art des jeweiligen Handwerks, hatte es Johannes zu großem Können gebracht. Die groben Arbeiten, wie die Erzeugung von Eisenstreben, schweren Barren, Geräten, Truhen und Toren sowie das Hartlöten und Feuerschweißen für Großwerkzeuge hatte Johannes bald hinter sich gebracht, denn Vitus Kriwanek hatte viel Geduld und erleichterte Johannes die Arbeit, soweit es ging. Nach Abschluss der Lehrzeit nahm er ihn in seine Feinschmiede-Abteilung auf, in der Fensterkörbe, schmucke Gartentore und -gitter, Laternen, feinziselierte Friedhofskreuze und Zierrat aller Art hergestellt wurden.

Die ersten Jahre allerdings waren Verzweiflungsjahre gewesen – ohne die steten, ruhigen Ermunterungen der Mutter und die Nachsicht seines obersten Lehrherrn hätte er sie nicht überstanden. Die schwere körperliche Arbeit war für einen ehemaligen Klostergymnasiasten und nach einer langen Zeit der

Rekonvaleszenz ungewohnt und kaum zu bewältigen. Die Werkstatt war dumpf und schwarz durch den Abrieb der Eisenspäne. Die Schmiedeöfen, Glutbecken und das Funkengesplitter verströmten eine schier unerträgliche Hitze, die die Narben im Gesicht zum Brennen brachte. Der Lärm der Hämmer, das Schlagen auf den Amboss und das Zischen von glühendem Eisen in kaltem Wasser sowie die lauten Rufe und Befehle der Arbeiter waren für die empfindlichen Ohren eines auf sanfte Töne gestimmten Gehörs eine immerwährende Pein.

Mit dem alten Werkmeister Schobersberger und den beiden älteren Gesellen kam Johannes gut aus. Nicht jedoch mit dem gerade ausgelernten Černý, der eifersüchtig seinen Einfluss bewahren und die Achtung Herrn Kriwaneks nicht teilen wollte. Es gab stille und offene Kämpfe zwischen dem Anfänger Johannes und Černý, der manches Werkstück des Lehrlings sabotierte, ihn, wenn Kriwanek auf Außenarbeiten war, zum schweren Setz- oder Lochhammer einteilte und ihn einen Trottel nannte, der zu nichts wert wäre. Einmal, als Johannes seine feuerrot erhitzten Narben an der kalten Luft vor der Werkstatt kühlen wollte, rief ihm Černý etwas nach – Johannes blieb abrupt stehen, drehte sich um, fragte: „Hast du ‚Krüppel elendiglicher' gesagt? Hast du das gesagt?" „Bist du ja", lachte Černý, und Johannes rannte auf ihn zu, schlug ihm mit der Faust in das Gesicht, es kam zum Handgemenge und Johannes blieb bewusstlos auf dem Boden liegen. Die beiden Lehrbuben, die die Schlägerei entsetzt verfolgt hatten, rannten zu Herrn Kriwanek in das Büro, sie trugen Johannes auf die Hausbank an der Südseite der Werkstatt. Schlugen kalte Tücher um seine Stirn, redeten auf ihn ein. Die Narbe an der Wange war ein Stück aufgeplatzt. Einer der Lehrbuben wurde zu Frau Kriwanková geschickt, sie säuberte die Wunde mit Jodtinktur und verband sie.

Johannes wurde eine Woche freigestellt. Er verbrachte sie in der Obhut der Mutter auf dem Hof ihres Bruders in Rezek.

Es waren Tage des niederstürzenden Himmels, des Verlangens, nicht mehr zu sein. Taub und wund war er bis in den Kelch der Gedanken. Die Mutter legte ihm eine Salbe aus duftenden Kräutern auf Wange und Mund, die sie vom Kräuterweiblein aus dem Adlergebirge gekauft hatte. Rosa wachte nachts bei ihm und ging an den Tagen mit ihm durch den Hof, ließ seine Hand von der rauen Zunge der Kühe lecken, sammelte mit ihm am Heuboden Eier ein und zeigte ihm die Kerbungen im Ohr der Schafe, um sie von anderen Herden unterscheiden zu können. Sie fragte ihn, ob er sich schon einmal überlegt hätte, welch wunderbare Pflanze das ganz gewöhnliche Gras unter seinen Füßen sei, oft monatelang im Dunkel unter dem Schnee, im Sommer oft wochenlang ohne Niederschlag, ohne Schwierigkeit Temperaturschwankungen von vierzig und mehr Grad ertragend und fast gänzlich widerstandsfähig gegen Krankheiten und Epidemien. Sie erzählte ihm vom Adlerstein ihrer Kindheit, der einen eigenen Spruch hatte und der bei Komplikationen Hilfe für Schwangere bedeutete. Den Flug der Bienen erklärte sie ihm und machte ihn auf das Orange der Ringelblume aufmerksam, deren Farbe jener der reifen Lampionblume gleiche sowie der Brust des Wintergoldhähnchens. Und so führte sie Johannes in den Augenblick des Staunens und der erdnahen Freude zurück, in das Jetzt und ein mögliches Morgen.

Mit Černý führte Vitus Kriwanek ein langes Gespräch. Seither gab es keinen Zwischenfall mehr, aber die Stimmung in der Werkstatt war feindlich und wortlos.

Nach einigen Monaten, als sich das nicht änderte und die Arbeit darunter litt, wurde Černý entlassen und eine neue Arbeitskraft eingestellt. Der Schmiedeherr hatte 1866 seine beiden Söhne verloren, seither sah er das Leben in anderem Licht. Seither suchte er einen Menschen, der seinen Schmerz lindern und ihm wie ein Sohn werden könnte.

*

Johannes hatte sich eingerichtet in seinem Leben.

Oder sich begnügt damit? Abgefunden?

Vierunddreißig Jahre war er inzwischen geworden.

Die Sommer kamen und die Sommer gingen, die Winterstürme zogen über das Glatzer Grenzland und das Böhmische Paradies und im warmen Wind eines neuen April fiel der Frühling in die Knospen der Bäume. Die gezählten Tage wurden weniger und die ungezählten hielten das Versprechen einer helleren Zeit bereit. In der Schmiede war er zum selbstbewussten Arbeiter geworden, dessen Einfallsreichtum für ausgefallene Schmuckgegenstände und raffinierte Muster das größte Lob seines Gönners und die Aufmerksamkeit der weitgestreuten Kundschaft fand. „Das Geschick hast du von deinem Vater", sagte Vitus Kriwanek, „du bist ihm ähnlich, Jan."

Im Grunde war seine Tätigkeit ein Anachronismus. Rund um die Stadt und überall im Land wuchsen Fabriken aus dem Boden, rauchten die Schlote, ersetzten Maschinen das traditionelle Handwerk. Johannes wusste es, denn immer noch las er Zeitung, nicht mehr regelmäßig, aber zumindest am Wochenende, und seit er sich mehr unter die Menschen am Ort mischte, erfuhr er dies und jenes von den neuesten Entwicklungen. Er war auch viel zu Fuß an den Rändern unterwegs und sah, wie schnell das Städtchen wuchs, seit es 1875 einen Bahnanschluss an die neu errichtete Linie von Chotzen nach Braunau/Broumov an der Grenze zum schlesischen Zipfel von Neurode und Glatz erhalten hatte. Es war nicht zu übersehen, wie rund um die Fabriken Wohnsiedlungen entstanden und wie grundlegend sich Menschen, Arbeitsmöglichkeiten und Lebensziele veränderten. Aber sich in dieses Neue zu werfen, es zu erkunden und sich tätig in einem zeitgemäßeren Berufsfeld zu versuchen, hatte Johannes keine Kraft. Kein Zutrauen, keinen Mut.

Auch an den politischen Ereignissen nahm er nicht aktiv teil. Alle Kraft für Begeisterung oder Widerstand war in der knöcheltief zerfurchten Erde des Hügels von Chlum geblieben, die das Heer der namenlosen Toten barg und jeden Frühling, wenn die gefrorenen Schollen aufbrachen, etwas von ihnen freigab. Dennoch beunruhigten ihn die verbissenen Auseinandersetzungen zwischen Prag und Wien um eigene Gesetze, größere Freiheit und vor allem in den Sudetengebieten um die Gleichstellung der tschechischen mit der deutschen Sprache in Schulen und Ämtern. Konzessionen aus Wien vermochten die erhitzte Atmosphäre kaum zu beruhigen. Mit Sorge beobachtete er, wie leicht und leichtsinnig seine Zeitgenossen die Worte *Nation*, *Nationalität* und *Nationalstaat* über die Lippen brachten und sie sich wie eine Seuche verbreiteten.

Ist es nicht wie der Tanz um das Goldene Kalb? In einer Kunstpublikation der Bücherei *Zur Slawischen Linde* hatte er die Abbildung eines himmelhohen Gemäldes gesehen und der Bildunterschrift entnommen, dass es von Tintoretto stammte und in der Kirche Santa Maria dell' Orto im Stadtteil Cannaregio von Venedig hing. Ein verstörendes Bild, in dessen unterem Drittel ein störrisches Goldkalb stand. Rundum agierten adorierende oder ratlose Menschen. Noch lange hatte ihn das Bild beschäftigt.

„Vertragt euch", hatte der Vater vor Jahren schon nach einer heftigen Debatte mit Karel gesagt, „wir sind doch alle eins, ob arm oder reich, Christ oder Jude, Tscheche oder Österreicher. Wenn wir uns als Kinder verdroschen haben, weil der eine ‚Brot backen' und der andere ‚péct chleba' gesagt hat, dann haben wir das alle überlebt und hoffentlich daraus gelernt, dass wir uns als Erwachsene nicht mehr die Schädel einschlagen. Und im Ernst, wären wir nicht ärmer, verlorener, wenn wir eine eigene, abgegrenzte *Nation* wären?"

Nüchtern hatte Karel festgestellt: „Du bist naiv, Vater, du hast keine Ahnung, was in Prag wirklich los ist! Du mit deinem soliden Handwerk! Die Kunst des Kittens und des Zusammenlebens in allen Ehren, aber die Politik ist etwas ganz anderes." Quirin Czermak hatte auf den Marktplatz hinuntergesehen, wo die Pferdefuhrwerke und Ochsengespanne der Bauern geduldig warteten. Die Männer schimpften oder lachten und verstanden sich in jeder Sprache.

Im Grenzland waren die Prager Barrikaden weit weg.

Aber Radikalismus ist ein gefräßiger Moloch.

Jan, durchlässiger als andere, spürte es.

Die Wundmale brannten.

Er schrieb an Franz, seinen Vertrauten, der in Brünn ein honorierter Staatsbeamter geworden war, und dem er von seiner Bangigkeit erzählen konnte.

Neustadt an der Mettau,
21. Mai des Jahres 1884

Lieber Franz!
Es ist Frieden, aber das ist nur ein Wort.
Es ist Firnis, wie ihn unser Vater verwendet, wenn er ein müdes Holz noch einmal zum Glänzen bringen will. Die Parole des Tages ist, egal von welcher Seite: Dagegensein! Auch antikirchlich, antiparlamentarisch und außerdem noch antijüdisch. Der Hermann, Cäcilias Mann, singt laut mit im Chor.

Der große Börsenkrach ist zehn Jahre vorbei, aber die Menschen haben Angst vor einem neuen. Streiks sind jetzt zwar legal, aber wenn die Arbeiter in den großen Fabriken streiken, können sie ihren Arbeitsplatz verlieren und dann stehen sie erst recht vor dem Nichts. Dann kommt es zu Straßenschlachten und das Militär haut alles nieder und ich weiß nicht, wohin das führt.

Auf dem Balkan jagt eine Krise die andere, du wirst es selbst wissen. Deutschland, das säbelklirrende Kaiserreich, das vom ehemaligen Feind schnell zum Verbündeten geworden ist, rüstet auf wie wild und unsere Militärs in Wien tun dasselbe. Sie reorganisieren unsere Armee und werfen die Vorderladergewehre, die in Königgrätz so versagt haben, endlich in den Abfall, aber zu spät! Dafür sind sie jetzt doppelt ehrgeizig. In Steyr bei Josef Werndl haben sie Hunderttausende moderner Hinterladergewehre mit Tabernakelverschluss erzeugen lassen. Soll man darauf stolz sein? Das ist nur zur Verteidigung, ja, das behaupten alle zu allen Zeiten. Wofür haben wir eigentlich gekämpft? Wofür hat man uns verschaukelt? Und Bohumil erschossen und mich zum Krüppel gemacht?

Und Du mit Deinen Eisenbahnen, Franz, die sind sicher großartig, aber auch großartig für den schnellen Transport von Soldaten und Kanonen, oder nicht?

Und zuletzt noch, aber das weißt du ja alles viel besser als ich: im Jahr von Königgrätz hat ein Schwede das Dynamit erfunden! Alfred Nobel – wenn Du den Namen auf der ersten Silbe betonst, klingt es nach Noblesse. Er soll auch ein nobler Herr sein und sagt: Dieser Sprengstoff ist so furchtbar, dass er in Zukunft Kriege unmöglich machen wird. Glaubst Du das? Wenn es zur jährlichen Assentierung kommt und ich die jungen Burschen seh, die zum Militär eingezogen werden, möchte ich am liebsten hinrennen und schreien halt, halt, halt! Aber jubelnd und geschmückt mit grünen Buschen auf ihren Mützen stehen die meisten stolz und singend auf den Leiterwägen, die sie zur Schlachtbank führen. Die Musikkapelle spielt sie zum Marktplatz hinaus und mir wird ganz schlecht und ich muss an mich denken, so abgrundtief dumm damals und verrannt, so wahnsinnig…

Wann kommst Du wieder einmal nach Neustadt, lieber Franz?

Ich hoffe, Du bist wohlauf.

Dein Bruder

Johannes-Jan

*

Neustadt an der Mettau/Nové Město nad Metují war ein lebens- und liebenswertes Städtchen. Die Arkaden auf dem Marktplatz standen unverändert in ihrer soliden Behäbigkeit, die Dreifaltigkeits- und die Marienstatue in der Mitte des Platzes gaben den Gläubigen ihren Segen, manches Haus wechselte seinen Besitzer, neue Geschäfte wurden eröffnet, die Bücherei der *Slawischen Linde* hatte guten Zuspruch, eine große Zahl von Vereinen für sportliche Ertüchtigung und Volksbildung wurden gegründet, ob deutsch- oder tschechisch-national, alle hatten steigende Mitgliederzahlen. Zum Fronleichnamsfest war die Stadt auf das Schönste in helles Grün und Blütenduft getaucht, der Weihrauch stieg in den sommerlichen Himmel und im Herbst war es den armen Leuten erlaubt, in den herrschaftlichen Wäldern Reisig zu sammeln. Aus dem Riesen- und Adlergebirge kamen die alten Weiblein mit heilenden Kräutern, geheimnisvollen Moosen und neuen Legenden, vom Süden kamen die Italiener mit exotischen Waren, vom Osten her die jüdischen Händler, die alles Denkbare feilboten, und zuweilen zogen Zigeuner durch, die von irgendwoher kamen und irgendwohin wieder verschwanden oder gejagt wurden. In strengen Wintern trieben Eisschollen auf der Mettau. Wenn es einen Stau gab, stießen Männer mit langen Stangen das aufgetürmte Eis auseinander. Die Schneeschmelze kam, später streute die Kirschblüte weithin ihr duftiges Weiß über Täler und Hänge, Weizen- und Kornfelder standen in der goldgelben Farbe des Reifens, der Wein an der Südseite der Felsterrassen wuchs in seine Süße und im Gemüsegarten des Klosterspitals der Barmherzigen Brüder schnitt ein neuer junger Pater die prallen Krautköpfe ab. Die Laubbäume an der Kohenského trída bekamen größere Kronen, die zur Fabrik erweiterte Druckerei belieferte die gesamte Monarchie mit Broschüren, Plakaten und buntem Werbematerial, ihr Schlot wurde zum Wahrzeichen des industriellen Aufstiegs rundum. In den parkähnlichen Gärten der Fabrikanten servierte man in den schattigen Lusthäusern Tee und köstliche kalte Getränke, die Damen in weißen, langen Kleidern, die Taille geschnürt, den Busen ausstaffiert und das Haar mit Schildpattkämmen kunstvoll aufgesteckt. Man machte heitere Landpartien, die Bauern dengelten ihre Sensen, die Keuschler flickten ihre desolaten Dächer, die Taglöhner suchten Arbeit. Da und dort sah man Licht in einer Hütte, in der fast bis zum Morgengrauen eine Frau am Spinnrad saß, um das Dutzend ihrer Kinder zu ernähren, wenn der Mann das karge Geld vertrank. Das Schloss verfiel, aber die adelige Herrschaft war immer noch die Herrschaft, trotz Aufstieg der Bürger, in deren Handelshäusern elegante Männer in schwarzen Anzügen in den Kontoren saßen und in deren Fabriken immer mehr Arbeiter an den Fließbändern standen sowie junge Frauen an den Pulten für den Versand beschäftigt waren. Neue technische und kaufmännische Schulen wurden gegründet, manche waren sogar hier in der Provinz für Mädchen zugelassen. Das Laientheater von Neustadt erheiterte das Volk, das Marionettentheater erfreute sich großer Beliebtheit und wurde zu einer Berühmtheit im Königgrätzer Kreis. Für Johannes waren die Probenabende eine willkommene Gelegenheit, seine Schwester Cäcilia zu sehen, die sich ihre wöchentliche Reise von Königinhof hierher von ihrem Mann nicht verbieten ließ. „Du weißt ja, wie Hermann ist", sagte sie lachend, „er sieht es nicht gern, wenn ich Haus und Kinder allein lasse, und außerdem verachtet er alles, was Spiel ist."

Endlich Frieden, sagten die Leute.

Johannes führte sein eigenes Leben.

Wenn Cäcilia fragte, wie es ihm gehe, sagte er gut, danke, es geht. Und es ging ja auch. An sein Gesicht hatte er sich gewöhnen müssen. Die Narben schmerzten nur bei Wetterumschwüngen. Spiegel gab es keinen in seinem bescheidenen Zuhause. Aber Bequemlichkeit und ein paar Möbel, die ihm lieb waren und die er vom elterlichen Haus auf dem Marktplatz mitgenommen hatte. Ein gut ziehender Holzherd bot Behaglichkeit und Gelegenheit zum Kochen, man konnte ihn absperren, so dass die Wärme lange anhielt.

Nahe am Herd hatte er sich eine Bücherecke gebaut.
Abends sah man ihn lange lesen.
Die blaue Gaslampe summte.
Ein Krug Bier stand auf dem Tisch.
Vor dem Fenster murmelte die Metují.
Sie kümmert sich nicht um Scham und Schmerz.

Die ganze Welt ist Österreich und fremd / sind wir auf Erden alle in Österreich / und Königgrätz Geschichte Fundus Plunder / aktuell und nicht und Krieg…, und Königgrätz und Königgrätz, murmelte Johannes, einen der Breslauer Zettel lesend, und Gedichte werden darüber geschrieben werden, hatte der Johanniter gesagt, und ein Federstrich hätte genügt für den Frieden, besiegelt nur mit ein bisschen gutem Willen, mit einem Scheffel Vernunft und zwei Unterschriften auf hartem Tisch… Johannes stand auf und holte die Schnapsflasche. Er trank ein Glas Kirsch und ging kurz vor die Tür. Nahm dann wieder einmal Božena Němcovás Roman *Babička* zur Hand, er liebte dieses Buch wie alle, die es kannten, es war so einfach und schön, das war seine Welt, denn Němcová war im Nachbardorf Ratibořice aufgewachsen und ihre Geschichte von der liebevollen und lebensweisen Großmutter glich in vielem seiner eigenen Kindheit mit dem Beeren- und Pilzesuchen in den Wäldern, dem Spiel des Leiermanns und dem Streben der Menschen nach einem Leben, das von Ehrlichkeit und Ehrfurcht bestimmt war. Er dachte an die Mutter, die die Němcová noch gekannt hatte. Die Mutter... Hatte er ihr eigentlich gezeigt, wie sehr er sie liebte? Wie sehr er sie brauchte und wie sehr sie ihm durch seine dunklen Tage geholfen hatte mit ihrer Erdverbundenheit und ihrem stillen, steten Tun, das immer anderen zugedacht war, nie sich selbst? Vor zwei Jahren war sie gestorben. Die Erinnerung an sie nährte eine namenlose Hoffnung, die es irgendwo in der Welt oder in einem Winkel seiner Seele geben musste.

In der Bücherei *Zur Slawischen Linde* traf Johannes von Zeit zu Zeit mit Frau Svobodová zusammen, der Frau des Versicherungsagenten, der nach dem Tod des Vaters das Haus auf dem Marktplatz gekauft hatte. Johannes empfand keinen Groll dieser eifrig um Wissen bemühten Frau gegenüber, warum auch, es war der Lauf der Dinge gewesen. Man könnte sogar sagen, dass er sich in gebührender Distanz mit dieser kleinen, quirligen Frau anfreundete. Sie war als Lehrerin in der Realschule von Nachod außerordentlich belesen und er ließ sich gerne von ihr Schriftsteller empfehlen, die seine Zeitgenossen waren, denn er war bemüht, die Gegenwart besser zu verstehen. Frau Svobodová nannte ihm Bücher wie *Das Gemeindekind* von Marie von Ebner-Eschenbach – „Sie ist eine böhmisch-mährische Adelige", fügte sie hinzu, „ziemlich unbotmäßig ihrem Stand gegenüber, aber mit großem Verständnis für die kleinen Leute, das sollten Sie lesen, Herr Czermak!" Und sie erwähnte das Riesenwerk eines russischen Dichters, das in aller Munde und erst vor kurzem auf Deutsch erschienen war: *Krieg und Frieden* von einem gewissen Leo Tolstoi. Johannes, der sich als dankbarer Schüler von Frau Svobodová verstand, notierte den Titel des Buches, der ihn ansprang wie etwas Selbstgedachtes.

In den kleinen, aber hellen Räumen der Bücherei fühlte er sich geborgen. Beobachtete die jungen Mütter, die mit ihren Kindern in einem Bilderbuch blätterten, und die forschen jungen Männer, die etwas über Pennsylvania oder New York wissen wollten, wohin sie auszuwandern planten. Es ergab sich, dass die Lehrerin und Johannes eine bestimmte Stunde für ihre Treffen vereinbarten. Frau Svobodová brachte meist eine Kleinigkeit mit, ein Backwerk, eine neue Schreibfeder, ein Notenblatt. Johannes revanchierte sich mit einer Blume aus Schmiedeeisen oder mit zwei Haken für die Garderobe des Hauses, in dem er aufgewachsen und das ihm in jeder Einzelheit im Gedächtnis war.

An einem nebeligen Novemberabend machte ihn die Lehrerin auf einen Schriftsteller aufmerksam, für den die Monarchie trotz aller Unterschiede eine Einheit bilde in der Vielfalt von Sprache, Stand und Religion. Aufgewachsen sei dieser Mann in einer Landschaft, die der unseren ähnlich sei, sagte sie, im Süden von Böhmen, im Dorf Oberplan am Ufer der Moldau. Er heiße Adalbert Stifter.

Kann ein Autor eine große Liebe und zugleich eine Verwirrung werden?

Johannes las vom Leben dieses Mannes, der den doppelten Boden von Landidylle und Stadt kannte, der ein fleißiges, unglückliches Leben führte und der ihm unergründlich blieb. Der die Natur beschreiben konnte wie niemand sonst, und der Menschen vor ihn hinzauberte, denen er selbst gerne begegnet wäre. Alles so sanft scheinend und zugleich der stumme Untergrund für den Tag, an dem er sich die Kehle durchschnitt.

Bis in die warmen, langen Sommerabende hinein vergrub sich Johannes in alles, was es von Stifter gab – hängen blieb er am Mittelalter-Roman *Witiko*. Hier fand er etwas, worüber er immer wieder quälend nachgedacht, für das er jedoch keine Erinnerung hatte und worüber er auch mit dem Johanniter nie gesprochen hatte: über die Stunden unmittelbar nach einer Schlacht. Lesend begleitete er den Ritter durch das abendliche Heerlager und die Reihen von dessen Anbefohlenen, Witiko sprach diesem Mut zu, jenem

Trost und allen ein großes Lob, einen tiefen Dank für den Kampf um Ehre und Vaterland. Mitternacht war vorüber und die Erschöpfung legte sich über alle wie ein mildes Tuch des Empfindens, dass dieser Tag schmerzlich, aber nicht sinnlos gewesen war und dass es gut war, wie es war. Und Johannes wusste selbst nicht, wie das kam, aber Stifters Schilderung dieser Stunden beruhigte ihn durch die Vorstellung, dass es auf dem Hügel von Chlum ähnlich gewesen sein könnte und er ebenso würdevoll betreut worden wäre… Aber es ist nicht wahr!, rief Johannes, sprang auf, lief ins Freie, sah in die sternenlose Nacht und schlug seinen Kopf an den Stamm der nächsten Weide bis es schmerzte, denn seine Schlacht war sinnlos gewesen, jede Schlacht ist es im zeitlosen Geschäft des Krieges, wissen die Macht-Haber wie das ist, wenn man den Tod sieht, hört, riecht, ja, ihn riecht im Blut des Freundes, dem ein Schrapnell sein Geschlecht und das Leben nahm? Und Johannes schlug weiter die Stirn an den Stamm, wo fängt Krieg an, in uns, die wir willig zugestimmt, ja, uns dazu gedrängt haben, wir vielen leicht Verführbaren, die ihre Begeisterung in ein grölendes Ja geschrien haben statt in ein Nein, Nein, Nein! Und er fiel nieder in das feuchte Gras, riss Weidenzweige ab, fühlte Risswunden an den Händen, vertrieb die Mücken, sah die Leuchtkäfer am jenseitigen Ufer tanzen und ging zurück in das Haus, trank Wasser und Schnaps und musste sich beruhigen und flüchtete abermals in das tröstlich Nächstliegende und nahm Stifters *Feldblumen* zur Hand, die ihm die Wanderungen mit der Mutter so gegenwärtig machten, als ob er gerade jetzt mit ihr unterwegs wäre und sie über den Gesang der Lerchen im dunklen Blau des Himmels redeten und über das helle Blau der Leinfelder, die in voller Blüte standen.

Johannes war kein Trinker. Aber es kam vor, dass er die Anzahl der Bierkrügel vergaß, die er in der Wärme seiner Wohnstube trank. Vergaß es, wenn er die Schrift der Vergangenheit mit dem Finger auf den heißen, verchromten Herdrand schrieb und er aus dem Garten des Druckereibesitzers, der hoch über ihm auf den Randfelsen der Stadt lag, leise Tanzmusik hörte und die im Wind schwankenden Lampions wie aufleuchtende Augen von Gespenstern zu ihm herunterblinkten. Dann taumelte er zur Kommode, öffnete die oberste Lade und holte den Packen Zettel hervor, den er unter seinem Sonntagshemd versteckt hatte: Die Blätter, die ihm der Johanniter jeweils am Sonntagmorgen mitgebracht hatte, damals im Ordensspital von Breslau, in der schlimmsten Zeit. Er las und legte Blatt für Blatt auf den biernassen Tisch und vier heftete er über seine Schlafstatt:

Ich kann zu meiner Reisen
Nicht wählen mir die Zeit,
Muß selbst den Weg mir weisen
In dieser Dunkelheit.

Hör zu, geboren wird man als Entwurf zu einem Menschen, und dann muss man zeit eines Lebens aus sich einen wirklichen Menschen machen

Drum! So wandle doch wehrlos
Fort durchs Leben und sorge nicht!

atme dir einen traum in den tag
und nächtens frühschein ins herz
  trau der schattenegge

*

Eines Abends klopfte jemand laut an die Tür, pochte und rief verzweifelt Jan, Johánek, mach auf! Draußen stand Branka, das offene Haar klebte schweißnass im Gesicht; sie brauchte Hilfe, ihre einzige Kuh konnte nicht kalben, es war ihr nicht gelungen, das Junge aus dem Mutterleib zu ziehen. Der kleine Hof, eher eine Keusche, jedoch adrett weiß getüncht und mit einem Obstgarten umringt, lag nur ein Stück die Mettau aufwärts. Sie rannten, im Stall brannte ein kleines Kohlenfeuer, die Kuh lag im Stroh und stöhnte, es hatte schon Stunden gedauert. Branka hatte den Strick an die Beine des Kalbes gebunden, dessen Hufe schief aus der Scheide herausragten, es war eine schwere, komplizierte Geburt, sie zogen, die Kuh brüllte, dass Gott erbarm, Jan zog heftiger, stemmte sich gegen den niederen Holzabsatz über der Kotrinne, rutschte, fiel, rappelte sich auf, begann wieder vorsichtig zu ziehen, endlich kam der Kopf ins Freie, Jan hielt inne vor Erschöpfung, dann versuchte er, unbeholfen die Lage des verkeilten Kalbes zu verändern und begann wieder am Strick zu zerren, Branka schrie, Vorsicht, Johánek, pass auf, und kraulte der Kuh die Stirn, der Damm riss, die Kuh brüllte abermals auf und dann endlich kam das ganze Kalb, rutschte in Blut und Schleim vor seine Füße. Branka rieb den Kopf der schweißnassen Kuh mit Stroh trocken und Johannes das Kälbchen, das lebte, es war ein Kuhkalb und Branka war erleichtert, es würde Kälber bekommen und Milch geben, wenn die Zeit dafür reif wäre und so würde alles weitergehen, ein Stierkalb hätte sie später dem Metzger verkaufen müssen. Sie warteten auf die Nachgeburt, Jan ekelte sich nicht davor, er war am Hof in Rezek beim Kalben dabei gewesen, wenn es sich gerade traf. Er vergrub das blutige Bündel tief im Misthaufen. Irgendwo da drunter verrottete die kleine Trommel, die er einst hier verscharrt hatte.

Später saßen sie in der Küche und Branka fachte das Feuer im Herd neu an und wärmte einen kleinen Becher voll Met, den sie vom Weihnachtsfest aufgespart hatte. Sie redeten nicht viel. Über dem Herd trocknete Wäsche auf den Holzstangen und Brankas schweißnasses Haar trocknete zu zierlichen Kräuseln an der Stirn. In der Ecke über dem

Tisch hing ein Kruzifix, einen dürren Ährenkranz um das Dornenhaupt des Erlösers gewunden.

Er nahm ihre Hand und mehr und sie ließ es zu.

Bevor er aus dem Haus ging, legte er Geld für den Tierarzt auf den Tisch, der den gerissenen Damm nähen musste. Die Metují rauschte leise. Im Osten war ein schmaler Streifen orangefarbenen Lichts zu sehen.

Das ging ein stilles Jahr lang, von Zeit zu Zeit.

War es ein glückliches Jahr für zwei, die bisher nicht gewusst hatten, was Glück ist? Kyrie eleison.

Dann kam Brankas Mann aus dem Bezirksgefängnis von Nachod zurück. Er hatte bei einer Rauferei einen anderen fast totgeschlagen. Die Kuh erholte sich nicht mehr von der schweren Geburt, es wäre wahrscheinlich ihr letztes Kalb gewesen. Ihre Zeit war vorüber, sie nahm nicht mehr auf. Man sah, wie der Sohn des Metzgers Brandeis sie eines Tages abholte. Wenn sich Branka und Jan auf dem Wochenmarkt, wo sie Ziegenkäse verkaufte, wie scheinbar zufällig trafen, taten sie geschäftsmäßig und wechselten ein paar Worte. Suchten heimliche Berührung. Branka wusch weiterhin die Wäsche für fremde Leute auf den Holzbänken in den Beugen der Mettau, die dafür errichtet waren, molk die zwei Ziegen, Kinder hatte sie keine. Das eine oder andere Mal sah Jan ein tiefes Blau in Brankas Gesicht, das sie vergeblich mit einem Kopftuch zu verbergen suchte. Er hielt ihre Hand etwas länger in der seinen, wenn sie ihm den Käse reichte.

*

Johannes saß am Ufer der Metují, die Hauswand im Rücken.

Die Weidenzweige tanzten im Wasser.

Sein kleines Notenpult vor sich, spielte er Cello. Spielte einen Ton und einen zweiten, einen dritten, vierten, bis er sich eine Melodie erdachte. „Ein Cello hat eine Seele", hatte sein Lehrer gesagt, „du musst die Seele herauslocken, du selbst musst zurücktreten, um ihr die Freiheit zu geben, lass das Instrument spielen, hör auf seine wehmütigen Kantilenen und seine flackernden Tremoli, frag, wie möchtest du gespielt werden, wie gestrichen und gestreichelt, das ist fast etwas Erotisches –, und dann, wenn du seine Seele kennst, dann ist es unvergleichlich …"

Und Johannes spielte.

Legte seine Sehnsucht in die Seele des Cellos.

Spielte, als ob er träumte.

Spielte, um sich leben zu hören.

Er hatte sein Spiel in den letzten Jahren so vervollkommnet, dass er Volksweisen leicht und flüssig spielen konnte, später Auszüge aus den sieben Violoncello-Konzerten von Jean-Baptiste Bréval und Passagen aus Antonio Vivaldis Violoncello-Sonaten.

Immer schon hatte er die betonte Rhythmik des Venezianers geliebt und die schwingende Wiederkehr der Motive. Langsam tastete er sich sogar an Schubert heran, ihn liebte Johannes am meisten.

Sein Lehrer Jaroslav Procháska war erstaunt und begeistert über die Fortschritte seines Schülers. Er war ein alter Mann geworden und sah es mit Freude, dass sein Johánek durch das neue Instrument in seltsamer Weise gestärkt und unverwundbarer wirkte. Vielleicht täuschte er sich auch. Aber wenn er mit dem ebenfalls alt gewordenen Metzger Brandeis sprach, waren sie einer Meinung: Ging Johannes nicht aufrechter über den Marktplatz? Sah man ihn nicht ab und zu im Hotel U Brohučka auf ein Glas Wein und ein Gespräch mit anderen Menschen? Kleidete er sich nicht sorgsamer, am Sonntag zur Messe sogar feierlich mit der buntbestickten Weste seines Vaters? Überhaupt war es überraschend, dass er wieder an den Sonntagsmessen und den Festen des Städtchens teilnahm. Man sah ihn sogar unter den Zuschauern bei fröhlichen Umzügen und er rannte nicht mehr panisch davon, wenn er eine Trompete sah oder hörte. Der Kunstschmied Vitus Kriwanek, der zu den Honoratioren von Nové Město zählte, wie einst Quirin Czermak, soll, so hörte man, Johannes als seinen Erben ins Auge gefasst haben. Angeblich, erzählte Herr Brandeis, nähme Kriwanek den jungen Meister sogar zu Gesellschaften in den Häusern von Großbürgern und Industriellen mit, bei denen Jans Belesenheit auffalle und er als Gesprächspartner durchaus geschätzt sein soll.

Es war nicht nur Gerede, es war tatsächlich so. Gegen Ende der 1880er Jahre war Johannes in Vitus Kriwaneks Schmiedebetrieben so weit vorangekommen, dass er zur rechten Hand des Besitzers geworden war. Als guter Zeichner entwarf er neue Kunstgegenstände, übernahm organisatorische Aufgaben und baute den eigenständigen, noch bescheidenen Werkszweig der Sensenproduktion aus. Bei längerer Abwesenheit von Herrn Kriwanek war er dessen Stellvertreter. Diese Entlastung der Schwerarbeit kam seinem Cellospiel zugute. Als er mit dem Instrument begonnen hatte, gab es, außer der Stimme seines Musiklehrers, nur Zweifel, ob sich dieses Handwerk wohl mit der Feinmechanik vertragen würde, die das Führen eines Cellobogens erforderte. In kleinen Alltagsfragen war Johannes entschlussarm, in den großen Entscheidungen des Lebens jedoch von unbeirrbarer Konsequenz. Sein Bruder Karel nannte es Halsstarrigkeit.

Seit einigen Monaten spielte Johannes in einem Laienensemble für Kammermusik. Er hatte mehrere Jahre lang gespart und sich anlässlich eines Besuches bei Karel sowie auf Empfehlung seines Lehrers bei einem Geigenbauer auf der Prager Kleinseite ein wertvolles Instrument gekauft. Die Proben mit dem Ensemble und die Hausmusikabende stärkten ihn und machten ihm Freude. Johannes hatte gelernt, den Kopf gerade zu halten und seinem Gegenüber in die Augen zu sehen. Und stellte überrascht fest, dass es half und dass das ihm entgegengebrachte Interesse nicht ausschließlich an seinen Deformationen lag.

Schraffuren von Fortschritt.

Zur Feier des 50. Geburtstages von Frau Svobodová spielte Johannes in seinem früheren Elternhaus, dem Haus Nr. 1223 auf dem Marktplatz, in dem übrigens František Smetana, der bierbrauende Vater des Komponisten, gestorben war. Es war eine illustre Gesellschaft aus Handel, Industrie und Bildungsbürgern. Auch Herr Procháska war eingeladen, der vor einigen Monaten als Leiter der weithin geschätzten Musikschule von Neustadt zurückgetreten und in Pension gegangen war. Als das vierköpfige Ensemble in der zum „Salon" umfunktionierten Wohnstube Platz genommen hatte und ein Streichquartett von Beethoven intonierte, hatte Jaroslav Procháska viel Zeit, darüber nachzudenken, was in Jan jetzt wohl vorgehen musste. Hier als Gast zu spielen, in jenem Haus, in dem ihm jede Türschnalle und jedes knarrende Bodenbrett eine Geschichte erzählte, hier, wo er von den Eltern geliebt und getadelt wurde, mit den Geschwistern gespielt, gestritten und sonntags duftenden Rinderbraten mit Serviettenknödeln gegessen hatte. Hier, wo er sich jahrelang versteckt gehalten hatte in der dunklen Zeit nach Königgrätz.

Der alte Lehrmeister betrachtete den ehemaligen Schüler, dessen Gesichtsnarben ihre entzündete Röte verloren hatten, so dass sich nicht mehr das Herz verkrampfte, wenn man ihn sah. Man konnte sich sogar gut daran gewöhnen. Johannes sprach zwar immer noch langsam, durch den Reichtum seiner Ausdrucksweise fiel er jedoch auf und gewann Sympathien. Procháska sah mit Genugtuung, wie sich Johannes verbeugte, mit seinem Quartett den Applaus entgegennahm und sogar ein wenig zu lächeln schien. Er hat wohl für seine Eltern gespielt, sie wären stolz auf ihn gewesen. Vor allem die musikalische Mutter, die nun auch schon lange neben ihrem Mann auf dem Friedhof lag. Ein wunderschönes Kreuz hat mein Johánek ihnen geschmiedet…

Auf dem Stadtplatz war großer Martinimarkt. Nach dem Konzert war es Johannes nicht nach Belustigung. Er drängte sich durch die Menschen und nahm den Weg durch die Felsen bergab in sein Zuhause seit nunmehr zwei Jahrzehnten, seit er sich entschlossen hatte, als Schmied zu leben. Er hatte in das Dunkle gewollt damals, in das Ungesehene, in den sehnsuchtslosen Raum. Inzwischen liebte er den Ort. Dort, wo der von der Schmiede herkommende Fluder in den Hauptfluss mündete, entstand eine sanfte Verwirbelung, die zu beobachten Johannes nicht müde wurde. Manchmal sprang ein Fisch, im Frühjahr kamen Enten mit ihren Jungen. Vielerlei

Schwemmgut drehte sich das ganze Jahr über in den Kreiselwellen.

Johannes lebte allein.

Wollte er es so?

Manchmal splitterte die Nacht.

Mit klebrigen Händen lief er dann zum Ufer.

Stieg in das pechschwarze Wasser und wusch sich.

Sagte: Metují. So ist es.

*

II

Ein Paar tritt aus der gebrochenen Leinwand.

Als verheirateter Mann kam der Bruder nach Neustadt an der Mettau zurück. Franz kam mit einem Möbelwagen, großen Vorsätzen und mit seiner jüngst angetrauten Frau.

Sie hieß Valerie.

Sie war sehr jung.

Franz war zum Stationsvorstand der k.k. privaten österreichischen Staats-Eisenbahn-Gesellschaft für die Linie von Chotzen über Opočno, Neustadt, Nachod und Halbstadt mit dem Endbahnhof Braunau/Broumov ernannt worden. Er hätte in Brünn vielleicht eine bessere Karriere machen können, aber es zog ihn an die Mettau zurück.

Es war keine unbedeutende Bahnstrecke für das gesamte Grenzgebiet und die Station Neustadt selbst war wichtig für die aufstrebenden Fabriken im Umland. Zudem war die Stelle mit einer komfortablen Wohnung im ersten Stock des Bahnhofsgebäudes verbunden, lichterfüllt, weiträumig und im Zentrum der neuen Zeit.

Franz musste sie auf die Begegnung vorbereitet haben, denn Valerie kam ohne überraschtes Zögern auf Johannes zu mit einem Lächeln, das ihn verwirrte, sie gab ihm ihre Hand, und als er sich niederbeugen wollte, um sie mit einer Andeutung zu küssen, hielt sie ihn in der Bewegung zurück und umarmte ihn mit selbstverständlicher Heiterkeit, er spürte flüchtig ihre Wange an seinem Gesicht, sah das Pendel der Uhr auf der Kommode sich leise und stetig hin und her bewegen und sah draußen vor den Fenstern den aufsteigenden Rauch einer Lokomotive, hörte den schrillen zweimaligen Pfiff und das langsame Sch-Sch-Sch des anfahrenden Zuges und wusste nicht, wie ihm geschah. Er spürte ein Brennen auf seiner Wange und wurde rot und dann blass und sah, dass sie schwanger war. „Es freut mich, dich kennenzulernen, Johannes", sagte Valerie ganz unbefangen, „Franz hat mir so viel von dir erzählt, nimm doch Platz!"

Acht Tage später wurde die Rückkehr von Franz und sein Amtsantritt gefeiert. Blumen dufteten, weiße Tischtücher blendeten, Ober in schwarzem Frack servierten höflich Getränke auf silbernen Tabletts. Sie waren für dieses Ereignis für einige Stunden freigestellt, denn die Bedeutung des Bahnhofs von Nové Město nad Metují war mit der Ausstattung einer eleganten Restauration hervorgehoben.

Valerie war eine etwas unbeholfene Gastgeberin für so viele Menschen. Freunde ihres Mannes aus Neustadt, einige sogar aus Wien und Brünn, waren eingeladen, der Stationsvorstand, die Gemeindevertreter, alle selbstverständlich mit Gattinnen, noch lebende alte Freunde des Vaters und die Verwandten der mütterlichen Seite aus Rezek. Cäcilia war mit ihrem Mann und den Kindern gekommen und Karel aus Prag mit seinem Freund Mirko, der verschlossen und finster wirkte. Johannes fühlte sich von ihm beobachtet, als ob der Fremde ihn verhören und ihm sagen wollte: Du warst unter den Besiegten, du bist ein Verlierer und die Niederlage steht dir in das Gesicht geschrieben. Mirko gegenüber war er der Krüppel. Sonst ein Mensch. Ein Mann mit Ansichten, Fehlern und Kenntnissen. Auch Valerie wurde von Mirko misstrauisch betrachtet.

War es, weil sie eine deutschsprachige Österreicherin aus Brünn, sie in Mähren aufgewachsen sowie in Wien zur Schule gegangen war und nur mäßig die Unterhaltung auf Tschechisch führen konnte?

Es war Karel, der sich an Johannes wandte und leise bemerkte:

„Ich hätte mir für Franz eine tschechische Frau gewünscht."

„Warum denn das?", fragte Johannes.

„Schaust du nicht zuerst auf die Sprache? Mit ihr kommt doch alles andere!"

„Da hast du genau den Punkt getroffen, Karel", mischte sich Mirko ein, „wären wir rein tschechisch geblieben, wären wir jetzt wahrscheinlich größer und bedeutender!"

„So ein Schwachsinn! Karel, da kannst du doch nicht einer Meinung sein mit deinem Freund!"

„Doch", sagte Karel ruhig, „ich bin seiner Meinung. Und warum ist unsere Armee der vielen Völker und Sprachen besiegt worden? Geschlagen von den Preußen, die preußisch geblieben sind!"

„So ein idiotischer Gedanke, eure ‚Reinheit'!"

„Sonst werden wir nie eine eigene Nation."

„Sollen wir das, müssen wir das?"

„Unbedingt, ja!", rief Mirko aus. „Die Nation ist unser Leben!"

„Das glaub ich nicht", sagte Johannes kühl, *„unser* Leben ist nicht das irgendeiner Nation, es ist *mein* einziges und alleiniges Leben, nur *mein* armseliges oder gutes Leben."

„Wie pathetisch du redest", sagte Karel.

„Vielleicht, ja. Aber eines ist sicher: ‚Nation' ist ein ebenso pathetisches Wort wie ‚Krieg'. Jeder meint etwas anderes damit und daher kannst du mit ihnen jonglieren wie ein Zauberkünstler mit weichen, weißen Bällen. Was jedoch im Inneren der herumfliegenden Bälle verborgen ist, weiß man erst hinterher: In den einen sind Grenzen und Hass, in den anderen ist der Tod."

„Das ist ungeheuerlich!", ereiferte sich Mirko. „Wollen Sie auf immer von den selbstherrlichen Dummköpfen in Wien und ihren Handlangern in Prag regiert werden? Die den Reichtum unseres Landes ausbeuten, die die Gesetze für uns machen und unsere Anliegen so lange hin und herwenden, bis nichts mehr davon übrig ist?"

„Und hast du noch nie das Wort ‚Freiheit' gehört?", warf Karel ein.

„Das ist auch so ein Jonglierball", sagte Johannes.

„Du wirst doch nicht glauben, Jan, dass eine freie Nation ohne Kampf gegründet werden kann –"

„Wenn wir dahin kommen, bleiben nur die Toten übrig und solche Krüppel wie ich. Und die Sieger."

„Und was wäre deine Lösung, du kleiner Besserwisser?"

„Klein sind wir beide nicht mehr, Karel, ich geh auf die Vierzig zu und du bist schon eine Weile dran vorbei. Und Besserwisser lass ich mich auch nicht nennen, ich bin nicht dümmer und nicht gescheiter als du und dein Freund. Aber ich möchte, dass wir miteinander auskommen, so, wie die Eltern es uns gelehrt haben, dass wir Forderungen abwägen und sie dann friedlich und ohne großes Geschrei durchsetzen. Hat das bisher nicht ganz gut funktioniert?"

„Ja, weil wir uns zufriedengegeben haben, die gehorsamen Diener eines großen Reiches zu sein, das ist doch überall so!"

„Entschuldigen Sie, meine Herren", Cäcilias Mann Hermann, der Amtsleiter der Stadt Königinhof, hatte schon eine Weile dem Disput zugehört, „wenn ich mich da in das Gespräch einschalte. Ich bin keineswegs deiner Meinung, Johannes, dass alles nur mit klugem, geduldigem Reden zu erreichen ist, das ist Illusion. Aber ich teile auch nicht Ihre Ansicht, meine Herren aus Prag, dass die Deutschböhmen und die Österreicher dieses Land ausnützen – haben sie es nicht durch viele Jahrhunderte auf- und ausgebaut? Haben nicht viele Ihrer großen Männer in Wien studiert und in der Kaiserstadt ihre Karriere begonnen, wie Ihr ehemaliger Held František Palacký oder der berühmte Dermatologe Philipp Josef Pick, der hier in Neustadt geboren wurde? Nehmen Sie nur die jüngste Zeit, wer hat das alles errichtet, die Schulen, die Bahnhöfe und Eisenbahnlinien quer durch das Land, die Fabriken, internationalen Handelshäuser und –"

„Und, und, und", fiel Mirko ein, „ja, und wer arbeitet da? Anschaffen tun die Österreicher, roboten die Tschechen –"

„Na, na, ganz so ist's auch wieder nicht!" Und Herr Hermann richtete seine ohnehin schon imposante Gestalt noch höher auf, so dass man das Abzeichen des deutschnationalen Turnvereins gut sehen konnte, und sagte mit deutlich lauterer Stimme: „Tja, wenn es so wäre: Vielleicht sind wir Deutschböhmen einfach besser? Oder klüger? Wir können uns ja auch nicht alles wegnehmen lassen und den Tschechen überlassen, die es dann zugrunde –"

Da hatte ihn Mirko schon an der Weste gepackt, zog ihn an sich und schrie ihn an: „Was? Was meinen Sie damit, Herr, Herr – – –?"

Johannes drängte sich schnell zwischen beide, Franz kam eilig aus dem Nebenzimmer auf die Gruppe zu, sagte beruhigend: „Aber meine Herren! Gibt es hier eine Auseinandersetzung? Wir sind doch zusammengekommen, um meinen Amtsantritt zu feiern", und Franz rief nach einem Kellner um Getränke, steif prosteten sie sich zu mit einem Glas Weißwein. Franz war um eine unverfängliche, höfliche Unterhaltung bemüht und dann kam Valerie, die im straßenseitigen Zimmer mit Cäcilias Kindern gespielt hatte, kam etwas behäbigen Schritts, lehnte sich an ihren Mann und sagte völlig unbefangen: „Worüber haben Sie denn gestritten? Ich möchte Sie alle so viel fragen, ich muss mich ja hier erst eingewöhnen. Sie werden mir sicher Gelegenheit geben, Sie näher kennenzulernen, nicht wahr?“ Sie griff zu einem Glas Wasser und lächelte alle an, nahm Franz an der Hand, sagte, „Entschuldigen Sie uns bitte, ich muss meinem Mann etwas zeigen“, und zog ihn in Richtung des Zimmers, aus dem man das Lachen der Kinder hörte.

Karel und Mirko verabschiedeten sich bald darauf. Sie wollten über Nacht bleiben und am nächsten Morgen mit dem Zug zurück nach Prag fahren. Johannes sah ihnen vom Fenster aus nach. Sie schienen ein heftiges Gespräch zu führen, Mirko gestikulierte, blieb stehen, war offensichtlich erregt, schlug den Bruder auf die Brust.

Es sah nicht freundschaftlich aus. Johannes gefiel es nicht, dass Karel in Prag mit Mirko zusammenwohnte, wie der Bruder nebenbei erwähnt hatte. Sie durften eine kleine Wohnung der jungtschechischen Partei benützen, die radikal und im Aufwind war.

Hermann, der Schwager, sammelte seine Familie ein und sagte förmlich: „Ein andermal dann bei uns in Königinhof.“ Auf der Fahrt mit der Pferdekutsche nachhause bemerkte er zu Cäcilia: „Eine ungehobelte

Person, die Frau deines Bruders. Keine Manieren. Statt sich mit dem Bürgermeister zu unterhalten, spielt sie mit unseren Kindern!" „Aber das war doch die Aufgabe von Franz", entgegnete Cäcilia, „die Honneurs zu machen, und er hat das gut gemacht!" – „Na, wie du meinst. Und unsere Sache scheint sie auch nicht zu vertreten." – „Welche Sache?" – „Na, hör mal, Cäcilia, wessen Frau bist du eigentlich?"

Als auf dem Bahnsteig die Gaslaternen abgeschaltet wurden, verließen die letzten Gäste das Gebäude. Dank und gute Wünsche wurden ausgesprochen, man hörte das Abfahren von Droschken, die Nacht senkte sich nieder auf Geleise und Straßen und die eindunkelnde Mettau.

Johannes ging zu Fuß, es war ein Stück des Weges bis zum Marktplatz. Schnurgerade und leicht bergauf, unter der Bahnüberführung durch und an den neuen Unterkünften für die Fabrikarbeiter vorüber, ging er langsam Richtung Stadtzentrum. Er hätte die Abkürzung in der Ebene auf einem nur wenig ausgetretenen Pfad nehmen können, der entlang der Schienen führte, aber er wollte nicht so schnell in seine wassernahe Wohnstatt in einer finsteren Gegend. Sie kam ihm heute zum ersten Mal schäbig vor. Er ging das Trottoir entlang. Es war eine kalte Oktobernacht. Hunde streunten zwischen den Häusern, der Boden war mit glitschigen Blättern bedeckt. Auf der fast menschenleeren Chaussee Kohenského trída blieb er stehen und wartete, ob er noch Bewegung im Spital der Barmherzigen Brüder entdecken konnte. Aber die Kirche war verschlossen und die Fenster des Klosters dunkel. Versunken ging er weiter, er wusste nicht, woher seine Bedrückung und sein Verlangen kamen, noch andere Menschen zu sehen.

An der Stelle, wo der Weg mit den vielen Stufen hinunter zur Mettau von der Straße abbog, zögerte er, entschloss sich dann aber, unter den Arkaden noch etwas zu trinken. Als er eine Gaststube betrat, schlug ihm grölendes Singen entgegen, er sah Filip, der ihm damals von Agáta erzählt und ihm klargemacht hatte, dass er so, wie er aussah, jede Art von Liebe vergessen müsste. Johannes schlug die Tür zu, stellte seinen Mantelkragen auf, überquerte den Platz und wollte in das Restaurant des Hotels Merkur, aber es hatte Ruhetag. Das U Brohučka an der Ecke mied er, er wusste, dass Karel mit seinem Freund hier übernachtete. Im Widerschein des schwachen Lichts, das vom Platz herüberkam, machten die zwei riesigen Steinbären vor dem Barockportal des Schlosses den Eindruck, als ob sie sich auf ihn stürzen wollten. Vor der Bierbrauerei, in der Bedřich Smetanas Vater Braumeister gewesen war, fiel er auf eine Bank.

Er war wütend. Warum eigentlich? War müde und aufgewühlt. War es die Erinnerung an das unangenehme Gespräch mit Karel? Wohl kaum, das war Alltag, mit ihm gab es immer Streit. Beim Auseinandergehen hatten sie sich dennoch umarmt. Es war schon gut, wie es war. Karel war nur hitzig und leider auch leicht beeinflussbar. Mirko hatte ihn mehr irritiert. Hatte er etwas Verschlagenes im Blick? Selbst, wenn er Karel ansah? Wenn er die beiden beobachtete, stieg ein unbestimmtes Gefühl von Gefahr in Johannes auf.

Das war alles Ablenkung.

Johannes wusste es. Wie achtlos hatte ihm Valerie Adieu gesagt. Kein Händedruck, keine Umarmung. Er wollte ihre Wange auf seiner spüren. Auf der Narbenwange. Ihre Berührung würde sie heilen. Sie hatte gelacht, Auf Wiedersehen gerufen und war verschwunden. Das, was fehlte, brannte. Da half keine kalte Oktobernacht, kein Wind vom Norden her.

Johannes stand auf, setzte sich wieder hin, umfing seine Knie. Er fror. Sah zur Brauerei hinüber. Smetana war wieder da. Nicht der bierbrauende Vater, sondern der Sohn, Bedřich, wie nah war er ihm! Welch ein Leben! Vor drei Jahren erst war der Komponist in Prag gestorben, taub, physisch und psychisch zerrüttet, war er zum Schluss noch in eine psychiatrische Klinik eingeliefert worden. Der große Musiker, der an der Revolution von 1848 lebhaften Anteil genommen hatte, nach Göteborg floh und erst nach Prag zurückkehrte, als Wien einen liberaleren Kurs einschlug. Smetana, der zum großen tschechischen Nationalhelden wurde, der seine Oper *Libuše* zur Eröffnung des tschechischen Nationaltheaters zwei

Mal dirigieren musste, da das Haus kurz nach der ersten abgebrannt war, der Romantiker, der seiner Heimat die inoffizielle Landeshymne komponiert hatte, den symphonischen Zyklus „Mein Vaterland" mit der „Vltava/Moldau" als Herzstück – wie elend ist er zugrunde gegangen! Johannes stand auf, stützte sich auf einen der steinernen Zwerge vor der Schlossbrücke, der Nachtwind trieb ihm Blätter der großen Linde ins Gesicht, er weinte, er konnte nicht anders, er war ein Bruder dieses Unglückseligen, der zehn Jahre lang das schrille Pfeifen eines As-Dur-Sextakkords in den höchsten Tönen der Piccoloflöte erdulden musste, da war er schon taub, aber dieses Pfeifen und Sirren war Tag und Nacht in seinem Ohr und er komponierte unter größter Anstrengung weiter, bis er verrückt wurde, und ach, wie war es mit Beethoven und wie mit ihm selbst und war er nicht von Glück gesegnet, nicht dieses irrsinnige Sirren, Pfeifen und Pochen hören zu müssen, er hatte noch sein Gehör, seine Augen, den Verstand, nur ein entstelltes Gesicht, was war das schon gegen diese sirrende Pein ... Und er lief den Stiegenweg hinunter zur Metují, an seinem Haus vorüber, den Fluss aufwärts zur Keusche von Branka, wartete, zögerte, es war alles still, nur das Meckern einer Ziege kam aus dem Stall, aber Küche und Stube waren finster, er fühlte Brankas schweißnasses Haar in der Hand und rannte zurück, riss die Tür auf, riss das Cello aus dem Kasten, ging hinaus unter die Weiden, setzte sich auf die Hausbank und spielte eine Passage aus dem Streichquartett Nr. 2 in D-Moll, das er liebte und auswendig konnte und das Smetana komponiert hatte, als er bereits vollkommen ertaubt war.

Im Eckzimmer des Hotels U Brohučka stand Mirko im ersten Stock am Fenster. Karel war schon zu Bett gegangen. Mirko sah auf den Schlossplatz hinunter und hinauf zum runden Schlossturm mit der eigenwilligen Bekrönung, die eher einer Kirche angemessen gewesen wäre als einem profanen Gebäude. Von hier aus, hatte ihm Karel erzählt, sähe man an klaren Tagen bis in das Riesen- und Adlergebirge. Die Uhr schlug Mitternacht. Mirko hatte Johannes beobachtet. Er hatte ihn zögern, auf eine Bank niederfallen, später aufstehen gesehen, hatte beobachtet, wie er sich auf einen steinernen Zwerg stützte und schließlich schnellen Schrittes auf dem schmalen Weg zwischen Brauerei und Häuserzeile verschwunden war. Mirko hatte ihm nachgesehen und sich Notizen gemacht.

Um 6.31 Uhr morgens nahmen Karel und Mirko, vom Bahnhofsvorstand Franz Czermak höflich und sachlich verabschiedet, den Zug von Neustadt nach Chotzen, wo sie in den Anschlusszug Nr. 7 nach Prag umstiegen.

*

„Neustadt an der Mettau“ stand in schwarzen Majuskeln auf dem Gebäude des Bahnhofs. Es war ein stattlicher, langgestreckter Bau mit einem hohen Mitteltrakt und jeweils zwei niederen Seitenteilen. Die hohen Fenster, in schöner Regelmäßigkeit angeordnet, waren mit roten Ziegelbögen überwölbt, ein weißes Mäanderband fasste sie ein und zog sich über den gesamten Komplex. Die Dachfirste waren durch Holzverzierungen hervorgehoben und die Schornsteine sahen aus, als gehörten sie zu einem Schloss. Elegant war dieser Bahnhof anzusehen, die Habsburgermonarchie war bekannt für ihre repräsentativen Eisenbahnstationen, selbst an kleineren Bahnlinien. Die Station Neustadt war, wie Weckelsdorf, Nachod und Tyništ, außerdem dadurch ausgezeichnet, dass sie eine Gastwirtschaft führen durfte. So konnte man in der warmen Jahreszeit am linken Rand des Gebäudes und bis auf den breiten Bahnsteig hinaus sitzen, speisen oder auch nur ein Bier trinken. Schnell gewachsene Ahornbäume spendeten den Tischen und Gästen angenehmen Schatten. Am Rand des Perrons standen, wie auf allen habsburgischen Bahnstationen und als unscheinbares Symbol der Gemeinsamkeit, die gusseisernen Stiefelabstreifer.

Valerie liebte die Wohnung in diesem Bahnhof. So lebhaft war es hier. Züge kamen, Züge fuhren ab, Menschen stiegen ein und aus, es war ein Ort des Fluiden. Eine kleine große Welt, ein Hauch von

Wiener Nordbahnhof, aus dem sie, von Brünn kommend, ausgestiegen und von dem aus sie nachhause gefahren war, wenn sie für den Sonntag den Mädchenhort der Englischen Fräulein verlassen durfte. Rufen und Reden, Gedränge und ein Gefühl von Jetzt und Ichmittendrin. Hier in Neustadt war alles kleiner, beschaulicher, aber es gefiel ihr. Auf dem Vorplatz kamen die Droschken, warteten die Kutscher, wieherten die Pferde. Der Bahnsteig war abends mit Gaslaternen erhellt, jenseits der Geleise erstreckten sich niedere Auwälder und Bauernland, in der Ferne sah man die Spitze des Glockenturms von Krčín, wo Jan Černčický seinen Sitz gehabt hatte, bevor er sich entschloss, 1501 auf dem Felsensporn die neue Stadt zu erbauen – das hatte Franz seiner jungen Frau bereits erzählt. Valerie war neugierig, wollte alles wissen, schrieb es in ein Büchlein und merkte sich die Details. Sie war die Tochter eines Verwaltungsbeamten in der reichen Stadt Brünn, hatte vier Brüder und besonnene Eltern, die großen Wert auf eine gute Ausbildung der Kinder legten. Valerie als der Jüngsten wurde besondere Sorgfalt gewidmet, sie sollte für die neue Zeit gerüstet sein und wurde in die vom Wiener Frauenerwerbsverein neu gegründete Handelsschule in der Walfischgasse 4 im Ersten Wiener Gemeindebezirk geschickt, die ab 1871/1872 zu einer Höheren Bildungsschule erweitert worden war. Am meisten liebte Valerie die neuen Techniken des Telegraphen und des Morsens. Im Umgang mit vielen Brüdern ungezwungen und selbstbewusst geworden, nützte sie mit Freude die revolutionären Veränderungen in der Erziehung von Mädchen, denen bis dahin der Weg zu berufsbildenden Schulen verwehrt geblieben war. Universitäten waren für sie immer noch verschlossen.

Jeden Sonntag, das hatte sich so eingebürgert, war Johannes zum Mittagsmahl eingeladen. „Eingebürgert", das gefiel ihm, es war eine schöne Bürgersitte, die noch seine Eltern hochgehalten hatten. 12 Uhr, Franz hielt auf Pünktlichkeit. Als Stationsvorstand war dies eine unabdingbare Voraussetzung. Um 11.35 kam der Zug von Chotzen, um 14.28 jener aus Braunau, dazwischen war Zeit für Frau und Bruder.

Die Arbeitswoche wurde Johannes lang. Am Dienstag hoffte er, dass bald Freitag wäre, am Mittwoch ging er abends zum Treffen mit Frau Svobodová in die *Slawische Linde*, am Donnerstag trank er Bier in einem der Wirtshäuser und fiel durch besondere Gesprächigkeit auf, am Freitag wurde er so unruhig, dass er kaum schlafen konnte und am Samstag war zum Glück Probe oder Aufführung mit seinem Kammerensemble.

Jedes Mal, wenn er sich auf den Weg zum Bahnhof machte, hatte er Angst. Angst, nicht zu genügen. Abstoßend zu sein. Als Krüppel zu kommen. Die Angst wölbte sich wie ein zweiter, niederer Himmel über ihn. Aber kaum öffnete er die Wohnungstür und hörte

Valerie aus der Küche „Willkommen, Johánek“ rufen, war alles vorüber. Franz bot ihm etwas zu trinken an und klopfte ihm auf die Schulter. Der Bruder war streng, ernst und loyal. Er hatte Johannes auf seine wortkarge Art schon als Kind geliebt, später geschätzt in dessen Überlebenskampf und nun achtete er den erfolgreichen Kunstschmied und Bücherfreund. Die Entstellung in Jans Gesicht nahm er als Faktum, wie schwarzes Haar, einen Kropf oder einen dicken Bauch. Kaum je fragte er nach etwaigen Schmerzen oder Veränderungen, um die Thematik der Verletzung gar nicht erst aufkommen zu lassen. Nie sprachen sie über Königgrätz und Chlum. Ebenso wenig über das Lazarett im Wallenstein'schen Palais von Jičín und auch nicht über das Ordensspital von Breslau. Nach dem Johanniter allerdings erkundigte sich Franz und bedauerte, dass niemand mehr etwas von ihm gehört hatte.

„Gehört nicht“, sagte Johannes, „aber ich habe das Gefühl, dass er trotzdem da ist. Dass er mich wärmt, wenn mich friert. Das ist Einbildung, wirst du sagen. Möglich, ja. Aber ich brauche das.“

Nein, entgegnete Franz, er halte ihn keineswegs für abergläubisch. Im Gegenteil, er glaube, dass Johannes seit seiner Verletzung einen sechsten Sinn habe, vielleicht sogar das Zweite Gesicht. „Behalt es dir“, fügte Franz hinzu, „das hast du uns allen voraus. Dahin werden wir nie kommen.“

Sie töteten die Zigaretten ab – jüngst hatte Johannes rauchen gelernt, es ging sogar ganz gut –, sie verließen die kleine Bibliothek mit den Büchern des Vaters, die sie ironisch „Rauchsalon“ nannten, und gingen in das Speisezimmer. Valerie stand in der Küche. Sie hätte eine Haushaltshilfe einstellen können, denn die Position von Franz hätte es erlaubt, in der Meinung der Leute geradezu herausgefordert. Sie hatte jedoch dankend abgelehnt, sie wollte keine fremde Person um sich haben. Valerie gab Franz einen Kuss, lachte Johannes an, formte die Knödel, wusch ihre Hände und streifte sie an der Schürze ab, die sich straff um ihren Leib spannte. „Schau nicht so“, sagte sie wiederum lachend zu Johannes, „es ist ja bald soweit“. Johannes wurde rot und fragte: „Wann?“ „Vielleicht wird es ein Christkind“, antwortete Franz.

Zuhause nahm Johannes einen Obstschnaps. Er kaufte ihn bei seinem Onkel in Rezek, den er von Zeit zu Zeit besuchte und mit ihm über die neuen Kälber, die Weizenernte und das Dörrobst sprach. Wie kommt mein gestrenger Bruder zu so einer unkomplizierten Frau, fragte sich Johannes und nahm noch einen Schluck. Sie hatte sich eingenistet in seinen Träumen. Arterienblutrot. Sie war Sizilien, ein Lichtherz oder eine Infinitesimalrechnung, und alles zusammen kannte er nicht und sie war ihm ein Rätsel. Er hatte Valerie in den letzten Wochen beobachtet, Sonntag für Sonntag. Wie sie mit einer kleinen Geste den Raum für eine große Sehnsucht öffnete. Wie sie frohgemut darüber sprach, dass man scheitern könne und dann einfach wieder neu anfangen müsse. Wie ihre grüngrauen Augen die Farbe wechselten, wenn sie ihn lächelnd ansah und sagte, na, Johánek, was denkst du? Ihr kastanienbraunes Haar, bis wohin würde es reichen, wenn sie es löste? Johannes trank. Wie er seinem großen Bruder diese Frau, dieses Mädchen, gönnte, sie war so jung, so lebensfroh, so neu und neugierig. Vielleicht so, wie er gewesen war, bevor er mit Bohumil und Ferdinand in der Postkutsche von Braunau in die Ebene der Elbe hinuntergefahren war und sie sich ihre Zukunft mutwillig zerstört hatten.

Johannes trank.

Wie er sich selbst dieses Mädchen wünschte.

Am Montag kam er erstmals zu spät in die Schmiede.

In den nächsten Wochen sah man Johannes noch spät abends in der Schmiedewerkstatt. Vitus Kriwanek hatte ihm die Erlaubnis gegeben, auch nach Arbeitsschluss hier zu bleiben und die dreiunddreißig Abende zu nützen, die Johannes für sein Projekt geplant hatte. Er schmiedete an 33 kleinen Kreuzen. Sie waren nicht größer als zwanzig, fünfundzwanzig Zentimeter. Nur eines war etwas größer. Jedes war anders, jedes ein kleines Kunstwerk. Seit Monaten hatte sich Johannes mit dieser Idee beschäftigt. Bis spät in die Nacht hatte er mit Kohlestift diese Kreuze entworfen und gezeichnet, sich für jedes eine andere Form, ein unterschiedliches Muster ausgedacht. Jetzt hatte er sich entschlossen, sie auch tatsächlich zu schmieden. Warum Friedhofskreuze? Warum so klein? Und warum gerade 33? Er sprach zu niemandem davon. Als er alle fertig hatte, das letzte Stück im Becken mit dem kalten Brunnenwasser abgelöscht und das Feuer mit Asche abgetötet hatte, legte er die 33 kleinen Kreuze auf ein helles Packpapier, das er auf dem großen Arbeitstisch ausgebreitet hatte. Dann ging er zum Wohnhaus des Schmiedeherrn gleich gegenüber und erkundete, ob der Meister noch Licht in seinem Büro hatte. Das war der Fall. Er klopfte, denn er war sich sicher, dass er es durfte, auch zu später Stunde. Vitus Kriwanek und er, sie waren sich tief und stumm einig in der hellen Seite ihrer Herzen.

Johannes fragte, ob er dem Meister etwas zeigen dürfe.

Kurz nach Allerheiligen hatte Valerie einen Blutsturz. Das Kind drohte zu früh zu kommen. Der Arzt war besorgt, es wäre gefährlich für das Kind, dessen Lunge noch nicht fertig entwickelt wäre, die Patientin müsse liegen, jede Woche mehr wäre hilfreich. Franz war, gegen seine sonstige Natur, nervös und fahrig, hilf- und tatenlos. Johannes kam jeden Abend. Dann erinnerte er sich des Adlersteins, von dem ihm die Mutter erzählt hatte. Ihm wurden magische Kräfte zugeschrieben, wenn es Schwierigkeiten in der Schwangerschaft gab. Johannes lief nach Rezek zum Bruder der Mutter: ob er einen Adlerstein habe, ob er Genaueres über diesen Stein wisse und ob die alte Kräuterfrau aus dem Adlergebirge noch käme. Der Onkel wusste nur, dass dieser Stein ein Mineral war, ein spezielles Eisenoxid, und sagte, dass er leider keinen habe, aber wisse, wo die Alte wohne. Johannes nahm sich einen Tag frei, machte sich auf nach Gießhübel im Adlergebirge, fragte, suchte, fand die Kräuterfrau, die sofort Bescheid wusste, ihm einen Stein verkaufte und einen zusammengerollten kleinen Zettel mitgab, auf dem geschrieben stand:

ES IST ABER DIESER STEIN
SCHWANGER MIT EINEM ANDEREN,
DER, WENN DU IHN SCHÜTTELST,
KLAPPERT WIE IN EINEM KRUG.
WIRKSAM WIRD ER GEGLAUBT
DESHALB ALS HILFE FÜR
SCHWANGERE, FEHLGEBURT
ZU VERMEIDEN UND …

… und weiter las Johannes nicht, fuhr zurück mit dem schnellen Einspänner, läutete in der Bahnhofswohnung, Franz umarmte den Bruder, Valerie lächelte, zog den Überbringer zu sich und küsste ihn auf die Wange. Der Stein war kalt in ihrer Hand, sie wärmte ihn. Sie schüttelte ihn und es klapperte wie in einem Krug und sie glaubte daran. Am 28. Dezember kam der Bub auf die Welt, gesund. Zum Fest der Heiligen Drei Könige wurde er feierlich in der Dreifaltigkeitskirche auf den Namen Antonin getauft. Eine Reverenz vor dem großen Musiker Antonín Dvořák. Die Ehre, zum Taufpaten ausgewählt worden zu sein, wurde Johannes zuteil.

*

Sommer über dem Böhmischen Paradies.

Jičín liegt in seiner Mitte, Neustadt schon jenseits seines östlichen Randes, aber für Johannes ist alles Land seiner Kindheit ein Paradies, alles Land zwischen der Elbe-Ebene im Süden und dem Riesengebirge im Norden. Kirschbäume, schwer behangen mit Früchten, standen als Schärpe um die Gehöfte, säumten die Straßen als rote Alleen, färbten den Staub wie Blut. Die Brüder Franz und Johannes sahen es durch die offenen Fenster des Zuges. Sie fuhren mit der Linie Chotzen-Braunau in nördlicher Richtung. Es war eine abwechslungsreiche Fahrt von Neustadt über Nachod, Hronov und Weckelsdorf/Teplice, an der berühmten Adersbacher Felsenstadt vorüber, durch die die Mettau tiefe Schluchten gräbt und in der bizarre Sandsteinfelsen inmitten lichter Föhrenwälder aufragen. Sie fuhren bis in das industriell aufstrebende Halbstadt an der niederschlesischen Grenze und schließlich wiederum südöstlich und steiler bergauf zur Endstation Braunau/Broumov.

Auf einer Eisenbahnfahrt ist man im Ungefähren, Orte und Landschaften ziehen vorüber und die Gedanken gleiten wohin sie wollen. Alles, worüber gesprochen wird, hat den Charakter des Beiläufigen. Wie ein bellender Hund läuft es den Rädern des Zuges nebenher.

Franz und Johannes sprachen über Karel. Nach wenigen Semestern hatte er sein Jusstudium abgebrochen und sich ausschließlich der jungtschechischen Bewegung gewidmet, als Botengänger, Propagandist und Journalist für die Zeitschrift *Národní listy*. Er hatte ihnen begeistert vom Aufstieg der Partei berichtet, die sich von den Alttschechen abgespalten und die Národní strana svobodomyslná, die Freisinnige Nationalpartei, gegründet hatte. Viel Národní in dem Ganzen, sagte Franz, etwas zu viel National- …

Karels Leitstern war der als Märtyrer gefeierte Karel Havlíček Borovský, ein vielseitiger und begabter Dichter, Politiker und Journalist, der mehrere Zeitschriften gegründet hatte, die jedoch von der österreichischen Zensurbehörde allesamt verboten wurden. Aufgrund seiner antimonarchistischen Äußerungen wurde Borovský aus Böhmen verbannt. In Brixen, das er als Exil empfand, erkrankte er an Schwindsucht, durfte erst nach vier Jahren nach Prag zurück, wo er, nur fünfunddreißig Jahre alt, starb und schnell zum Helden wurde.

„Karel trägt immer sein Bild mit sich", sagte Franz.

„Das wäre ja noch harmlos", entgegnete Johannes.

„Ob er erkennt, wenn er ausgenützt wird?"

„Hast du die letzten beiden Ausgaben der *Národní listy* gesehen? Auf beiden war Karel der Titelheld, fahnenschwingend zieht er den tábory-Demonstrationen voran – ich weiß nicht, ob er es selbst will oder ob er dort hin befohlen wird. Vielleicht von diesem zwielichtigen Mirko?“

Bereits im ganzen Land gab es diese Massendemonstrationen. Und es gab eifrig arbeitende Spitzel. Hier ging die Hoffnung auf schnelle Veränderung um und in Wien die Angst vor Aufruhr. Es gab Straßenschlachten, es flogen Steine. Und die Arbeiter formierten sich, die Arbeiter streikten, die Christlich-Sozialen gewannen die Bauernschaft, und wieder andere riefen: Auf nach Moskau! Und im böhmisch-mährischen Land schwelte das Feuer und eine Karikatur lief von Hand zu Hand, auf der der österreichische Doppeladler dem russischen Bären zum Fraß vorgeworfen wurde. War das Leben ein Kriegsschauplatz? Und wer, ja, wer glaubte noch an das Reich der vielen Völker, das ein schwieriges, aber dennoch ein erträgliches, lebbares europäisches Miteinander war?

Karel taumelte durch das Dickicht. Franz und Johannes machten sich Sorgen. Noch war es scheinbar friedlich in der Provinz, hier, an den Rändern mit den mythischen und faunischen Namen, zwischen Riesen-, Falken-, Heidel-, Eulen- und Adlergebirge.

Von seinem Albtraum schwieg Johannes.

In einem Kahn ruderte er die Moldau flussabwärts, fröhlich sang er Smetanas Melodie und fand sich plötzlich auf dem Altstädter Ring in Prag, wo das Schafott zur öffentlichen Hinrichtung der protestantischen Rädelsführer aufgebaut war, die den Aufstand gegen die katholisch-habsburgische Obrigkeit angeführt hatten. Alles war bereit, um Rache zu nehmen für den Fenstersturz und die Schlacht am Weißen Berg. Er stand zu Füßen des Blutgerüsts, er blies wie verrückt in sein Signalhorn und dann war er unvermittelt als Gaffer inmitten der Menge, die lüstern auf Wallensteins Antwort wartete, ob wirklich auch der letzte der Angeklagten, ein strahlender Jüngling von achtzehn Jahren, hingerichtet werden sollte. Der konnte doch nicht schuldig sein, und für welche Schuld wurde hier eigentlich getötet – und dann rauschte von den Doppeltürmen der Teynkirche ein geharnischtes Wesen, eine Art Kriegsgott, mit einem riesigen roten Tuch aus Seide heran und ließ es, nach einem markerschütternden Schrei, zugleich mit dem Kopf des mitleidlos letzten Hingerichteten auf das Schafott niederfallen und er selbst, Johannes, schrie, denn wem sah der Kopf ähnlich, der da in einem Meer von Blut lag, wem? Die Menge stand erstarrt und er sah sich panisch flüchten, kreuz und quer durch die Gassen, bis sich der Wenzelsplatz auftat, auch hier drängten sich die Menschen, riesige schwarzgraue Ungetüme fuhren direkt auf die Massen zu, die Raupenketten rasselten, dünne, schwenkbare Kanonenrohre drehten sich drohend im Kreis und dort drüben, Johannes sah es mit Entsetzen, ja, dort brannte ein junger Mann, er brannte lichterloh, er war mit einer Flüssigkeit übergossen, und die Menge schrie, schrie den Namen „Jan, Jan Pal…“, mehr konnte er nicht verstehen, und inmitten der Flammen – –

„Johannes, Jan, was ist mit dir!?“ Franz rüttelte ihn am Arm, hielt ihn fest, Johannes brauchte eine Weile, bis er sich zurechtfand, bis er sah, dass er in einem Zugabteil saß, sein Bruder gegenüber, vor den Fenstern schwammen Wälder vorüber, ein Dorfkirchturm und ein paar Kühe, er bemühte sich um eine möglichst normale Stimme und sagte müde:

„Entschuldige. Das war wieder so ein, ein…, na, du weißt schon… Das kann ich dir nicht erzählen.“ Und nach einer längeren Pause fügte er hinzu: „Vielleicht sollten wir uns mehr um Karel kümmern, Franz. Wir lassen ihn ja ziemlich allein. In Prag hat er seine Freunde gefunden, wir zwei sind für ihn fast nicht mehr da. Und Cäcilia mit ihrem deutschnationalen Mann schon gar nicht. Weißt du, Franz, dass der Hermann vor kurzem extra nach Wien gefahren ist und bei einer Parteiveranstaltung den Georg von Schönerer getroffen hat? Ganz stolz hat er mir erzählt, dass sie sich mit ‚Heil‘ begrüßen und den Schönerer als ‚Führer‘ ansprechen! Der hetzt in seinen Reden – der Hermann hat mir ein Propagandablatt mitgebracht – gegen die ‚Verjudung' und geifert, dass das ‚Slawentum' den deutschen Charakter bedrohe, dass beide, Juden und Slawen, aus allen Ämtern entfernt gehören und die ‚parasitären Rassen', wie er es nennt, ausgerottet werden müssen! Und so weiter. Ich versteh' nicht, dass Cäcilia immer noch bei diesem Mann bleibt."

Während Franz bis vier Uhr nachmittags bei den Besprechungen der Stationsvorsteher beschäftigt sein würde, hatte Johannes genug Zeit, durch den Ort zu schlendern. Auf dem leicht abfallenden Stadtplatz hatte sich wenig verändert, die Stadt war offensichtlich ein lebendiges Handelszentrum für Tuchmacher, Weber und die reichen Bodenschätze rundum geblieben. Er aß ein kleines Gulyás mit Kaisersemmel im Kaffeehaus, das noch genauso bestand wie früher, las Zeitung und bestellte eine Melange. Bevor er ging, warf er noch einen Blick in das Billardzimmer, das an der Stirnseite mit einem Bild von Kaiser Franz Joseph geschmückt war. Unverwandt blickte der Monarch in seiner Paradeuniform und hoch zu Ross auf seine Untertanen nieder. Mit welch irrwitzigen Hoffnungen waren Ferdinand, Bohumil und er selbst im Sommer 1866 von hier aus ihrem Schicksal entgegengefahren!

Sechs Jahre war Johannes in das Gymnasium des Benediktinerklosters gegangen, dessen Einfluss bis Breslau reichte und eine Bibliothek besaß, die für ihre

Sammlungen zu Literatur und naturwissenschaftlichen Schriften berühmt war. Das Klosterleben war für Johannes eine Entdeckung gewesen. Er war hier gerne zur Schule gegangen, obwohl es unter den Mitschülern opportun war, jeden Lernstoff prinzipiell zu verachten. Das Religiöse nahm er mit wie einen Jausenproviant, aber das Neue, Unbekannte, das ihn über die Befestigungsmauern von Neustadt hinaustrug, hatte ihm gefallen. Griechisch und Latein, ein wenig Französisch, viel Historie, Naturwissenschaften und Sport, das war eine reich gedeckte Tafel und er hatte immer Hunger. Der Musiklehrer hatte ihn besonders gefördert und ihn dem Kapellmeister von Braunau ans Herz gelegt, so dass er seine Trompetenkenntnisse erweitern konnte. Johannes war damals ein übermütiger Jugendlicher gewesen, der alles mit Leichtigkeit aufgriff und der die breiten Treppen des Klosters und des Lebens hinauf- und hinunterrannte, gleich zwei Stufen auf einmal nehmend.

Johannes betrat den Kirchenraum.

In Altrosa, Himmelblau und Gold waren die Wandgemälde und die Deckenfresken eingebettet, ebenso die Putti, der weiße Stuck und die in Ebenholz geschnitzte Kanzel. Hoch und herrlich alles. Auf der Orgel übte jemand immer wieder dieselbe Sequenz und sofort war er zurückversetzt in die Zeit, als er zu besonderen Feierlichkeiten das eine oder andere Konzert mit der Trompete hatte begleiten dürfen.

Um eventuell den Orgelspieler entdecken zu können, ging Johannes langsam das Chorgestühl rückwärts Richtung Hochaltar. Plötzlich stand jemand neben ihm und erkundigte sich, ob er mit Auskunft helfen könne. Johannes erschrak, sah den Mann an, dieser ihn und dann flog ein Lächeln über dessen Gesicht, als er erstaunt fragte: „Czermak, Johannes? Jan?"

Es war Korbinian, der ehemalige Lehrer und zugleich Bibliothekar des Klosters. Scheu umarmte er Johannes und bat ihn in die Sakristei, von wo aus er seinen ehemaligen Schüler durch labyrinthische Gänge zur Bibliothek führte. Korbinian war eine etwas undeutbare Figur, klein und fragil, mit hoher Stimme und hektischen Bewegungen. Als er damals zu Johannes' Schulzeit in das Kloster gekommen war, erzählte man sich, dass Korbinian zuvor in Prag gewesen und beinahe in den Benediktinerorden eingetreten wäre, sich jedoch kurz vor der Einkleidung anders entschieden hätte. Da steckt sicher eine Frau dahinter, vermuteten die Schüler, vielleicht sogar ein Mann? Sie machten Witze und erfanden wüste Geschichten. Korbinian war dem Orden jedoch verbunden geblieben. Da er ein ausgezeichneter Wissenschaftler, Lehrer und ausgebildeter Bibliothekar war, hatte ihn die Zentrale in das abgelegene Kloster Braunau im nordöstlichsten Zipfel von Böhmen geschickt.

Die Politur der großen dunkelbraunen Holztische in der Bibliothek glänzte im Sonnenlicht, das durch die hohen Fenster fiel. Es roch nach Pergament, Papier und altem Leder, feine Staubsäulen standen im Hellen und Korbinian sagte: „Johannes, wie schön, dich nach so langer Zeit wiederzusehen! Lass mich rechnen: Jetzt haben wir 1893 und als du die Schule verlassen hast und mit deinen zwei Freunden in den Krieg gezogen bist, war es -66, also mehr als ein Vierteljahrhundert ist das her! Soll man das glauben?“ Er betrachtete Johannes und sagte verwundert: „Wir sind alle älter geworden, aber trotzdem bist du immer noch der, der du gewesen bist. Hast noch immer deine eigenwillige Haltung, aufrecht und biegsam, ja, wie soll ich sagen, hochmütig in gewisser Weise, ich hab dich sofort erkannt! Deine Haare sind immer noch länger als üblich und in deinen Augen stehen immer noch viele Fragen und mancher Protest. Ich kann mich gut erinnern, wie du damals, als ich euch das Beispiel von Achill brachte, der den toten Hektor von schnellen Rossen um das Grab des Patroklos schleifen hat lassen, gesagt hast: ‚Dann hätte man den Achill doppelt so lang herumschleifen müssen, damit er weiß, was Schuld ist und was Rache.‘ Aber erzähl, der Krieg hat dir wohl übel mitgespielt?“

Seit dieser Begegnung sah man Johannes jeden zweiten und vierten Sonntag in der Bibliothek von Braunau. Den ersten und dritten des Monats war er mittags bei Valerie und Franz zu Gast. Nicht jeden

Sonntag, wie sonst immer. Es war ihm zu wenig und zu viel geworden. Er brauchte Abstand.

Franz hatte dem Bruder eine Vergünstigung des Fahrpreises für die Strecke nach Braunau verschafft. Drei Stunden war er für eine Eisenbahnfahrt unterwegs und wenn er den Frühzug nahm, blieb bis zum Abend genug Zeit für das Studium neuer Bücher. Korbinian lenkte die Auswahl und sie berieten gemeinsam die Themen. Wenn Johannes gegen zehn Uhr vormittags den Raum unter den barocken Fresken betrat, lagen die Bücher bereit. Sie lagen immer auf demselben Tisch nahe dem hintersten Fenster, so dass der Lesende alles im Blick hatte, wenn er aufsah: die Bücher und die Schönheit.

Ließe sich sagen: es waren elysische Stunden?

Still. Fernab missgünstiger Menschen.

Eingeschlossen und frei.

Von Anfang an fühlte sich Johannes aufgehoben in Korbinians Nähe, in dessen großem Wissen und der sorgsamen Art des Fragens. In dieser Weise waren sich Korbinian und der Johanniter ähnlich, beide hatten sie Mitgefühl, nahmen die Entstellung des Gesichtes jedoch als einmal geschehen, schließlich abgetan und keiner weiteren Betrachtung wert. So wurde die Scham klein gehalten. So war sie im Grunde nicht mehr da. Das war nur mit einer Handvoll Menschen so. Mit Franz noch. Und mit Valerie. Ja, mit Valerie, die ihm jedes Mal wieder die Gedanken zum Jagen brachte, das Blut durch die Adern trieb, alle Fragen begrub und sie zugleich aufscheuchte wie ein Sturm die trockenen Blätter im Herbst. Valerie, die die Kalligraphie der Lust in seine Hände schrieb und überallhin. Von Zeit zu Zeit sagte sie ganz ungezwungen seltsame Sätze, wie: „Weißt du, wenn sich Nacht und Tag berühren, läuft eine blaue Linie vom Himmel bis zu mir herunter." Oder: „Mir bleibt das Immergrün des Buchsbaumes nicht grün." Einmal, als er im Aufbruch war, sagte sie: „Ich schau dir gerne zu, wie du dich durch die Ochsenkarren vor dem Bahnhof drängst, das machst du ebenso wendig, wie du denkst." Das verwirrte ihn tagelang und so flüchtete er jeden zweiten Sonntag nach Braunau, in das Imperium der Bücher und der Wissenschaften, die ihm Korbinian zu verstehen half.

Braunau war anders als die Bücherei *Zur Slawischen Linde*, in der Johannes immer noch Frau Svobodová traf, allerdings nicht mehr so oft wie früher. Es hatte gemeines Gerede im Städtchen gegeben: Die Lehrerin und der Kunstschmied, der so tut, als ob ihn Bücher interessieren! Na ja, der Ehemann hat wohl nur Versicherungszahlen im Kopf, da braucht sie schon wen anderen. Und das Krüpperl ist froh um Jede. Frau Svobodová war um ihren Ruf besorgt, so schränkten sie ihre Treffen ein und sie brachten sich keine kleinen Geschenke mehr mit.

Ja, Braunau war anders. Es war die Schiene zur Wissenschaft, zu einem „Europa des Geistes", wie es

Johannes noch aus der Schulzeit in Erinnerung hatte. Er fühlte sich als späten Studiosus, las Leibniz und Newton, empfand sich als Adept der Humboldt-Brüder, Goethe ließ er beiseite, das ewige Gelingen, wie es ihm schien, war ihm suspekt. Er beschäftigte sich mit Chemie, Physik und Astronomie und versuchte, die revolutionären Theorien von Christian Doppler und dessen Abhandlung *Über das farbige Licht der Doppelsterne und einiger anderer Gestirne des Himmels* zu verstehen. Er nahm sich Zeit. Für Doppler und die Sterne mehrere Wochen. Er las über die Erfindungen der Glühlampe und des elektrischen Webstuhls, über die Entdeckung des Cholera- und Diphterie-Bazillus und über die aufsehenerregenden Opern von Richard Wagner.

Er war verwirrt ob der Fülle des phantastisch anmutenden Neuen. Eines Sonntags legte ihm Korbinian ein Buch vor, das er wie einen besonderen Schatz vor ihm ausbreitete und in dem Johannes die Erklärung für alles fand: dass der menschliche Geist sich in einem permanenten Fortschritt immer weiter- und weiterentwickeln würde. Das Buch war nicht neu, es war ein Ergebnis der Aufklärung, inmitten der Schreckensjahre der Französischen Revolution geschrieben: *Esquisse d'un tableau historique des progrès de l'esprit humain* von Marquis de Condorcet. Johannes konnte nicht genug Französisch, so schrieb ihm Korbinian die wichtigsten Aussagen in ein kleines Heft: Dass der Mensch durch stete Weiterbildung zur „perfectibilité“ wachsen würde, dass er von Geburt an diese Fähigkeit zur Vervollkommnung in sich trage und dass dies zu einem dauerhaften, immer glänzenderen Zeitalter der „lumières“, also des Lichts und der Aufklärung, führen würde. Nicht nur zu Gleichheit, Freiheit und Brüderlichkeit, sondern zu Wissen, Fortschritt und Frieden.

Und war jetzt nicht schon lange Frieden?

In der Enklave der Klosterbibliothek ging Johannes auf Reisen durch Welt und Himmelsareale, forschte nach dem Rätsel des Menschen und des Seins, so, wie er es in der Wirklichkeit nicht tun konnte. Die Leiter, die auf die Emporen hinaufführte, war ihm die Leiter in ein, sein neues kleines Himmelreich.

Vielleicht, ja, vielleicht hätte ich mehr aus meinem Leben machen können, sagte er sich. Was hält mich in der Schmiede, in der Schwärze? Was im wassernahen Haus? Warum warte ich immer noch nachts auf ein leises Klopfen an der Tür? Hätte ich fortgehen sollen? Oder mag ich einfach dieses Leben, ist es mir recht und genug? Das Erzeugen von gefälligen Dingen, die Nähe der Metují, das Cellospiel am Abend und vom Marktplatz scheinen die Lichter der Häuser wie kleine, vertraute Botschaften zu mir herunter. Und hab’ ich nicht ein drittes Zuhause am Bahnhof gefunden?

Warum soll ich eigentlich fort?

Franz ist da.

Und sie, die ich meine.
Und er: Antonin.
Vielleicht hat mich niemand so lieb wie er?

Antonin. Das erste Lächeln seines Lebens, so behauptete Valerie, habe er ihm, dem Taufpaten, geschenkt. Nicht ihr und auch nicht seinem Vater. Antonin war die Freude, der Frohsinn und die strampelnde Entzückung. Als er größer wurde, lief er in die offenen Arme von Johannes, der ihn aufhob und durch die Luft warf und Antonin sich überschlug vor Lachen. Das Kind streichelte die Narben, fuhr mit den Händchen die Linien entlang, streifte über die schiefen Lippen und das vernarbte Kinn. Antonin hatte keine Scheu davor, Johannes zu berühren. Er legte seine Wange an die seine. Blieb lange so, bis sich die Wärme der beiden Körper mischte. Johannes war glücklich.

Nach Arbeitsschluss hastete er den Wiesenpfad entlang der Geleise zum Bahnhof, nahm zwei Stufen auf einmal, klopfte kaum an, stürzte in das Kinderzimmer, nur, um Antonin noch sehen und ihm Gute Nacht sagen zu können. Als Antonin heranwuchs, erzählte er ihm von Fichtenwipfeln und Flusskrebsen, vom Großen Wagen und fernen Inseln und dann, wenn er Antonin in sein Metujíhaus mitnahm, spielte er ihm auf dem Cello vor. Dann saßen sie in der Stube oder draußen auf der Hausbank, mitunter sogar im hohen Gras unter den Weiden. Die Fische sprangen im Kehrwasser, die Amseln sangen ihr Abendlied. Johannes spielte und Antonin war ganz ruhig, saß neben ihm mit großen Augen, es kam vor, dass er zu weinen begann. Als er vier war, kaufte ihm Johannes eine Flöte. Als er sieben war, eine Violine. Die Eltern überraschten das Kind zum zehnten Geburtstag mit einem Klavier, und als der Bub zwölf wurde, schenkte Johannes ihm seine schlanke, kostbare Ventiltrompete, die er aufbewahrt und aus den Tiefen der Truhe hervorgeholt hatte.

Für Antonin schien nichts schwierig zu sein. Alles fiel ihm zu. Er wollte alles lernen und er lernte es ohne Mühe, Instrumente, Musikstücke, Kompositionslehre. Er liebte das Improvisieren und hatte vielleicht das absolute Gehör. Nur leider: er war ein wenig schlampig. Wenn er etwas halbwegs zufriedenstellend beherrschte, ließ er es sein und wandte sich dem nächsten zu. Wer will einem begabten Kind etwas verwehren?

Und Valerie? Sie war sehr beschäftigt. Es waren noch zwei Geschwister gekommen, Theresa und František oder Frantischek, je nach Laune, aber es sollte einen Franz Junior in der Familie geben und keine Verwechslung mit dem Senior möglich sein. Für die Schwangerschaften hatte sie den Adlerstein hervorgeholt und beide Male war es gut gegangen. Manchmal sprach sie davon, dass sie das Telegraphenamt, in dem sie in Brünn gearbeitet hatte, vermisse, das

Stakkato der Apparate, das Morsen und das Surren der Leitungen sowie die hektisch-freundlichen Gespräche mit einem Gegenüber, das man nicht sah und nicht kannte, das war aufregend und gab einem eine angenehme Art von Wichtigkeit.

An der rechten Seite des Bahnhofs schlossen sich kleinere Gebäude an, eine Werkstatt, ein Geräteraum, der Kohlenschuppen. Dahinter war ein Stück Land, sonnig und eben. Hier hatte sich Valerie einen Garten angelegt, die kleineren Kinder halfen ihr gerne beim Umstechen, Pflanzen und Ernten. Antonin war immer beschäftigt und unterwegs. Wenn nicht zu Musikstunden, so doch mit Freunden zu geheimen Abenteuern.

Valerie hatte sich ihre jugendliche Aufgeschlossenheit erhalten. Sie war umtriebig und beliebt, hatte sich, meist ohne politische Hintergedanken, in den Turnverein und den Arbeiterbildungsverein einschreiben lassen, war Mitglied der Laientheatergruppe und auf allen Bällen zu sehen. Beim Ball der Kaufmannschaft wurde sie Ballkönigin und Franz legte mit ihr einen perfekten Walzer auf das Parkett. Er bewahrte Haltung wie immer, war in privatem Rahmen jedoch schweigsamer und verschlossener geworden, je lauter das Getriebe um ihn wurde. Von seiner Frau forderte er Pünktlichkeit im Tagesablauf, von den Kindern gute Noten in der Schule sowie Schweigen bei den Mahlzeiten. Sorgen bereiteten ihm seine schlechter werdenden Augen.

Als Stationsvorstand war er im ganzen Neustädter Bezirk ein gesuchter Ratgeber für alle Fragen, die das Eisenbahnwesen betrafen, insbesondere für kostengünstige Netzwerke des Transportes von Industriegütern aus den wirtschaftlich erfolgreichen Fabriken.

In der expandierenden Druckerei in der Kohenského trída war das Ehepaar Czermak oft zu Gast. Die Nachmittagsgesellschaften fanden im Sommer im Garten am Rand der Schieferfelsen über der Mettau statt. Auch Johannes war hier gern gesehen. Eine gute Gelegenheit, um Valerie in Gesellschaft zu beobachten. Sie war gewandt. Parlierte und lachte. Trug schöne Gewänder, azur und ultramarin, mit weißen Taillenbändern. Weich floss der Stoff um Knie und Knöchel. Es kam vor, dass sie zu oft nach einem Champagnerglas griff.

Sie prostete ihm zu und sagte: „Es ist heiß. Aber mir ist kalt."

Die Restauration im Bahnhof war in den letzten Jahren zu einem beliebten Treffpunkt geworden. Obwohl außerhalb der Stadt gelegen, war sie der ideale Ort für alle Bevölkerungsschichten, um eine kurze Pause zu machen oder für ungezwungene Zusammenkünfte. Es war ein Ort ohne gesellschaftliche Etiketten für Bauern, Handwerker, Bürger und Arbeiter, die von allen Seiten herkamen und auf dem großen Vorplatz des Bahnhofs genügend Platz fanden, um ihre Ochsengespanne, Pferdekutschen oder Handwagen abzustellen. Zwei Jugendliche, die Söhne des Papierfabrikanten, kamen mit der neuesten Erfindung: jeder mit einem Fahrrad, ausgestattet sogar mit Dunlop Luftreifen. Es war ein Kommen und Gehen, die Bimmelglocke zur Abfahrt der Züge klang energisch und zugleich wie eine heitere Erinnerung aus Kindertagen. Die Adelsgesellschaft spielte keine Rolle in Neustadt, die Besitzer des Schlosses lebten in den Zentren des Reichs, in Wien, Prag oder jüngst in Triest, Anwesen und Herrschaft verfielen. Es war laut und gesellig hier am Bahnhof, zuweilen bis in die Nachtstunden. Das störte den Stationsvorstand und er führte eine Sperrstunde mit 22 Uhr ein.

Valerie war oft in der Restauration zu sehen. Sie hatte sogar eine Art Damenkränzchen für ihre Kolleginnen aus dem Arbeiterbildungsverein ins Leben gerufen, um sich einmal in der Woche hier zu treffen – „Sonst sind ja nur Männer hier zu sehen“, sagte sie lachend, „wir müssen doch etwas tun, um auch endlich das Wahlrecht zu bekommen!“ Johannes hatte den Eindruck, dass Valerie die neue Zeit darstellte, Franz die Tugenden des zu Ende gehenden Jahrhunderts.

Von Zeit zu Zeit war Johannes abends zu Besuch in der Bahnhofswohnung. Mit Valerie, Theresa und Frantischek spielte er Mühle. Auch Halma. Franz, der im „Rauchsalon“ an seinen Konzepten für Transportwesen arbeitete, hörte die Vier lachen und streiten, bis sich die Kinder zurückzogen. Wenn er zu den Spätabend-Zügen musste, blieb es eine Weile still im Nebenraum.

„Wie laut man jetzt die Uhr ticken hört", sagte Valerie. Langsam räumte sie die hölzernen Spielfiguren in die Schachtelfächer zurück und ordnete sie nach den Farben. Schloss die Schachtel, dann ließ sie alles Tun sein und fragte:

„Ist die Seele wirklicher als die äußere Welt?"

Steckte einen Kamm fester in ihrem Haar. Wich in das Erzählen aus. Von früher. Vom Nordbahnhof, von dieser Gesichter-, Zungen- und Blicketaumelei, fremd und anziehend, Trampolin in die Welt. Wie überhaupt das ganze Wien, es war wie ein vielfach multipliziertes Brünn, das als Vorhof der Metropole galt. Sie erzählte vom schleppenden Gang der Fabrikarbeiter, die aus der Nachtschicht kamen, vom aufreizenden Duft der eleganten Damen im Stadtpark, die Säbel der Offiziere glänzten auf hellblau gegürteter Montur, Männer mit gekrümmten Rücken schoben schwere Karren vor sich her und im Stephansdom brannten die Kerzen vor der gnadenreichen Madonna … Valerie entwarf eine Szene nach der anderen, begabte Schauspielerin, die sie war. Johannes staunte. Und sie erzählte vom schönen Lernen in der Handelsschule und der alten, neben der Jesuitenkirche gelegenen Universität, an der sie auf ihrem Schulweg vorüberkam und wo junge Männer ein- und ausgingen, dicke Stapel von Büchern unter dem Arm. Vom Taschengeld hatte sie sich selbst das eine oder andere Buch gekauft, *Effi Briest* und *Anna Karenina* und dann sprach sie über *Krieg und Frieden*. Es war kein Bedauern in ihrem Erzählen, „Ich hab ja alles mitgenommen in unseren Bahnhof", sagte sie lachend, ging in die Küche und kam mit drei Topfengolatschen zurück. Eine hob sie für Franz auf, wenn er vom Dienst zurückkommen würde.

Manchmal schien sie etwas zu fixieren, das weit außerhalb des Zimmers lag, irgendwo, wo niemand sonst hinkonnte. Dann liebte Johannes sie am meisten. Ging zu ihr hin und sagte mit einer Zärtlichkeit, die er sich sonst nicht erlaubte: „Es ist gut, Valerie. Alles ist gut." – Auf Gleis zwei fuhr ein Lastzug vorüber, er hatte Steinkohle geladen. Johannes sah Verwundete vor sich, sah blutige Verbände, Männer ohne Namen und ohne Gesicht. Auf Gleis eins hielt ein Personenzug, es war die letzte Garnitur von Braunau nach Chotzen. Franz schritt auf dem Bahnsteig zwischen Lokomotive und Schaffner hin und her, die Korrektheit in Person mit roter Kappe. Johannes vergrub seine Hände in den Hosentaschen. Sie lehnte sich zaghaft an seine Schulter. Er spürte den Stoff ihrer Bluse. Der Stoff war anschmiegsam, fließend und leicht glänzend. Seine Farbe war lindgrün. Er sah sie rot, karmesinrot, arterienblutrot. Die letzten Fahrgäste kamen den Perron entlang. Ein Träger lud einen Überseekoffer und zwei kleinere

Lederkoffer in den Waggon Erster Klasse ein. Die Besitzerin der Gepäckstücke raffte ihren langen Rock, als sie einstieg. Der Dampf der Lokomotive stand lange spiralenförmig in der Luft, bis er niedersank auf Bahnsteig, Geleise und Gedanken.

Johannes sah Valerie an und fragte, wie dieses weiche, seidig-samtene Material ihrer Bluse heiße.

„Georgette", antwortete sie und wandte sich ihm zu.

Von diesem Augenblick an sprach er heimlich mit ihr unter diesem Namen.

„Bleib noch eine Weile", sagte sie.

*

Der Bauer. Das Mähen. Dieses schöne, singende Mähen.

Wenn Johannes den Frühzug nach Braunau nahm, kam er auf einer Steigung, die den Zug zu langsamer Fahrt zwang, an einem Gehöft vorüber, vor dem ein Bauer in den Schnitt des frischen Frühfutters versunken war. Er schaute niemals auf. Er mähte. Der Mann stand breitbeinig in der noch schattigen, feuchten Wiese und schwang seine Sense in regelmäßigem Bogen von rechts nach links, unentwegt und in immer gleichem Rhythmus. Mitunter hielt er inne und schliff das Sensenblatt mit dem Wetzstein. Dann mähte der Mann weiter, ruhig und stetig in den anbrechenden Tag hinein. Wenn die Sonne auf das feuchte Eisen fiel, blitzte es kurz auf wie eine

Botschaft des Einvernehmens. Johannes glaubte, den Duft des frisch gemähten Grases zu riechen, diesen sanft-wilden Geruch, der Erde und Himmel war, belebend, erregend und unvergleichlich. Er glaubte, den Ton zu hören, dieses Singen des schneidenden Stahls, der durch die Halme fuhr, glaubte, die Sekunde der Zwischenzeit zu fühlen und dann das satte Fallen des taufrischen Grases. Das war kein Tod. Es war das Fallen für ein neues Wachsen.

Seither wartete Johannes auf dieses Bild.

Er war enttäuscht, wenn es ausblieb. Er sah den Mann noch einige Male, an immer anderer Stelle in der Nähe des Hofs, stetig mähend unter den Kronen der knorrigen Obstbäume. Manches Mal lud der Bauer mit einer vierzinkigen Gabel das Grünfutter auf einen Radlbock, um es in den Stall zu den Tieren zu führen, die darauf warteten. Als der späte Herbst kam, wurde es zu kalt und zu finster. Das Gras wuchs nicht mehr.

Dieses Bild jedoch trug Johannes in sich: die Bewegung des Mähens in einem sanft hinliegenden Land, den immer gleichen, rhythmischen Schwung einer Sense und das Verwurzeltsein der breit hingestellten Beine mit der Erde.

Dieses Mähen war ihm Inbild des Friedens.

In der Bibliothek des Benediktinerklosters erwartete ihn Korbinian, wie immer. Sie waren weit gekommen in ihren Studien der Naturwissenschaften, der Literatur und der Geschichte. Sie debattierten in der letzten Zeit mehr als sie lasen. Es waren politisch bewegte Jahre, in denen unklar war, wohin die Entwicklung gehen würde. Sie sprachen über die Sprengkraft des Monumentalwerks *Das Kapital* von Karl Marx. Im fernen, großen New York war eine Freiheitsstatue errichtet worden, und im kleinen Jagdschloss von Mayerling erschoss der österreichische Kronprinz Rudolf seine Geliebte und sich selbst. Im selben Jahr 1889, als die mysteriöse Affäre um den Thronfolger die Öffentlichkeit erschütterte und sie als Vorzeichen für den Untergang der k.u.k. Monarchie gedeutet wurde, erschien Bertha von Suttners *Die Waffen nieder!*. Ein Roman, ein Manifest für den Frieden, ein emphatischer Aufruf gegen Aufrüstung und Krieg und für eine friedliche Koexistenz aller Staaten.

Darüber sprachen sie lange und vertraut.

Sahen sich an und verließen die Bibliothek.

Eines Sonntags im Jahr 1895 fand sich Johannes nicht allein zwischen den Büchern. Ein junges Mädchen saß an einem der vorderen Tische. Schmal und konzentriert exzerpierte sie ein Buch. Johannes war sofort angesprochen, er wusste nicht, warum. Er sah nur ihren Rücken und ihr Profil, das hochgesteckte Haar. Vielleicht war es die Zielgerichtetheit, mit der dieses Mädchen oder die junge Frau über das Werk vor ihr gebeugt war, sie Notizen machte und sich durch nichts ablenken ließ. Sie weiß, was sie will, dachte Johannes. Später, als Korbinian wiederkam, fragte Johannes nach ihr. Die junge Dame sei aus Breslau, sie heiße Clara Immerwahr und betreibe physikalisch-chemische Studien, für die die reichhaltige Bibliothek des Klosters einige besondere Exemplare bereithalte. Ihr Vater, der Besitzer eines Landgutes nördlich von Breslau, sei bekannt für seine botanischen und chemischen Studien, die er zur Bodenverbesserung und zur Herstellung von Kunstdünger anstelle. Zu diesem Zweck habe er auf seinem Besitz ein kleines Laboratorium eingerichtet, in dem er Experimente mache, wobei ihn die Tochter unterstütze. Sie habe sich trotz aller Schwierigkeiten die Möglichkeit erkämpft, als Mädchen das Abitur machen zu dürfen. „Ich bin sicher", fuhr Korbinian fort, „dass sie ihr Ziel erreichen wird, als erste Frau an der Breslauer Universität Physik und Chemie zu studieren und tatsächlich auch den Doktortitel zu erlangen. Sie ist eine außergewöhnliche junge Frau, diese Konsequenz und Unbeirrbarkeit kenne ich von wenigen Menschen."

Gegen Abend kam Dr. Philipp Immerwahr, um seine Tochter abzuholen. Korbinian machte beide mit Johannes bekannt. Clara stutzte einen Augenblick, als sie ihn ansah, kam ihm jedoch sofort mit Herzlichkeit und Interesse entgegen. Ein Gespräch entspann sich ganz ungezwungen, als ob sie sich schon lange kennten. Ihr gegenüber verlor Johannes seine

Unsicherheit, stieg nicht verlegen von einem Bein auf das andere, senkte nicht den Blick beim Reden. Sie fragte viel. Leichthin konnte er antworten.

Es war Gegenwart.

Auf der nächtlichen Fahrt zurück dachte Johannes über diesen seltsamen Familiennamen nach. Woher kommt ein so schwer mit Hoffnung und Verantwortung belasteter Name wie „Immerwahr"? Von Korbinian hatte er erfahren, dass die Familie aus der großen jüdischen Gemeinde Breslaus stammte. Das konnte eine Erklärung sein durch die erzwungene Namenswahl für Juden. Aber im Grunde war es gleichgültig. Immerwahr, Immerwahr, wie ein Refrain ging es durch seinen Kopf. Er schlug die Silben des Namens an das Fenster. Der Regen fiel, die Tropfen rannen in schrägen Bahnen die Scheiben entlang. Er wünschte, es könnte so weitergehen, eine sanfte Fahrt aus dem Leben, gleichtönend im Tak–Tak–Tak der Räder in eine lindgrüne Ewigkeit.

Als er spät abends in Neustadt an der Mettau aus dem Waggon stieg und sich von Franz, der Zug und Bruder erwartet hatte, verabschiedete, blickte Johannes zu den Fenstern im ersten Stock hinauf. Sie waren noch erhellt. Er sagte leise „Gute Nacht, Georgette" und verließ den Bahnhof.

Im Hotel U Brohučka trank er noch ein Bier.

Dann einen Schnaps.

*

Er sah sie von weitem.

Blieb noch unter dem Torbogen stehen.

Wartete, bis sich seine Herzschläge beruhigt hatten. Sie stand an die Brüstung der Wehrgasse gelehnt, die sich zwischen Absturz und den kleinen Hintergärten der Marktplatzhäuser um den Stadtkern zog. Ihr langer Rock schlug Wellen im Luftzug, der durch die Gasse strich. Elfenbeinfarben waren die enggeschnürten Stiefletten, das Taillenband hatte die Farbe von kobaltblauer Iris. Über dem Haar lag ein durchschimmerndes Tuch in demselben Ton, dessen lose Enden um den Hals geschlungen waren. Ein Schwarm weißer Tauben kam in rasendem Tempo über die Dächer und stürzte sich in das Mettautal hinunter.

Georgette –

Wenn es nicht regnete, trafen sie sich hier. Es war ein schöner und unverfänglicher Treffpunkt, bevor Valerie jeden Freitagabend zur Theaterprobe ging. Sie standen ein wenig über der Welt und standen eine Weile beisammen. Redeten. Die Wärme ihrer Haut. Er spürte sie durch Kleid und Jäckchen. Wartete auf die Drehung des Halses, der Augen, wenn sie ihn ansah.

Ihre Hand an seiner Wange.

„Dein Hügelgesicht", sagte Valerie.

Auf den Wäldern und Wiesen nach Rezek hin lag die Abendsonne. Vom Tal stiegen die Geräusche des Heimkommens auf, Zugtiere wurden ausgespannt und Leiterwägen in die Scheunen geschoben. Die eisenbeschlagenen Holzräder schürften über die Tennen. „Ich lieb die Sonne für das Licht und die Sterne für die Ferne“, sagte sie und lachte und fragte nach seinen Wanderungen mit der Mutter: „Erzähl mir mehr davon, Johannes.“

Bevor sie aufbrechen musste, strich sie über seine Lippen.

„Das ist unsere Stunde zwischen zwei Wirklichkeiten.“

Er begleitete sie die Gasse entlang, durch das Tor am südlichen Ende und über den Marktplatz seines Lebens. Sie gingen bis zu jenem Haus, in dem die Theaterprobe stattfand. Traten unter die dunklen Arkaden.

Sagten sich Adieu.

Und die eine trug den anderen in den Abend.

*

Johannes öffnete die Luke und stieg die steile Holztreppe zum Dachboden seines Hauses hinauf. Er hatte eine Lampe mitgenommen und tastete sich zum nordseitigen Giebel vor. Er schlug die Decke von einem alten, ramponierten Tisch zurück: Hier waren sie, die 33 Kreuze. Aus Schmiedeeisen geformt und gut verankert in einem Hügel aus Holz. Das Werkstück war schwer, er zog es zur Luke. Hier band er eine dicke Schnur kreuz und quer über das Ding und ließ es ganz langsam die Stiege hinunter. Stellte es auf den vorbereiteten Platz beim Flussfenster und stellte links und rechts je eine Kerze auf. Dann setzte er sich vor sein Werk. Schwarz und in lockerer Anordnung standen die kleinen Kreuze vor ihm. In der Mitte, auf der Kuppe des Hügels, war eines, das die anderen um zwei Zentimeter überragte. Alle Kreuze hatten ein unterschiedliches Muster vom Querbalken bis zur Spitze, jedes einzelne war kunst- und liebevoll ausgedacht und ausgeführt.

Als er die 33 Stück vor Jahren seinem Meister und Gönner gezeigt hatte, war dieser sprachlos gewesen. Johannes hatte sie auf dem großen Arbeitstisch der Werkstatt sorgfältig nebeneinander ausgebreitet, schwarz auf hellem Pergament. Vitus Kriwanek hatte jedes einzelne Kreuz in die Hand genommen, es gedreht und gewendet und hatte den Kopf geschüttelt. „Wenn du nicht schon längst Meister wärest, Jan", sagte er, „dann wäre dies hier dein Meisterstück". Er wollte die Arbeit zur großen Schmiedeausstellung nach Prag mitnehmen, auf der die kunstvollsten Erzeugnisse aus ganz Böhmen dem Publikum gezeigt und durch eine Jury prämiert werden sollten. Es hatte Johannes leidgetan, dieses Angebot ablehnen zu müssen. Sie wären, sagte Johannes sehr still und strich über die Kreuze, für den Hügel von Chlum bestimmt.

Für die Schlacht von Königgrätz.

Vitus Kriwanek sah ihn an.

Er verstand.

Und fragte, warum es dreiunddreißig wären?

Am späten Nachmittag des 3. Juli 1866 habe er den Befehl bekommen, erzählte Johannes, noch einmal zum Angriff zu blasen, seine beiden Freunde Bohumil und Ferdinand links und rechts von ihm hätten getrommelt, sie alle drei hätten gespielt, als ob es um ihr Leben ginge. Und so sei es ja auch gewesen. Sie seien in ein mörderisches Gemetzel verwickelt worden, die Preußen, die den Hügel besetzt gehalten hätten, hätten sie nahe herankommen lassen und sie dann von oben mit ihren Zündnadelgewehren niedergemäht wie Karnickel. Es wäre ein Pfeifen, Dröhnen und Explodieren gewesen, schrill und grell und weltenlaut und es sei ihm ein Tinnitus geblieben im Ohr, ein leises, stetes Echo davon höre er noch immer. Und solange er noch sehen und hören hätte können, bevor es um ihn Nacht geworden wäre, hätte er in seiner unmittelbaren Nähe 33 Soldaten zu Boden stürzen gesehen, zu Tode getroffen, das Gesicht im braunnassen Dreck, im knöchelhohen Blut. Warum er überhaupt gezählt hätte, zählen hätte können in diesem Inferno, wisse er selbst nicht, es sei ihm im Nachhinein ein Rätsel, aber die Zahl 33 hätte sich ihm eingeprägt und wäre eine der ersten Erinnerungen gewesen, als er nach Wochen durch die Pflege eines Johanniters im Behelfslazarett von Jičín wieder zu Bewusstsein gekommen und in einem

Pferdegespann nach Breslau gebracht worden wäre. Und für diese dreiunddreißig Toten seien die Kreuze. Das eine große sei für Bohumil, für jenen der beiden Schulfreunde, der in der Schlacht den Tod gefunden hatte.

Tränen rannen über die Wangen des Schmiedeherrn.

Und Johannes sagte: „Zwei der Kreuze habe ich Ihren beiden Söhnen zugedacht, Herr Kriwanek. Wenn Sie das annehmen wollten – “

*

Bilanz ziehen, bevor das Jahrhundert zu Ende geht.

Für das weite Vielvölkerreich der Habsburgermonarchie, so war in den Gazetten zu lesen, würde es mit einer langen Friedensperiode von dreieinhalb Jahrzehnten zu Ende gehen. Einer glorreichen Epoche des geregelten gesellschaftlichen Umbaus, der Schaffung einer fünften allgemeinen Wählerklasse für alle männlichen Staatsbürger über vierundzwanzig Jahren, ein Zeitalter des wirtschaftlichen Aufschwungs und der politischen Stabilität in der Person des geliebten Kaisers Franz Joseph I., des Vaters seiner Völker.

Wie das, fragten die Kritiker, in Wien wechseln die Regierungen wie ein Mann seine Hemden, Prag und der Balkan brennen, der Nationalismus radikalisiert sich als neue Religion und steht als Drohgebärde über dem Mythos eines Zusammenhalts, die Aufrüstung nehme drastische Formen an, der Thronfolger hat sich umgebracht und die Kaiserin ist ermordet worden – wo und wie kann man da von glorreicher Friedenszeit und freudiger Vorausschau reden?

Johannes spürte die Unruhe wie ein Fluss sein Geröll, das auf dem Grund dahintreibt. Wenn die Zeit der Durchlässigkeit über ihn kam, sah er voraus. Es kam ungerufen, ungebeten, das Zweite Gesicht. Er wollte es nicht. Vielleicht hatte ihm der Johanniter einmal davon erzählt, was kommen würde. Er krümmte sich im Schlaf und trug die Krümmung der Erde auf seinem Rücken und hörte noch eine ferne hämische Stimme flüstern, dass der Geburtsort eines gewissen Mannes denselben Namen trage wie jener Ort, von dem aus er selbst mit seinen Freunden in den Krieg gegangen war.

Schluss machen, bevor das Jahrhundert zu Ende geht.

Am Altjahrestag von 1899 trabten zwei braune Pferde die Straße von Neustadt an der Mettau Richtung Josephstadt und weiter südlich die Elbe entlang bis Königgrätz. Sie zogen eine Droschke, hinter deren geschlossenen Fenstern drei Männer saßen. Im Stadtzentrum wurden die Pferde auf die belebte Straße Richtung Gitschin/Jičín-Reichenberg/Liberec gelenkt. Sie fuhren nicht mehr weit. Bald nach dem Dorf Rosberitz führt eine kurvige Straße rechts den Hügel hinauf bis in das Dorf Chlum. Es besteht nur aus ein paar wiederaufgebauten Häusern und einem weithin sichtbaren Kirchlein. Auf der Höhe angekommen, lenkte der Kutscher das Gespann auf einen um diese Jahreszeit nur wenig befahrenen Karrenweg, der sich am Hügelrücken entlangzieht. Es lag wenig Schnee. Die Wiesen waren weiß überstäubt. Auf den umgebrochenen Äckern standen die Schollenspitzen braun gegen den Himmel. Als sie durch das lichte Wäldchen fuhren, rieselte Schnee von den Bäumen, der kurz auf dem Rücken der Pferde liegenblieb, bevor er schmolz. Als Glänzen auf dem braunen Fell war er noch eine Weile zu sehen. Wind kam auf, der schnell an Kraft gewann. Er trieb weiße Fahnen über das Land, die dünne Schneedecke aufwirbelnd, um sie in einer Senke achtlos abzulegen. Sie fuhren jetzt langsam. Bis Johannes an einer niederen, dichten Buschreihe den Kutscher bat, anzuhalten.

Hier, ja, hier. Er war vor einigen Tagen den Hügel abgegangen, vorbei an Kreuzen und Monumenten, an Friedhöfen und Gedenksteinen, an Namen, Löwen, Adlern und großen Worten von Ehre und Vaterland und heldenhaftem Tod. Er hatte schaudernd innegehalten, aber er hatte etwas anderes gesucht: Eine Stelle, die ihn ansprach. Den Ort, den er sich dachte. Es war nicht der Ort seiner Verwundung. Der musste irgendwo auf den ansteigenden Hängen gewesen sein. Aber hier, unter dieser Buschreihe, von einer ausladenden Linde beschützt, hier sollte es sein. Er hatte die Büsche geprüft. Es waren Haselnuss, Schlehdorn und wilde Heckenrosen, er konnte es auch ohne Laub erkennen, er war lange genug mit der Mutter durch Feld und Hain gegangen. Im Sommer wäre das kleine Areal dicht mit grünem Laub überwachsen und voller Blüten, ein geschütztes Grab. So war es gut.

Johannes bat seinen Bruder und Herrn Kriwanek, auszusteigen. Sie trugen den schweren hölzernen Hügel mit den dreiunddreißig schmiedeeisernen Kreuzen die wenigen Schritte zur Buschreihe und stellten ihn nieder auf das Schlachtfeld von Chlum. Franz und der Schmiedemeister nahmen ihre Hüte ab und sprachen ein Gebet. Johannes kniete nieder und strich über die Kreuze. Seine Hand blieb kurz auf dem obersten, größten liegen. Im Aufstehen sagte er zu den beiden Männern:

„Ich habe immer das Gefühl, dass ich an Bohumils Tod schuld bin. Dass ich damals der Rädelsführer war, als wir drei beschlossen haben, freiwillig in den Krieg zu gehen. Ich weiß nicht, ob ich es wirklich war. Und weiß auch nicht, ob wir vielleicht nur willige Gefolgsleute der allgemeinen Kriegsbegeisterung waren. Aber ich habe jedenfalls nichts getan, um sie zu verhindern."

's ist Krieg! 's ist Krieg! O Gottes Engel wehre
Und rede Du darein!
's ist leider Krieg – und ich begehre
Nicht schuld daran zu sein!

***

INTERMEZZO

Blühende Birnbäume, Wiesen im gelben Löwenzahnrausch, Dörfer, Industrieanlagen. Johannes blickt aus dem Fenster der Schmalspurbahn, die sich entlang eines smaragdgrünen Flusses die Steigung hinanmüht. Das Tal ist von sanften Höhen gesäumt, Bauernhöfe liegen verstreut in der Landschaft, Scheunen und Ställe, eingefriedete Weiden. Das späte Nachmittagslicht lässt das frische Grün der Buchen und Eschen silbrig schimmern. Die Sonne scheint diesen Flecken Erde zu lieben.

Es ist Mitte Mai.

Das neue Jahrhundert steht im vierten Jahr.

Vertrauenerweckend sind die Namen der Stationen: Rosenegg – Pergern – Neuzeug – Letten … Die erste Station nach dem Lokalbahnhof in Steyr hat der Schaffner als Unterhimmel-Christkindl ausgerufen. Das hat ihn erheitert, dieses im Dialekt noch einmal verkleinerte Jesuskind. Und Unterhimmel? Unter dem Himmel leben wir alle. Es überrascht ihn, dass viel Industrie am Wasser liegt, es gibt Kanäle, Werkstätten und Werkhallen, Ziegelschlote stehen an den Ufern.

Die Landschaft erinnert ihn an das Mettautal.

Er hat es sich anders vorgestellt.

Aber schon ist er wie zuhause.

So schnell, so übergangslos?

Wollte er nicht alles neu?

Nun steht der Zug in Aschach an der Steyr. Das Dorf liegt erhöht auf einer Schwemmterrasse, der Turm des Kirchleins hat Ähnlichkeit mit… Nein, nicht daran denken! Der Schaffner pfeift, die Lokomotive pfeift lauter, der Zug fährt an und die Steyr fließt breiter, ruhiger, da müsste es schön zum Baden sein…, und Clara Immerwahr steht im Bild, wollte er damals mit ihr in den Bachtümpeln des Falkengebirges schwimmen gehen?

Johannes ist auf dem Weg von Steyr nach Leonstein.
In die Bachleithen.
Wie viele Leben sind einem zugedacht?
Wie viele Anfänge im *danse macabre* des Lebens?
Es war viel geschehen in den letzten Jahren.
War es noch nicht genug?

Das erste Unglück kam mit der Mettau: Ein verheerendes August-Hochwasser verwüstete nach sintflutartigen Wolkenbrüchen das gesamte Flusstal, riss Brücken weg, zerstörte Wehranlagen und Fluder und alle Gebäude, die nahe dem Ufer lagen, so auch das Haus von Johannes. Das Hochwasser betraf ganz Nordböhmen und Norddeutschland, die Elbe wälzte ihre Flut durch Dresden, Wittenberg, Magdeburg und Hamburg bis zur Mündung in die Nordsee. Als das Wasser gesunken war, versuchte Johannes, das Haus notdürftig wieder instand zu setzen und den Schlamm aus den Räumen zu schaffen. Für ein paar

Tage stellte er Maurer und Zimmerleute ein, Franz und Frantischek halfen, soweit sie konnten, Antonin war längst in den Städten Europas unterwegs. Das Äußere des Inneren ließ sich wiederherstellen, das Unnennbare jedoch war verloren: Die Erinnerung an die Tage, als das Gebäude noch die zweite Werkstatt des Vaters gewesen war, als Johannes sie sich später zu seinem Zuhause umgebaut und im Lauf der mehr als dreißig Jahre mit allem, was ihm wichtig war, eingerichtet hatte. Sein Cello hatte er retten können, das war ein kleiner Trost. Eine der beiden alten Weiden war durch die Wucht des Wassers umgestürzt und lag entwurzelt auf der Böschung.

Das gesamte Mettautal war mit Schlamm, Geröll und Treibgut bedeckt. Es dauerte Monate, bis Werkstätten, Wohnhäuser und landwirtschaftliches Gebiet wieder einigermaßen in Ordnung gebracht waren. Auch die einzige Wiese, die zu Brankas kleinem Anwesen gehörte und die zwei Kühe und drei Ziegen ernähren sollte, war vorläufig unbrauchbar, ihr Gemüsegarten verheert, nur das Haus, das etwas erhöht lag, war verschont geblieben. Man sah Branka Holztrümmer und Schlamm mit dem Schubkarren wegschaffen und das Geröll Stein für Stein zu einem Mäuerchen aufschichten. Ihr Mann war nicht zu sehen, wo er sich umtrieb, blieb im Dunkel.

Zwischen Branka und Jan hatte sich die Angst eingenistet. Brankas Mann waren eindeutige Gerüchte zugetragen worden – im Tal lagen die Häuser eng beisammen und selbst im Nachtnebel ließ sich manches beobachten. Im Vorübergehen hatte der Mann mit der Faust gedroht und das Zeichen des Halsabschneidens gemacht. Was er mit Branka tat, war am Wochenmarkt in der Sonne des Stadtplatzes zu sehen. Kein leises Klopfen mehr gegen Mitternacht an Jans Tür, keine geheime, gehetzte Stunde. Aber immer noch fühlte er ihr Haar zwischen den Fingern, schweißnass vom Stall und später sich kräuselnd über der Stirn in der warmen Küche, damals, in der ersten Nacht, die zwei Verlorene zusammengetrieben hatte. Immer noch riecht er den Schweiß, der ihr Leben ist, die Plage von fünf Uhr morgens bis in die späten Schläge der Turmuhr, die von der Dreifaltigkeitskirche herunterfallen wie die Schläge auf den Körper, wie die Schinderei mit Tier, Erde, Wäschewaschen für fremde Leute und die schwere Arbeit bei jenem Großbauern, dem die Keusche gehörte und dem sie die Pacht nicht mit Geld, sondern mit ihrer Hände Kraft ableistete und vielleicht mit mehr. Immer noch kaufte Jan Käse auf dem Wochenmarkt. Heimlich legte er den einen oder anderen Geldschein auf das Stallfenster, sie wusste, wo. Sich jedoch in der Verwüstung des Hochwassers zu ihr in den Morast zu stellen und ihr zu helfen, davor scheute er zurück.

Branka.

So früh alt geworden.

So alleingelassen.

Dann kam die Katastrophe mit Karel.

Niemand von der Familie wusste genau, was geschehen war. Eine der beunruhigenden Nachrichten aus den letzten Jahren war, dass Mirko seinen Freund in eine obskure Gesellschaft namens „Omladina“ eingeschleust hatte, einen Geheimbund, dessen Ziele undurchsichtig, in jedem Fall gegen die Regierung sowohl in Prag als auch in Wien gerichtet waren. Es war angeblich zu einer Verschwörung gekommen, die durch anonyme Briefe zu Verhaftungen und Verurteilungen geführt hatte. Auch Karel war verhaftet worden. Franz versuchte zu intervenieren. Nach einigen Monaten kam der Bruder wieder frei. Seither war er verändert. Alles, was ihn ausgezeichnet hatte, dieses helle, mitreißende Streiten für eine Sache, hatte sich in dumpfe Verbohrtheit verwandelt. Er hing einem irrationalen Radikalismus an und brach in der Folge den Kontakt zu den Geschwistern systematisch ab. Er schrieb von Zeit zu Zeit einen kurzen Brief, es gehe ihm gut, für ein Treffen führte er jedes Mal andere Verhinderungsgründe an. Sie wussten nicht, ob er noch Mitglied der jungtschechischen Partei war und sich nach wie vor für deren Anliegen einsetzte, oder ob er selbst nach der Freilassung abermals dem Umkreis der inzwischen verbotenen „Omladina“ anhing.

1902 traf die Todesnachricht ein.

Ebenso die Verständigung, dass der Sarg in den nächsten Tagen in Neustadt an der Mettau, zuhanden Herrn Franz Czermak, Stationsvorstand, ankommen werde.

Es war ein Schock. Alle Nachforschungen, auch die der Polizei, blieben ohne aufschlussreiches Ergebnis. Es wurde die Vermutung geäußert, dass sich Karel vielleicht gar nicht mehr in Prag aufgehalten hätte. Nicht einmal der Absender der Todesnachricht ließ sich eruieren. Karels letzte Adresse, von der die Geschwister wussten, war falsch. Mirko war unauffindbar. Falls es politische Hintergründe gegeben haben sollte, blieben sie ungeklärt. In der Parteizentrale der Jungtschechen erfuhr Franz folgende Fakten: Nach seiner Gefängnisstrafe hatte Karel noch mitgearbeitet, allerdings nicht mehr mit derselben Begeisterung wie früher. Bald war er ohne Begründung und Abschied ferngeblieben. Sie hatten das bedauert, denn Karel war sehr beliebt und ein Mitstreiter der ersten Stunde gewesen. Bedauerlich auch deswegen, weil sich die politische Lage grundsätzlich entschärft und verändert hatte: Wie allgemein bekannt, waren die Jungtschechen unter Ministerpräsident Badeni wieder in die Wiener Reichsregierung eingetreten und würden einen friedlichen Weg der Koexistenz versuchen. Problematisch genug, hieß es, denn die Deutschnationalen hatten sich provoziert gefühlt und zu Massendemonstrationen aufgerufen. Sie selbst, und das sei schwerwiegender, werden wie alle eingesessenen Parteien in den Städten und Industriezentren von der Dynamik der sozialdemokratischen Arbeiterpartei und im ländlichen Raum von den Christlichsozialen überflügelt.

Das war Politik.

Aber Karel war tot.

… und begehre nicht schuld daran zu sein …

Warum haben wir uns so wenig gekümmert?

Was hätten wir verhindern können?

Franz und Johannes fragten sich.

Ratlos standen sie am frischen Grab.

Valerie schaute starr in die Ferne.

Cäcilia weinte, so ein Unglück, sagte Hermann.

Die Neffen und Nichten standen mit gesenkten Köpfen.

Es war ihre erste bewusste Begegnung mit dem Tod.

Die Stadtmusikkapelle spielte einen Trauermarsch.

Später kam ein betroffener Brief von Antonin aus Padua.

Diese Wunde heilte nie.

*

Johannes sieht die Landschaft des Steyrtals vorüberziehen. Die Bilder kommen und gehen, es ist wie Zeichnen und Ausradieren. Das Licht wechselt, vielleicht kommt ein Tunnel, vielleicht ist es wie das Flackern des Schicksals selbst.

Der Zug fährt nicht schnell, es ist nur eine Schmalspurbahn, die sich plagt, die sanfte, jedoch stetige Steigung zu bewältigen. Zwei kleine Mädchen werfen einen Stein in das mit Kreide gezeichnete Feld drei oder fünf oder in den Halbbogen des „Himmels“ und hüpfen drüber hinweg. Buben spielen Fußball oder schleppen Lasten auf einem Fabrikhof, Frauen hängen Wäsche auf. Männer gehen hinter Pflug und Ochsengespann, schlichten mit Sappeln die Stämme des angeschwemmten Holzes am Flussufer, stehen in den Hallen an den surrenden Maschinen, durch die hohen Fenster sind sie zu sehen. Alles zieht vorüber, die Tragödien und Parodien des Lebens, seine Alltäglichkeit. Vielleicht lebt ein Mensch den Widerstand und kämpft gegen alle Erwartung.

Johannes hat das Böhmische Paradies und das Grenzland verlassen.

Aber Braunau – was war mit Kloster, Bibliothek und Studium?

Der letzte Besuch im Kloster war ein rätselhaftes Ereignis gewesen. Korbinian hatte Johannes tief hinunter in sonst verschlossene Kellerlabyrinthe geführt. Öffnete ein schweres Tor. Ein muffiger Geruch ließ Johannes zurückschrecken und auf einen Schlag war die Frage da: Waren hier die verbotenen Räume, von denen sie als Schüler tuscheln gehört hatten? Es war stockdunkel. Korbinian entzündete für jeden eine Fackel. Sie gingen verwirrende, verschachtelte Gruftgewölbe entlang. Und dann sah er sie:

Mumien. Hunderte Mumien.

Lagen schwarz und dunkelviolett in ihren Särgen.

Schwarz die Wände und Böden aus rohen Ziegeln.

Schwarz die vermodernden Kisten.

Schwarz der Rest, der in ihnen lag, schauerlich im flackernden Licht. Grotesk in dieser Form und Anhäufung. Zeugen eines irrwitzigen Wunsches nach irdischer Daseinsverlängerung. Sie blieben lange und schweigsam. Auf dem Weg zurück in die Bibliothek sah Korbinian Johannes eindringlich an.

„Du hast gesehen, wie unsere Erdenzeit endet", sagte er. „Sie ist kurz bemessen. Nütze sie! Du bist schon weit gekommen, Jan, du bist auf gutem Weg."

„Korbinian –"

„Und denk daran, das Schicksal tritt nicht achtlos in unser Leben – es kommt durch die Tür, die wir ihm auftun."

„Korbinian! Ich möchte dich etwas fragen!"

„Such dir –"

„Korbinian, bitte! Hast du einen Mann gekannt, der –"

„Such dir dein Glück, Johannes", unterbrach ihn Korbinian.

„Es ist wichtig, Korbinian, lauf nicht weg! Kennst du – –"

„Freu dich und leb…!", rief ihm Korbinian schon im Davoneilen zu und Johannes war es, als ob er wilde Musik hörte, alle denkbaren Instrumente durcheinander zu einem Weltchoral vereint, Korbinian schien plötzlich einen weiten schwarzen Umhang zu haben, dessen Falten sich in der Tür zur

Sakristei verklemmten, es war eine Tür, die sich zu drehen begann und riesige Ausmaße annahm, ein Zug von Menschen kam links in das Bild, machte eine Runde in der Drehtür und verschwand langsam und im Rausch der Musik rechts aus dem Bild. Johannes blieb eine Weile wie benommen stehen, dann setzte er sich an einen der großen Lesetische und rang um einen regelmäßigen Atem. Er strich sich über die Augen und sagte sich: das muss wohl diese Mumienluft gewesen sein… Ich muss hinaus ins Freie!

Korbinian hat er nie wiedergesehen.

Schon vor diesem letzten Treffen mit Korbinian waren die Begegnungen mit Clara Immerwahr zu Ende gegangen. Das hatte viele Gründe: Das Wissen, das sie in der Bibliothek aus der zum Teil apokryphen Literatur zu naturwissenschaftlichen Fragen sammeln konnte, war erschöpft. Johannes bewunderte sie in ihrem erbitterten Kampf für die Berechtigung zum Studium der Chemie und Physik. Sie hatte ihn gewonnen.

Clara wurde zu einer von den Männern beargwöhnten, mitunter angefeindeten Figur, für junge Frauen hingegen zu einem beneideten und bewunderten Idol. Die spontane Sympathie der ersten Begegnung zwischen ihr und Johannes hatte sich bei jedem neuen Zusammentreffen ganz selbstverständlich wiederholen lassen. Sie beflügelten und vertrauten einander, ohne sagen zu können, worin dies bestand. Sie waren sich nahe wie Bruder und Schwester oder anders – Johannes hätte ihr Vater sein können. Er spürte die stille, hartnäckige Kraft dieser jungen Frau. Sie wiederum sah die Verletzung und die Verletzlichkeit in ihm, die etwas in ihr zum Schwingen brachte, das sie kannte.

Am 22. Dezember 1900 verteidigte Clara, gerade dreißig Jahre alt, in der Aula Leopoldina der Königlichen Universität Breslau öffentlich ihre Inaugural-Dissertation über *Beiträge zur Löslichkeitsbestimmung schwerlöslicher Salze des Quecksilbers, Kupfers, Bleis, Cadmiums und Zinks.* In Chemie beantwortete sie alle Fragen zu den Gasgesetzen, in Physik zur Elektrizitäts- und Wärmelehre sowie zu Mineralogie und Philosophie – die Doktorwürde erlangte sie mit *magna cum laude.*

Johannes fuhr zu diesem Ereignis nach Breslau. Um die Jahrhundertwende war es keine Schwierigkeit mehr, denn Breslau war mit den neuen Eisenbahnverbindungen über Halbstadt und Waldenberg leicht zu erreichen. Staunend und mitfiebernd saß er in der großen, geschmückten Aula. Du brauchst keinen Titel, hatte Korbinian zu ihm gesagt, du bist klug, du hast viel gelernt, hast dir ein großes Wissen angeeignet, ich ernenne dich zu meinem persönlichen *doctor philosophiae*, mach weiter, hör nicht auf. Johannes überreichte Clara, die ihr Haar kurz und frech geschnitten hatte, den großen Blumenstrauß mit Mimosen, den er schon vor Tagen brieflich in der Blumenhandlung neben dem Ordensspital der Johanniter bestellt hatte und der eigens von der französischen Riviera angeliefert worden war.

Unter den Gratulanten fiel Johannes ein Mann auf, der ihm unangenehm in seiner zur Schau gestellten Selbstsicherheit war und der vertraulichen Umgang mit Clara hatte. Der Mann war später beim Diner allerdings ziemlich überzeugend im persönlichen Gespräch und es stellte sich heraus, dass es jener Mann war, von dem ihm Clara wiederholt erzählt hatte, schwankend zwischen Zuneigung und Zweifel, Dr. Fritz Haber. Er war ein Kollege, der ihre Arbeit schätzte, ihr den Hof machte und sie heiraten wollte. 1901 fand bereits die Vermählung statt und Clara Haber-Immerwahr zog mit ihrem Mann und großen Hoffnungen auf eine eigene wissenschaftliche Karriere nach Karlsruhe, wo Fritz außerordentlicher Professor für Technische Chemie an der Technischen Hochschule war.

Auch Clara Immerwahr hat Johannes nicht wiedergesehen.

Über die Jahre hin schrieben sie sich Briefe, sie blieben einander vertraut. Sie hatten viel über den Fortschritt der naturwissenschaftlichen Forschung gesprochen. Clara hatte Sorge, dass dieser Fortschritt zu Vernichtung und Krieg und zu immer größeren Kriegen missbraucht werden könnte. Johannes teilte diese Bedenken, sie bevölkerten seine Albträume. Mit der Kraft eines Ertrinkenden jedoch wollte er an die prinzipielle Vervollkommnung des Menschen glauben, an ein mögliches Zeitalter des Lichts. „Die Epoche der Aufklärung ist doch längst vorbei", hatte Clara entgegnet, „Sie sind um ein Jahrhundert zurück, Johannes! Jetzt rast der Zug zum Immerweiter, Immermehr, jetzt ist Maschinenzeitalter, das Zeitalter der Chemie, im Reagenzglas macht man nicht mehr den Homunculus, sondern Dynamit."

Wer braucht den Frieden, wenn Frieden ist?

Das hat unlängst jemand gesagt. Und dass das Militär nach vierzig Jahren der Langeweile den Krieg ersehne, ganz Europa Waffen brauche, außer das Deutsche Kaiserreich, das selbst auf Teufelkommraus produziere. Und alle Regierungen würden in Steyr bestellen, in der Österreichischen Waffenfabriks-Gesellschaft, die Josef Werndl aufgebaut hat – Doch, doch, Johannes weiß, dass er eben an vielen Werkshallen der Steyrer Gesellschaft vorübergefahren ist und dass sie beste Beziehungen zu Wiener Regierungskreisen hat … Und Wien selbst? Ja, auch das weiß er, erlebt seit Jahren schon einen rasanten Ausbau und einen gewaltigen Bevölkerungszuwachs, vor allem aus den östlichen Gebieten Galiziens, viele Menschen jüdischen Glaubens sind unter ihnen, und Georg von Schönerers Hasstiraden finden in Bürgermeister Karl Lueger einen von den Massen akklamierten Nachfolger. Und Sigmund Freuds *Traumdeutung* hat zwar bis Amerika Furore gemacht, aber in Wien schreibt man, das hat sich auch nur ein Jud ausdenken können.

Gut, dass Clara nicht in Wien lebt…

Es ginge ihr nicht so gut, hatte sie zuletzt geschrieben. Clara hatte ein Kind bekommen, eine schwere Geburt, die sie für Monate erschöpfte. Der Bub weinte viel, vor allem nachts, sie fand kaum Schlaf. An Forschung war nicht zu denken. Als Frau und Mutter sei ihr der Zugang zum hiesigen Universitätslabor verwehrt, sogar ihr Mann habe sie einmal seines Büros verwiesen. Sie sei auf Vorträge in den neuen Volksbildungsanstalten zurückgeworfen, in denen sie für Hausfrauen Vorträge über Chemie und Physik in der Küche halte. Es mache ihr Freude, sie hätte auch an die einhundert begeisterte Zuhörerinnen. Ihr Mann und seine Kollegen jedoch würden diese „mindere" Tätigkeit „genant" finden und sagen: Dort gehört sie jedenfalls hin, an den Herd! Sie denke oft an Marie Curie, die rechtzeitig von Warschau nach Paris gegangen sei und sie, ja, sie habe es geschafft, sie wäre 1903 sogar gemeinsam mit ihrem Mann und Henri Becquerel mit dem Nobelpreis ausgezeichnet worden… Es klang nach großer Enttäuschung. Johannes war beunruhigt. Schrieb Briefe. Nahm sich vor, ehebaldigst ein Treffen vorzuschlagen. Nahm sich vor.

An der Haltestelle Haunoldmühle im Steyrtal ist Großbetrieb. Dicht am Ufer des Flusses steht eine mehrstöckige Papierfabrik mit einem aufragenden Schlot, Nebengebäuden und Holzlagern, eine große Anzahl von Menschen scheint hier Arbeit zu finden. Die Station ist belebt, ein Aus- und Einsteigen –

und da – da kommt eine Dame die Waggons entlang – –

Ist das nicht – ?

Im ersten Augenblick denkt er, es sei Valerie – –

Was wäre von ihr zu erzählen?

Von dieser Frau mit dem fernhellen Gesicht? Von ihr, die ein Brüderpaar liebt und nicht weiß, was daraus wird? Valerie Czermak ist eine Persönlichkeit geworden, heißt es in Neustadt. War sie nicht immer eine? Sie konnte sich der Liebe ihres Mannes und ihrer Kinder sicher sein, sie führte den Haushalt gut, nie fiel ihr etwas aus der Hand. Sie war hochgeschätzt in gesellschaftlichen Kreisen, war vorurteilsfrei und arbeitete – wenngleich eher am Rand – in vielen Institutionen mit. Von ihrer Schwägerin Cäcilia ließ sie sich im Marionettenspiel unterweisen und brachte die Theaterlaienbühne dazu, das aufrüttelnde Stück *Die Weber* von Gerhart Hauptmann aufzuführen, das vom Berliner Polizeipräsidium zunächst mit Aufführungsverbot belegt worden war. Sie selbst spielte die Luise, die Schwiegertochter des einarmigen Webermeisters Hilse, die enthusiastisch den Aufstand der im Elend lebenden Weber begrüßt.

Nahm sie das Leben wirklich so, wie es kam?

Eine Szene steht Johannes vor Augen: Er werkt in seiner Stube am Mettauufer, da fällt ein Schatten auf den Tisch. Valerie steht in der Tür. Sie sei gerade des Weges und würde ihm nur schnell Guten Abend sagen. Die Deckenbalken fallen zu Boden. Verlegen bietet er an, was er anzubieten hat, einen Sitzplatz, etwas zu trinken. Es war nicht das erste Mal, dass sie ihn besuchte, sie war schon öfter hier gewesen mit dem kleinen Antonin, aber das ist lange her. Zum ersten Mal ist sie alleine hier. Sie geht im Raum dahin und dorthin, setzt sich, steht wieder auf. Liest den einen und anderen Johanniter-Zettel, der an der Bücherstellage mit Reißnägeln befestigt ist. Er verfolgt sie mit den Augen. Halblaut liest sie vor aus diesem handgeschriebenen Kompendium, das über die Zeiten reicht –

… meine traurigkeit und die kann mir kein teufel nehmen; auch nicht der blumenverkäufer der immer irgendwo aus einer dämmerung herauskommt frühmorgens und mittags und abends und aus seinen unzähligen körben blüht die grammatik der rosen hervor und engel schweben vorüber auf wolken von feinem tabacco d'Harar und … feierlich fällt die sonne aus allen himmelsrichtungen …

Ihre Stimme, ihre Gestalt. Das Lächeln, als sie weiterlesend fragt, was heißt „*die gehälftete figur meiner trauer…*" und er kann das Nahe nicht ergreifen, hasst sich dafür, schämt sich …, die Tür fällt krachend ins Schloss, er rennt die Metují aufwärts, öffnet das Tor zum Sensenhammer, der abends still und leer ist, und sinkt nieder auf den blanken Amboss. Blau schimmert das Kleid durch die Äste, als Valerie den steilen Stiegenweg hinauf in die Stadt hastet.

Er hat sich entschuldigt, später.

Wochen der betretenen Stille folgten, bis alles wieder ins Lot kam. Bis er glaubte, dass es wurde, wie es gewesen war.

Kurz bevor er aufgebrochen war, hatte Johannes sie im Garten hinter dem Bahnhof beobachtet, als sie die Gemüsebeete umstach. Geradezu wild trieb sie den Spaten in den Boden, warf Erde in die Luft, unsinnig und gewaltsam, grub und warf und grub, gehetzt wovon? Beim Abschied hatte sie mit einem bitteren Unterton zu ihm gesagt: „Fahr mit Gott. Ich kenn ihn nicht. Vielleicht beschützt dich ein Engel. Vielleicht macht dir der Zufall ein Bett."

… Nachklang eines Lebens, das er als Passagier der Steyrtalbahn gerade zu verlassen scheint, das ihm jedoch nachhängt in Gedanken und dessen Bilder und Erinnerungen durcheinandergehen mit dem, was er vor dem Fenster sieht. Fischer stehen am Ufer, in einem Gastgarten werden Tische gedeckt, die junge Frau, die das tut, scheint vor sich hinzusingen, ... und Antonin stürzt bei der Tür herein, ruft hallo, Lieblingsonkel, und sie musizieren am Ufer der Mettau, Antonin ist eher der Lehrer geworden und Johannes der Schüler, sie probieren viele neue Stücke, der eine mit dem Cello und der andere mit der Violine, sie streichen und zupfen und singen und lachen und rügen und loben einander und klopfen den Takt mit den Füßen auf die Bretter des Bodens. Antonin liebt das Leichte, Walzer und Divertimenti, sie spielen Strauß Vater und Sohn, Léhar und Bellini, Johannes neigt zum Ernsten, die Melancholie Franz Schuberts zerschneidet ihm das Herz. Vor vielen Jahren schon hat Antonin die Schule und später das Musikkonservatorium in Königgrätz abgebrochen, er wollte nur der freien Musik leben, beherrschte viele Instrumente, insbesondere Geige und Klavier, konnte sich jedoch nicht für das eine oder das andere entscheiden. Ich mag alles, sagte er, aber das meiste konnte er nur gut, nicht virtuos. Er war leichtlebig und oberflächlich, mit den Mädchen hatte er es leicht und er nützte es, zur großen Besorgnis seiner Eltern. Mit siebzehn war er ins Weite gezogen, ging nach Prag, später nach Karlsbad und Marienbad, weiter nach Wien, Budapest und wagte sich bis Paris. Überall fand er vorübergehende Engagements in Hof- und Kurkapellen und von überallher sandte er bunte Ansichtskarten, schickte nette Grüße und schrieb, wie phantastisch das Leben anderswo sei, flirrend und verführerisch. Er lud Johannes ein, ihn in Paris zu besuchen, bitte komm, schrieb er, ich hab die *Carmen* von Georges Bizet in der Oper gesehen, so etwas hast Du noch nie gehört, das möchte ich mit Dir erleben, komm und nimm die Mutter mit, alleine würde sie die Reise wahrscheinlich nicht machen wollen.

Johannes ist nicht nach Paris gereist.

Er ist auf dem Weg woandershin.

War es auch Flucht vor dem „... wie immer"?
Ja, Sonntagmittag zu Besuch in der Bahnhofswohnung bei Familie Czermak. Sie speisen gut, sprechen über die Ereignisse der Woche und der Weltgeschichte. Wie immer um diese Zeit wird auf dem Bahnhof ein Güterzug zusammengestellt, Rangierarbeiter sortieren die einzelnen Waggons mit Kohle, Erz und Holz auf den Abstellgleisen. Wie immer stehen Valerie und Johannes am Fenster über den Schienen, die fortführen, irgendwohin, wo sie niemand kennt. Im Winter treibt der Wind den Schnee über die Flussebene der Mettau und im Sommer den Staub aus dem Kohlendepot. Sie stehen am Fenster und vielleicht berühren sich ihre Schultern, vielleicht spürt er den weichen Stoff ihrer Bluse. Vielleicht streift Georgette einmal flüchtig über die Narbe an seiner Wange. „Eine abenteuerliche Landschaft ist dein Gesicht", sagt sie. Aber es gibt keinen Weg in eine lindgrüne Ewigkeit. Das wissen sie beide. Es ist

nicht so, dass Franz drohend zwischen ihnen stünde. Es ist seine Integrität, die sie beide achten. Er ist ein Leben lang hilfreich, gut und großzügig gewesen, als dass man ihn hätte verletzen oder gar betrügen können.

Und da ist noch etwas: Die beiden Kinder, die noch zuhause sind, Theresa und Frantischek. Auch auf sie müssen sie Rücksicht nehmen. Da ist die Konvention, das Städtchen, das Ansehen und die Ehrhaftigkeit. Oder was man glaubt, allem zusammen schuldig zu sein.

Vielleicht ist er auch zu müde.

Zu erschöpft vom Überlebenlernen.

Manchmal kommt er zum Abend. Vielleicht ist sie einmal allein. Valerie hat das Vielleicht in sein Leben gebracht. Vielleicht will sie mehr von den Tagen und Nächten, die kommen und gehen. Vielleicht sucht sie nach ein paar Morsezeichen, die sie entschlüsseln möchte. Oder die nur sie alleine versteht und sie jemandem auf die Lippen schreiben will, vielleicht.

Vielleicht waren sie beide einfach nicht mehr jung genug, um auf den Fittichen der Lebenslust aus dem Böhmischen Paradies zu fliehen.

Sie kamen nicht weiter.

Nicht irgendwohin.

Und nicht zueinander.

*

War es genug, was geschah?

Es war noch nicht genug.

Und dieses Letzte, wovon zu berichten ist, war der Schlussstein im Mosaik von Johannes' Überlegungen, Neustadt an der Mettau zu verlassen: Vitus Kriwanek starb an einem Gehirnschlag. Tot sein Meister und zweiter Vater. Vitus war Respektsperson und Vertrauter gewesen, sie hatten nach dem Tagewerk nicht selten noch lange Gespräche geführt, waren im Büro zusammengesessen, hatten die gegenwärtigen und kommenden Entwicklungen besprochen und wie darauf zu reagieren wäre. Wenn es sehr spät geworden war und sie einige Krügel Bier getrunken hatten, kam es vor, dass Vitus von seinen toten Söhnen erzählte. Das Gespräch darüber hatte sie tiefer verbunden als ein gelungenes Werkstück. Und Johannes war nachhaus' gegangen durch die Nacht, das kurze Stück an der Metují entlang. Der Fluss lag schwarzbraun neben ihm, längst friedlich wieder, nützlich für Handwerk und Bauernland, harmlos und mit Silberreflexen auf den Wellenkämmen. Und dennoch die Verwüstung in sich tragend wie das Leben selbst. Er schloss die Tür zu seiner Wohnstatt auf und stülpte seinen Rock über eine Sessellehne.

Wie gerne hätte ich Vitus' Söhne gekannt!

Warum hat es sie getroffen?

Nicht mich?

Ich lebe.

Bin gerettet worden für das brüchige Licht.

Sollte ich dafür dankbar sein?

Wem?

Jan war als Erbe des Betriebes vorgesehen gewesen. Sie hatten jedoch nichts schriftlich festgehalten, nur vertrauensvoll und selbstverständlich per Handschlag abgemacht. Wie sorgfältig Kriwanek die Übergabe an seinen Stellvertreter und erwählten Nachfolger geplant hatte, zeigte sich darin, dass er ihn auch von Grund auf in die Kenntnisse von Buchhaltung und kaufmännischer Geschäftsführung einführte. Es hatte beiden Freude bereitet und so war Jan auf allen Gebieten gut vorbereitet für die Leitung des Werks, das sich trotz der industriellen Konkurrenz einen großen Kundenstock erhalten hatte.

Frau Kriwanková hatte jedoch andere Pläne.

Sie überschrieb den Betrieb ihrem Neffen, der bisher als Schneidergehilfe in Trautenau gearbeitet hatte.

Mit ihm war kein Auskommen.

Johannes verließ nach einigen Monaten die Schmiedewerkstatt und suchte neue Arbeit.

In einem Inserat in der *Neuen Freien Presse* fand er ein Angebot, das ihm verlockend schien: Die Leitung eines Sensenschmiedewerks namens Bachleithen mit rund siebzig Arbeitern, Angestellten und Kontorkräften. Es liege in der Mitte der österreichisch-ungarischen Monarchie im Erzherzogtum Österreich ob der Enns, stand in der Anzeige, das Dorf heiße Leonstein und liege am linken Ufer eines Gebirgsflusses namens Steyr. Die Entlohnung sei gut, eine Wohnung würde zur Verfügung gestellt. Das Ansehen des Werkes sei groß, der Export der Sensen betrage 80 Prozent und reiche bis Russland und Amerika.

Sensen – das ist Frieden.

So hat es sich Johannes gedacht.

Mähen ist ein friedliches Tun.

Mit Sensen mäht man frisches Gras, damit die Tiere im Stall überleben. Das Bild des Bauern stand vor ihm, auf das er jedes Mal wieder auf der Fahrt in die Klosterbibliothek von Braunau gewartet hatte: Das Bild des Mannes, der breitbeinig im feuchten Morgengras stand und das Grünfutter mähte, im steten Tun der Wiederkehr. Johannes hat es nicht vergessen. Es war sein Friedensbild. Er dachte nicht an den Sensenmann als Symbol, als Bote des Todes, der auf den mittelalterlichen Totentänzen dem Zug der Menschen voranschreitet, eine Sense über der Schulter. Johannes dachte an sorgsame, stille, bäuerliche Arbeit. Sie war auch mit der Mutter verbunden, mit den Wanderungen nach Rezek, wo in der warmen Jahreszeit tagein, tagaus gemäht wurde, gemäht werden musste für das Heute und das Morgen. Er liebte das Geräusch, wenn das scharfe, dünne Eisen durch das Gras schnitt, ein leises Rauschen, ein Singen fast, ja, es war ein Celloton zwischen Leben und Tod. Dazwischen das Innehalten. Der Mäher stellt die Sense auf, bückt sich, nimmt ein Büschel des feuchten, frischen Schnitts in die Hand, wischt mit dem

Gras das Sensenblatt ab und schleift es mit dem Wetzstein, der am Gürtel hängt und in einem schmalen, mit etwas Wasser gefülltem Futteral steckt. Das Wetzen hat einen eigenen Akkord, blau blitzt der Stahl, gleichmäßig ist der Rhythmus, schnell für die neue Schneid. Und abends sitzt der Schnitter vor dem Werkzeugschuppen und dengelt das durch Steine oder Äste unregelmäßig gewordene Blatt, tak-tak-tak, es ist ein eilfertiges Klopfen seines Dengelhammers auf den Amboss, die Sonne sinkt, die Kühe sind gefüttert und die Hühner versorgt, die Tür zu ihrem Schlafplatz ist vor dem Fuchs fest verschlossen …

Sensen – das war ein gutes Zeichen.

Er bewarb sich schriftlich und erhielt nach kurzer Zeit die Zusage. Und jetzt, als sich der Zug immer weiter in das Tal hineinarbeitete, sagte er sich: Ich fahre weg vom Schlachtfeld von Chlum, dem Hügel mit dem zerschossenen Antlitz, über den die Fittiche des Todes rauschen für alle Stunden, die noch kommen. Ich fahre in die Landschaft, in der die Sensengewerke zuhause sind: in Scharnstein, Agonitz und Molln, in Kirchdorf und Micheldorf und anderswo. Und in der Bachleithen von Leonstein.

Johannes fuhr durch den Frühling des Jahres 1904. In der Station Leonstein stieg er aus. Er stieg die Eisenstufen des Waggons auf den Perron, setzte den Fuß auf feste, braune Erde. Er sah nichts Dörfliches, wie er erwartet hatte, sondern die Fassade eines schlichten Landschlosses auf der einen und eines ansehnlichen Hotels auf der anderen Seite, beides in Schönbrunnergelb gestrichen. Ein paar Häuser lagen rundum und dahinter Bauernland, Waldhügel und die abschüssigen Gipfelfelsen eines Gebirges, auf dem in den oberen Regionen noch Schnee lag. Später erfuhr er, dass es den Namen Sensen- oder Sengsengebirge trägt. Er stand da, den großen Koffer auf der rechten und den leichteren Cellokasten auf der linken Seite und wartete, bis sich die wenigen Fahrgäste verlaufen hatten. Dann sah er einen eleganten Herrn mit Hut und dunklem, doppelreihigem Gehrock auf sich zukommen, ein weißer Bart verdeckte fast zur Gänze den schneeweißen Stehkragen des Hemds. Der Herr blieb vor ihm stehen, lüftete den Hut, verbeugte sich leicht und sagte: „Zacharias Zeiringer von der Bachleithen. Ich nehme an, ich habe das Vergnügen, in Ihnen Herrn Czermak willkommen heißen zu dürfen?"

Es *war* ein Willkommen.

Seiner Bewerbung hatte Johannes den Nachsatz beigegeben, dass er seit der Entscheidungsschlacht von Königgrätz ein Kriegsversehrter war. Es schien bedeutungslos zu sein. Denn von der kurzen Zeitspanne an, seit er hier ausgestiegen war und Herrn Zeiringer die Hand gegeben hatte, fühlte er sich willkommen.

***

PRÉLUDE DREI

Der lange Zug von Menschen ist am rechten Rand aus dem Bild gegangen. Ich warte. Da kommt er wieder. More sweetly play the dance. Vielleicht ist es ein Tanz, der uns zeigt, dass es die Wiederkehr gibt oder die Wiederkehr des Gleichen in Krieg und Frieden und Krieg und Liebe und Krieg ... Und die Menschen mühen sich voran, die Musik begleitet sie, wilde Töne, alle Instrumente sind zu einem Rausch vereint, zu einer Klage, einem Jubel, einem Fanal. Trompeten verkünden das Ungewisse. Die Menschen ziehen über die gebrochene, sich überschneidende Leinwand, ein Kind, Männer, Frauen, Junge und Alte. Sie sind stumm, nur wenige scheinen zu singen, eine Gestalt hebt etwas auf von der Erde, einer sitzt gebückt in einem Käfig, eine dünne Frau auf einem Karren hält wie im Triumph ein Gewehr hoch. Drei Männer scheinen etwas in ein trichterförmiges Sprachrohr zu rufen – sind es vielleicht Parolen für die Zeit, die vor ihnen liegt?

Die Zeit jedoch ist nichts. Die Zeiten sind nichts.
Die Länder und die Landschaften sind nichts.
Der Wind trägt den Staub von Zeit und Ort
in das Vergessen, die Gleichgültigkeit oder
die Geschichtsbücher. Auch in ihnen lese ich.
In ihnen und in den niedertaumelnden Zetteln
habe ich gefunden, was geschrieben steht.

AN DER STEYR

I

Zwei Haflinger mit hellen, wehenden Mähnen und Schweifen ziehen die Kutsche. Nach dem Schloss führt der Weg steil bergab, quert die alte Römerbrücke und führt zwischen Werksgebäuden wiederum bergauf in einen langsam sich öffnenden Talboden hinein.

Herr Zeiringer fragte nach der Reise, die doch eineinhalb Tage gedauert hätte, und ob sie nicht zu beschwerlich gewesen wäre. Dann schwieg er eine Weile. Johannes sah, dass er nur mit der rechten Hand alles tat, was erforderlich war, die Linke lag reglos und blass auf den Knien. Der Sensenherr nannte ihm die Namen der Berge ringsum, Sonnkogel, Rabenstein und Schauderzinken. Auf den Wiesen entlang des Baches, der den Namen Rinnerbergerbach trägt, blühten Löwenzahn, Pippau, Klappertopf und Lichtnelken und Johannes sah zur einen Seite steilere Wald- und zur anderen mildere Wiesenhänge, die in der Mundart der Region Leiten oder in altertümlicher Form Leithen hießen, wie Herr Zeiringer erklärte, als er Johannes' Blick bemerkte. „Dort vorne sehen Sie schon unsere Bachleithen." Johannes spürte es an der Vorfreude der Pferde, die ihren Stall rochen, wieherten und die der Kutscher nur mit Mühe zurückhalten konnte.

Es war eine regelrechte kleine Siedlung, deren Gebäude Zacharias Zeiringer mit großer Selbstverständlichkeit benannte: Kuhstall, Schafstall und Scheunen, Wagenhütte, Scheiterhütte und Mühlhäusl, Schusterhäusl und Schneiderhäusl, Roß-, Ochsen- und Saustall samt Saukuchl und Heuboden. Dahinter auf einer etwas erhöhten Geländeterrasse das neue Herrenhaus mit seinen üppigen Gärten und dem Lusthaus. An der Talstraße lag das alte Herrenhaus aus dem 17. Jahrhundert und das angeschlossene Stöckl, bachaufwärts das Gesindehaus mit der Bettenkammer und der Schmiedstube, gegenüber das Herz des Ensembles, der Vordere und der Hintere Hammer, an deren Seite das mächtige Fluderwasser herabstürzte und eines der riesigen oberschlächtigen Schaufelräder antrieb. Zuletzt die kleineren Gebäude der Kram, des Kohlbarren, der Reibenhütte und der Sensenhütte. Und noch ein kleines Stück weiter trabten die Haflinger, die der Kutscher schließlich nach rechts, leicht bergauf an die Sonnseite des Wiesenhangs zu einem Haus lenkte, vor dem ein Brunnen und eine Rotbuche standen.

„Das ist Ihr Zuhause, Herr Czermak. Im Erdgeschoß liegt Ihre Wohnung. Der erste Stock ist meinem ältesten Enkel Isidor vorbehalten, wenn er ein paar Wochen zur Sommerfrische in seine alte Heimat kommt. In der übrigen Zeit lebt er in Wien oder Neapel, er hat eine italienische Frau geheiratet.“ Zacharias Zeiringer öffnete die Haustür, ging voran, zeigte Vorraum, Küche, Stube und Schlafkammer und verabschiedete sich: „Ihre Wirtschafterin, die vormittags nach dem Rechten sieht, heißt Kathi. Wenn Sie sich etwas erholt haben, erwarte ich Sie zum Abendessen. Sagen wir, in einer Stunde?"

Johannes sah der Kutsche nach, bis sie zwischen den Gebäuden verschwand. Er lehnte sich an den Türpfosten. Es schwindelte ihn. Ein Traum, sagte er. Das muss ein Traum sein. Ein schöner? Ein Albtraum? Stand da, schüttelte den Kopf. Vermaledeit. Das hatte er nicht erwartet. Das ist zu viel. Zu groß. Zu groß für mich. „Schmiede zur Bachleithen in Leonstein" hatte es in der Zeitungsannonce geheißen. Das klang Vertrauen erweckend. Wird wie die Schmiede des Herrn Kriwanek sein. Solides Handwerk.

Aber das hier war etwas anderes. War Reichtum, gewachsen in Jahrhunderten. „Herrenhaus" hatte Herr Zeiringer gesagt, altes und neues „Herrenhaus", so hieß das wohl seit langer Zeit, man war gewöhnt an Herr und Knecht. Das hier war nicht nur Fleiß und Mühsal, Kunst und Können. Es war Zeugnis von Selbstherrlichkeit und Standesehre, auch von Weitblick im engen Tal zwischen den Wald- und Wiesenleiten am Rinnerbergerbach.

Es war Besitz.

Ein Herrensitz.

Jetzt erst begann Johannes zu begreifen, was er noch in Neustadt aus dem Mund eines Reisenden gehört hatte. Das Gebiet der Eisenwurzen sei eine eigene Welt, sagte der Mann, sie reiche vom Land um den steirischen Erzberg bis in die Täler der Ybbs, Enns, Steyr, Krems und Alm und schließe den Lauf der Nebenbäche ein. Ihre Schmiedeherren hätten sich einen besonderen Namen erworben:

Schwarze Grafen.

Johannes hätte Zeit bis zum 25. Juli, dem Jakobitag, gehabt, um sich einzuarbeiten und die Aufgabe des Werksleiters, unter dem über siebzig Menschen arbeiteten, zu übernehmen. So war es von Herrn Zeiringer klug vereinbart. So hätte es sein sollen. Jedoch –

Nein – nein, nein –

Zurück!

Ich fahr sofort zurück!

Das alte Muster. Die Angst, die Scham.

Ich darf sie nicht Wurzeln schlagen lassen!

Nicht hier im Tal.

Nicht neuerlich in mir.

Und Johannes zählte sie sich auf in dieser ersten Nacht in der Bachleithen, als er erschöpft gegen Mitternacht zurückgekommen war. Zählte alle auf, die ihn gestärkt und geliebt hatten: Die Mutter stand vor ihm, erdnah und tröstend, der stille, tischlernde Vater, er dachte an die Geschwister, an Cäcilia, die ihm zugeredet hatte in ihrer pragmatischen und selbst Karel in seiner satirischen Art sowie Franz, der große, ernste Bruder, der schweigsam wusste, was für andere gut war. Antonin natürlich, der leichtfertige Musikus. Der Johanniter und Korbinian, die ihn auf unterschiedliche Weise gerettet hatten. Und er dachte an die, die sein Leben nur gestreift hatten, wie Frau Svobodová, die belesene Lehrerin, und an jene, die seinen Lebensweg mitbestimmt hatten, wie sein Musiklehrer Jaroslav Procháska und Vitus Kriwanek, der Schmiedemeister und väterliche Freund. Dachte an Branka. Branka mit dem schwarzen Haar, die er feig verlassen hatte.

Es war finster in dieser Nacht, er war allein. Grübelte. Clara Immerwahr zog vorüber, ihr forschender Blick. Eine blieb. Valerie. Georgette. In ihrer verhaltenen Zärtlichkeit gab sie ihm schon in kleinen Gesten die Sicherheit, dass er angenommen, vielleicht sogar angekommen war. Die in ihm die Hoffnung nährte, dass sie ihn … Nein, das war nur eine Ahnung von Holunderblüten, von südlichem Schlaf und Lavendellied, aber sie zog ihn voran, in das nächste Wort, den nächsten Dominostein, in eine unvorherbesprochene Stunde.

Er fragte sich, ob nun alles umsonst, jede Zuneigung nur Verschwendung gewesen war? Und er selbst immer noch nur der, der mutlos vor dem Leben stand, das ihm neu geschenkt worden war?

Die Morgendämmerung zog in die Schlafkammer. Ein sanfter Wind trug die ersten Vogelstimmen in sein zögerndes Erwachen. Johannes sah sich um, momenthaft wusste er nicht, wo er war. Er tastete mit den Augen die Wände ab, das offene Fenster mit den wehenden Gardinen, die Tür, die den Blick in die Stube freigab, die bereits lichterfüllt war. Er sah einen Teil des großen Tisches aus Birnenholz, auf dem ein Brotlaib lag. Der Ausschnitt des Waldes, der sich auf der gegenüberliegenden Seite des Tals zum Gipfel des Rabensteins hinaufzog, lag noch im Schatten und war ohne Konturen. „Rabenstein", dachte er, zuhause war das Adler-, das Eulen- und das Falken-Gebirge, jetzt bin ich also bei den Raben und beim Schauderzinken gelandet. Er lachte, stand auf und ging zum Brunnen vor dem Haus, unter dessen kaltem, pulsierendem Wasserstrahl er seine Beklommenheit vertrieb.

Da wusste er, dass er bereits gefangen war.

Gefangen vom ersten Augenblick an, seit er den Fuß auf die Erde des Leonsteiner Bahnhofs gesetzt, er dem alten Herrn die Hand gereicht hatte und sie in das verwunschene Reich am Rinnerbergerbach gefahren waren, der nach einer kleinen Schlucht in die Steyr mündet. Gefangen von diesem glänzenden Mai in einem friedlichen Land, über dem ein blauer, begrenzter Himmel stand, vom Rauschen des herabstürzenden Fluderwassers, dem rhythmischen Hämmern in den Werkstätten und dem Geruch bearbeiteten Eisens. Gefangen vom bedächtigen Sprechen des Herrn Zacharias Zeiringer. Vom Wunsch, ihn nicht zu enttäuschen. Und von der Erinnerung an den taxierenden Blick der Schwiegertochter Euphemia am Abend zuvor, als sie ihn über die reich gedeckte Tafel hinweg gemustert hatte. Kalte Augen, die ihn irritierten und neugierig machten.

Als später Herr Zeiringer an die Türe klopfte und sagte: „Ich zeige Ihnen unseren Schmiedehammer und was dazugehört, Johannes, und stelle Ihnen die Menschen vor, die hier arbeiten. Ich darf Sie doch Johannes nennen, wenn es Ihnen genehm wäre, Herr Czermak?“, wusste er, dass er es nicht über die Lippen bringen würde, zu sagen: „Ich fahre zurück.“

Er war längst bereit für seinen eigenen Widerruf.

So machten sie sich auf den Weg in lebhaftem Gespräch, gingen in das Kohlenlager und in die Kram, in der die Sensen durch den Kramrichter einer letzten Kontrolle unterzogen, sie etikettiert und in Fässer verpackt wurden. Sie verweilten lange im ohrenbetäubenden Lärm der Werkstätten, in dem langgediente Arbeiter halb taub wurden, was im Volksmund „hammerderrisch“ hieß. Sie standen an den Glutbecken und den riesigen Blasbälgen, an den monströsen unterschiedlichen Hämmern, die Johannes von Kriwanecks Schmiede kannte, die es hier jedoch in größerer Anzahl und moderner Ausführung gab, bis zu den kleinen Tupfhammerln für die wertvollen Blausensen. Sie gingen zu den Abrichtern, die den Sensenrücken aufbiegen mussten, und zu jenen, die die Hamme formten, das oberste Ende der Sense, um den Stiel befestigen zu können. Weiter zu den Schleif- und Poliersteinen, den Wannen und Trögen, in denen die Sensen abgeschreckt und anschließend wieder erhitzt wurden, um ihnen die Sprödigkeit zu nehmen. Sie gingen den langen Weg, um aus einem Stück Stahl eine Sense zu schmieden. Es war ein überaus diffiziler und große Kunst erfordernder Erzeugungsprozess, der mitunter bis zu zwanzig, dreißig Arbeitsschritte benötigte, um höchste Qualität und glänzendes Aussehen zu erreichen. Jedem einzelnen Arbeiter wurde Johannes vorgestellt.

Es wäre nicht reibungslos verlaufen, sagte Herr Zeiringer im Lauf des Tages, dass gerade er, Johannes Czermak aus dem äußersten Nordosten Böhmens, als neuer Werksleiter bestimmt worden wäre. Er führte ihn zu Tisch und Sessel unter der großen Linde, die zum Schutz gegen Funkenflug inmitten des Ensembles gepflanzt war, ließ einen Krug Most bringen und begann zu berichten.

Sein Sohn und Nachfolger, Franz Xaver, war tot. Vor wenigen Monaten überraschend gestorben, in Moskau, rätselhaft und schockierend. Es war eine Katastrophe für Familie und Werk. Franz Xaver hatte den Betrieb fast zwanzig Jahre lang erfolgreich geleitet und modernisiert, alle kleineren Schmieden, Mühlen und Sägen des Tals aufgekauft und ausgebaut sowie zwei neue Werke erworben: eines im nahen Agonitz an der Steyr und jenes am Inneren Grubbach im entfernteren Scharnstein. Die großen Krisen nach den Napoleonischen Kriegen, der Gründung des Deutschen Zollvereins mit hohen Schutzzöllen, der Revolution von 1848, und zuletzt dem Börsenkrach von 1873 waren längst überwunden, der europaweite wirtschaftliche Aufschwung war hingegen groß.

Für alle Sensenwerke der Monarchie, führte Zacharias Zeiringer weiter aus, war Russland, wie bekannt, der größte Abnehmer für Gras- und Getreidesensen sowie für Sicheln. Der Verkauf lief über große Handelshäuser, die meist Exklusivverträge abschlossen, so dass man ihnen ausgeliefert war. Franz Xaver war nach Moskau gereist, um mit seinem größten Abnehmer persönlich zu sprechen. Es gab nämlich Vermutungen, dass das Handelshaus Brunauer aus Kirchdorf, bei dem auch die Bachleithen unter Vertrag stand, seine Partner betrüge. Denn zur Ergänzung seiner Handelsvertretung hatte Friedrich Brunauer ein eigenes, modern industrialisiertes Sensenwerk in Scharnstein errichtet, mit dessen Produkten er zum größten Konkurrenten in der Region wurde. Mit erlaubten und unerlaubten Mitteln würde er alle Gewerken schädigen, unter anderem möglicherweise mit der Fälschung von traditionellen Marken. Johannes wüsste sicherlich aus Erfahrung, dass die Sensenerzeugung seit Jahrhunderten streng an Marken mit eigenen Zeichen, die in das glühende Sensenblatt eingehämmert werden, gebunden ist.

„Aber die alten Ehrbegriffe gehen zugrunde", sagte Zacharias, „heute wird gelogen und betrogen, nachgeahmt und gefälscht."

Herr Zeiringer trank seinen Most aus und ließ neuen kommen. Er strich mit der rechten Hand sanft über die leblose linke, auf und ab, auf und ab,

– und Johannes sah es und strich mit den Augen mit und blickte in die Blätter der Linde über ihm, die ein milder Maiwind langsam hin- und herbewegte, und hörte, dass der verstorbene Franz Xaver zwei Kinder aus erster und drei aus zweiter Ehe hinterließ, für die Nachfolge jedoch nur einer in Betracht kam: Arthur – der war allerdings erst 17 Jahre alt, ging noch zur Schule, sollte dann das Schmiedehandwerk erlernen und anschließend in England und den USA Erfahrungen sammeln; Arthurs Bruder Isidor, der Schauspieler-Schriftsteller, na ja, der kam nicht in Betracht, und die Schwester Margarethe hätte er ja bereits drüben in der Buchhaltung kennengelernt,

– ja, Johannes hatte sie kennengelernt, sie war klein und ein wenig pummelig und hatte ihn an einen warmen Winter erinnert, und er vertrieb die Bremsen und beobachtete die drei Reitpferde, die jenseits des Baches bewegungslos auf der Koppel standen, dahinter mähte ein Knecht ein schattiges Wiesenstück,

– und Euphemia, die Schwiegertochter und als Witwe de jure die rechtmäßige Erbin, hatte, auch das sollte er erfahren, *gegen* Johannes gestimmt, jedoch keinen brauchbaren anderen Vorschlag gehabt. Sie war die zweite Frau von Franz Xaver, reich und ehrgeizig, kurz nach der Eheschließung hatte sie bereits das neue Herrenhaus erbauen, die kunstvollen Gärten, Glashäuser und den Palmenhain anlegen und einen Eiskeller zur Kühlung der Getränke für die großen Gesellschaften in den Hang treiben lassen. „Sie führt die Wirtschaft mit Umsicht und Sachverstand", sagte der alte Herr, „sie hat einen Tross von Bediensteten, eine großzügige Küche und kümmert sich um die Landwirtschaft. Sie ist eine kluge Frau, Johannes, das müssen Sie wissen, wenngleich etwas schwierig."

Kathi brachte ein Brett mit Brot und Speck. Auf den jenseitigen Weiden roch ein junger, schwarzer Stier mit geblähten Nasenlöchern und erhobenem Kopf an den graubraunen Montafonerkühen. In der Tischlerei wurde gehobelt und gefräst und die Sonne sank tiefer am Horizont des Rabensteines,

– und es musste also ein Werksleiter gefunden werden, fuhr Herr Zeiringer fort, aber um Reichtum und Geheimnisse zu schützen, war es früher Sitte, innerhalb der Sensenfamilien kreuz und quer zu heiraten oder zumindest im engsten Bekanntenkreis, so dass Wissen, Möbel, Trachten und Familienstolz hin- und herwanderten. Ja, das war notwendig, denn die

Frauen starben oft jung an Tuberkulose oder bei der Geburt eines der vielen Kinder und die Männer durch Schlagfluss, Infektion oder Unfall, darum wurden häufig zweite und dritte Ehen geschlossen und nicht selten kam es vor, dass ein Mann im fortgeschrittenen Alter der Schwager seiner Tochter wurde,

– und er, Zacharias Zeiringer, der als Doyen immer noch das letzte Wort hatte, hatte die Tradition, diesen zähen Fluss kluger oder dummer Gewohnheit, beiseitegeschoben und sich für Johannes entschieden, dessen Bewerbungsschreiben sowohl handwerkliche Fähigkeiten als Sensen- und Kunstschmied versprochen als auch Kenntnisse in kaufmännischer Betriebsführung vermerkt hatte. Den Einwänden, dass ein Nordböhme, womöglich ein Tscheche, ein Fremder wäre, hatte er mit der Feststellung entkräftet, dass sie einhundertfünfzehn Jahre nach der Proklamation der Menschen- und Bürgerrechte sowie außerdem immer noch in *einem* Land, *einem* Reich lebten, nämlich in unser aller Donaumonarchie, die sich als völkerverbindend verstand.

Zacharias Zeiringer erhob sich und ging einige Schritte auf und ab. Der Kies knirschte unter seinen gewichsten Stiefeln. Was er nicht laut aussprach: Er war bewegt gewesen durch Johannes' freimütigen Hinweis auf die Kriegsverletzung. Seit seinem Schlaganfall wusste er, was es bedeutet, gezeichnet zu sein.

Bevor sie sich am Vorderen Hammer verabschiedeten, schloss Zacharias Zeiringer seine Ausführungen mit der Feststellung ab, dass sich die Vertreter der Werksarbeiter loyal verhalten hatten. Sie waren es auch nicht gewöhnt, gefragt zu werden. Nur der Eßmeister Karl Hildebrand, der wichtigste von allen, hatte deutlich und grollend *Nein* gesagt. Er hatte gehofft, sagte Zeiringer, selbst in diese Position berufen zu werden. Als Johannes ihm am Vormittag die Hand zur Begrüßung gereicht hatte, hatte Hildebrand ihm seine verweigert, ihn von der Seite angesehen und in die Glut hinein gemurmelt: „Ah, so schaut er aus, der Behm!"

Der erste lange Tag in der Bachleithen geht zu Ende.

Der Maiabend ist mild, fast sommerlich.

Zeiringers Bericht hat in Johannes erneut Zweifel und Zuversicht zugleich wachgerufen. „Ich wollte ehrlich zu Ihnen sein, Herr Czermak", hatte der Sensenherr zum Gutenachtgruß gesagt, „damit Sie wissen, woran Sie sind. Ich bin jedoch von Ihnen überzeugt, felsenfest, wie das Sengsengebirge. Und außerdem sind wir in einem neuen Jahrhundert, das alte geht den Rinnerbergerbach hinunter. Der Wandel kommt, ob wir es wollen oder nicht. Ich werde Sie unterstützen, solange ich kann. Ich bin alt, Sie sind in der Mitte Ihres Lebens. Ich wünsche Ihnen und der Schmiede Glück."

Johannes trinkt vom Selbstgebrannten.

Euphemias Hausdiener hat die Flasche gebracht.

Im Küchenherd erlischt das Feuer.

Er ist nicht „in der Mitte des Lebens".
Er ist darüber hinaus, er ist 54.
Ein gutes Alter für die Liebe.
Jedes Alter wäre gut für die Liebe.
Er ist entschlossen, zu bleiben.
Fühlt die steigende Frequenz der Dunkelheit.
Nichts ist umsonst.

Schwarzblau liegt die Nacht über dem Tal. Im schmalen Ausschnitt des Firmaments funkeln sich die Sterne ihre geheimen Botschaften zu, die noch unterwegs sind, wenn sie selbst längst erloschen waren. Der Bach fließt in seinem Bett, die Böschung trinkt sein Gemurmel. Kein Ton, kein Lachen, kein Seufzer von Natur und Mensch. Stillstehen der Zeit. Es ist die mir zugedachte Zeit, sagt Johannes. Es ist kühl. Nebelstreifen hängen im Wald. Seine Augen gehen den gezackten Horizont der Berge nach. Schwarz in dunklerem Schwarz, in bewegter Linie der Welt entlang. Nur das Immergleiche gibt Trost.

Johannes holt sein Violoncello hervor. Nimmt es behutsam aus dem Kasten, um seine Seele nicht zu verletzen. Er streicht mit der Hand über das kalte, glatte Holz, die Saiten. Nimmt den Bogen aus Rosshaar und streicht ihn mit Kolophonium ein. Lässt ihm Zeit, sich zu gewöhnen. Wartet. Er stimmt das Instrument und wärmt seine Finger und Gelenke auf. Es ist wie Nachhausekommen.

Spielt sich ein, langsam und leise.
Über ihm die Pracht des Himmels.
Dann spielt er das *Notturno* von Schubert.
Seine Lebensmelodie.
Aller Schmerz, alle Freude ist in ihr.

*

Am 25. Juli ist „Jahrtag".

Der Brauch aus der alten Zunftordnung hielt sich hartnäckig in der Eisenwurzen. Noch konnte ihn die Schnelligkeit der Veränderungen nicht zerstören, weder die fortschreitende Industrialisierung noch die neuen Sozialgesetze und nicht der Zerfall alter Werte. Es wurde gefeiert. Laut und lange, drei Tage lang. Leonstein war geschmückt mit Reisig, Blumen und eigens aufgebauten, girlandenbegrenzten Podien. Marketenderinnen boten Erfrischungsgetränke an, ein Ringelspiel war für die Kinder errichtet und in den Wiesen standen Buden mit allerlei Tand. In der romanischen Kirche auf dem Felsblock wurde Hochamt gefeiert. Die Wirtshäuser waren brechend voll, vom letzten Winkel des Steyrtals strömten die Leute in das weit auseinandergezogene Dorf zwischen Schloss, Bahnhof und Pfarrhof. Fünf Musikkapellen spielten um die Wette, Trompeten, Tuben und Hörner bliesen über die Köpfe der Menschen in Festtagstracht hinweg. Marsch und Polka, Walzer und Volkslied, es wurde getanzt, gelacht und gejodelt, es floss das Bier aus der eigenen Brauerei und der Wein aus herbeigeschafften Fässern. Die Sonne fing sich in den kunstvoll gestickten Goldhauben der Bürgersfrauen und Sensenherrinnen, die Kropfbänder aus schwerem Silber waren mit böhmischen Granaten besetzt. Der schwarze Taft der langen Dirndlkleider raschelte bei jeder Bewegung und die Bänder der seidenen Schürzen von arm und reich waren akkurat ausgerichtet – die Maschen in der Mitte gebunden als geheimes Zeichen der Verheirateten, an der Seite jedoch für die, die es werden wollten. Die Röcke der Mädchen flogen im Kreis, die Burschen schlugen sich auf Stutzen und Lederhosen, einmal im Jahr ein großes Fest, nicht, um Gott zu feiern oder seinen Leichnam in der Monstranz als symbolische Fron durch den Ort zu tragen, sondern um sich selbst zu feiern, die Lust und den Übermut, die geknechtet waren übers Jahr in Feld und Stall, in Holz und Werkstatt.

Der 25. Juli war ein großer Tag für das traditionelle Sensenhandwerk. Früher war es der Tag, an dem die Männer ihren Arbeitsplatz wechseln durften, so, wie es Brauch war für die Bauernmägde und -knechte zu Lichtmess. Neuerdings wurden auch verdiente Mitarbeiter geehrt, aber immer schon war es der Tag, an dem die Gesellen von der Zunftinnung zum Eßmeister „freigesprochen" wurden – ab jetzt zählten sie zur obersten Klasse der Handwerker, die den höchsten Lohn erhielt, ab nun waren sie gesucht und angeworben von den Betrieben in der gesamten Monarchie sowie in fremden Landen. Ab diesem Tag fanden sie sich weit oben in der Hierarchie der ländlichen Gesellschaft zwischen Landadel, Bürgern, Bauern, Handwerkern, Arbeitern, Dienstboten und Taglöhnern.

Der Akt des „Freisprechens“ war ein feierlicher und der Innungsvorstand sowie Zacharias Zeiringer wussten ihm Würde und Gewicht zu geben. Alle fürchteten, dass es zum letzten Mal geschehen könnte, bevor die neue, nüchterne Gewerbeordnung der Wiener Regierung in Kraft trat. Diese ordnete die Sensenschmiede nicht mehr dem Handwerk zu, sondern dem Bereich der metallverarbeitenden Industrie.

Für die Bachleithen wurde Peter Grafinger freigesprochen, für das Werk am Inneren Grubbach in Scharnstein Hias Sailer, beide jüngere, tüchtige Männer. Sailer würde bleiben, Grafinger jedoch Leonstein verlassen und in einen der vielen Betriebe der Sensendynastie Schröckenfux nach Roßleiten gehen. Für später hatte er große Pläne.

Zeiringer tat es leid, ihn ziehen lassen zu müssen. Er hatte den Keuschlerbuben Peterle, das Kind einer ledigen Magd aus Frauenstein, im Alter von elf Jahren zu sich geholt. Er war ausgestiftet und zu einer Ziehmutter gegeben worden, die arm, alleinstehend und oft betrunken war. Das Kostgeld für den Buben war gering, die beiden lebten vom Verkauf der Milch, die die einzige Kuh lieferte, sowie dem Sammeln von Birtelholz in den umliegenden Wäldern. Wenn eine Prozession zur Wallfahrtskirche der Schutzmantelmadonna angesagt war, stand Peterle am Rand und bot für einen Kreuzer Büschel von Wiesenblumen an. Die Frau schickte den Buben selten zur Schule, sie brauchte ihn für die Schufterei fürs täglich Brot. Im buchstäblichen Sinn: Es gab nur wasserverdünnte Milch und Brot und am Sonntag eine Schicht Butter drauf, vielleicht einmal einen Sterz oder ein süßes Rahmkoch. Um seinen Hunger zu stillen, sammelte Peterle im Sommer wilde Erdbeeren, Himbeeren und Brombeeren in den heißen Schlägen und suchte Pilze und Wurzeln unter Farnen und Nadelböden. Im Frühling erntete er die frischen Triebe der Fichten und im Herbst stahl er das Fallobst der Mostapfelbäume. Als Zacharias Zeiringer auf einer Pirsch zufällig in die Gegend kam und das armselige Häuslerleben sah, nahm er nach längerem Gezanke mit der Frau und dem flehenden Blick des Kindes kurzerhand den Buben mit, unterstützte die Frau mit einem bescheidenen monatlichen Betrag und sorgte dafür, dass Peterle in der Großfamilie der Bachleithen gut aufgenommen wurde und regelmäßig in Leonstein zur Schule ging. Der Bub lernte schnell Rechnen, Lesen und Schreiben und später ebenso schnell das Schmiedehandwerk, für das Talent, Kraft, Ausdauer und großes Feingefühl gefordert war. Für den Heranwachsenden war der Hammerherr Meister, Vater und kleiner Gott.

Zacharias liebte Peter Grafinger wie einen eigenen Sohn. Aber er verstand den jungen Mann, dass er gehen wollte. Zum einen hatte er selbst dessen Ehrgeiz gefördert, zum anderen schikanierte ihn der Eßmeister Karl Hildebrand mit Schimpf und Herabwürdigung. In diesem Streitfall hätte er gerne den neuen gegen den alten Meister ausgetauscht, aber Hildebrand war ein verdienter Mann, der schon lange in der Bachleithen arbeitete, persönlich zwar gefürchtet und mürrisch, an Kenntnisreichtum und Erfahrung jedoch unübertroffen war. Es schien dem Schmiedeherrn gegen die Regeln des guten Anstands zu verstoßen, diesen treu zum Werk stehenden Meister zu entlassen. Und er wusste, dass es für Peter gut war, fortzugehen, ohne Zweifel würde er erfolgreich sein. Vielleicht konnte man ihn später zurückholen an den Rinnerbergerbach. Er selbst würde es nicht mehr erleben, sein Enkel Arthur jedoch könnte es erreichen, wenn er den Betrieb in ein paar Jahren übernehmen würde. Im Verborgenen hatte Zacharias Zweifel an den Fähigkeiten Arthurs. Er war der Jüngste unter den Geschwistern, war verwöhnt und flatterhaft, ihm fehlte Ernst und Ehrgeiz und er war geneigt und gewillt, nach Standesdünkel zu leben.

Johannes stand am Rand des Festgeschehens und beobachtete. Der Klang der Trompeten tat ihm weh, aber er hatte gelernt, den Schmerz niederzuhalten. Er teilte die Freude der Ausgezeichneten, spürte die Spannungen und fühlte den Abschiedsschmerz. Er hatte in den Wochen seiner Einschulung große Sympathie für Peter Grafinger entwickelt, die, so schien es, erwidert wurde.

Einschneidend für ihr Verhältnis zueinander war ein Sonntag, an dem sie gemeinsam in das benachbarte Molln gegangen waren. Beim Wirt im Dorf war großes Maultrommel-Konzert. Es hatte Johannes den Boden unter den Füßen weggezogen. Diese Musik brach in ihn ein wie die Flut eines geborstenen Damms. Ein Duett zweier Maultrommler – er hatte diese kleinen Instrumente, die man in die Hosentasche stecken konnte, noch nie gesehen –, steigerte sich nach leise-langsamem Beginn zum schnelleren Terzett, dann wurden es vier, schließlich sogar fünf Musiker, die sich nur mit Hilfe ihrer Finger, mit Lippen, Zunge und Atem in einen Rausch spielten, in ein Furioso, sie brachten die Welt zum Vibrieren, sie trieben Erde und Himmel vor sich her und spielten ihnen den Jubel und den Wahnsinn vor und alles war verloren, die Zeit, der Mensch, die Hoffnung und die Angst, es war alles nichtig und gelöscht, es gab nur diesen wilden Taumel einer noch nie gehörten Musik, die dann abrupt abbrach, Aus und Ende. Totenstille war im Raum. Johannes sprang auf und schrie und sein Schrei ging unter im einsetzenden tosenden Applaus. Er stürzte hinaus in die Wiesen, wo er hinfiel und liegen blieb, den Kopf im Gras vergraben – –

Peter Grafinger suchte ihn und fand ihn.

Er war bei ihm sitzen geblieben, ohne etwas zu fragen.

Als die Feierlichkeiten zum „Jahrtag“ ihren Höhepunkt erreicht und sich die Zunft- und Hammerherren aus der ganzen Region sowie die neu gekürten Meister auf dem Podium in einem Rund versammelt hatten, bat Herr Zeiringer Johannes auf die Bühne. Er stellte ihn mit warmen Worten als neuen Werksleiter vor und gab seiner Freude darüber Ausdruck. Dann bat er Johannes, ein paar Worte zu sagen.

Johannes war darauf vorbereitet. Er hatte sich zunächst dagegen gewehrt. Allein bei dem Gedanken, öffentlich zu sprechen, war er in Panik geraten. Herr Zeiringer hatte ihn beruhigt und ihm klar gemacht, dass es notwendig wäre und er die Gelegenheit ergreifen müsste, sich von Anfang an vor den eigenen Werkleuten und den Menschen der Umgebung in bestem Licht zu zeigen. „Jetzt sind Sie nun einmal da! Jetzt haben Sie nun einmal diese Aufgabe! Jetzt rennen Sie nicht davon, Herr Czermak! Ich vertraue Ihnen.“

Daraufhin bereitete Johannes seine Rede genauestens vor. Übte sie. Bat die Lippen, zu gehorchen, und die Scham, still zu sein. Vor der Menschenmenge sprach er geläufig, überzeugend und ideenreich. Die, die in seiner Nähe standen, wunderten sich, dass einer so reden konnte, der ein Gesicht hatte, in dem so viel fehlte. Wäre das nicht der Fall, sagten sie, könnte man ihn insgesamt als beeindruckend bezeichnen. Jene, die sich im Hintergrund drängten, hörten eine gute Rede und sahen einen imposanten Mann mittleren Alters, groß gewachsen, schlank, von beweglicher Zähigkeit und, so hatten sie den Eindruck, g'scheit. Der Mann ist nicht dumm, sagten sie.

Und dann ging das Fest weiter, zwei Tage lang. Frei und ausgelassen und ohne Reden und Verleihungen, ein Fest nur für das Wiedersehen und das Anbandeln, das Heute, den Walzer, die Gaudi und die Liebe. Bis weit in die Nächte hinein flog die Tanzmusik über Wälder, Weiden und Schluchten des Steyrtals.

*

In den nächsten Wochen und Monaten besuchte Johannes alle Werke und Besitzungen und sprach mit den Arbeitern. Er liebte die Werkhallen. Im flackernden Dämmerlicht war er ein normaler Mann. Viel konnte man im Getöse nicht reden, er nahm jedoch da ein Werkstück, klopfte dort einem Mann auf die Schulter und stellte sachliche Fragen. Konzentriert ging er durch die schwarzgeschwängerte Luft, den Höllenlärm von Pochen, Hämmern, Rattern und Schlagen, durch die Hitze des Feuers und die Hitze der Glut, er spürte den Eisenstaub auf den Lippen und die Gischt des Antriebswassers in den Augen.

Überprüfte den Zustand der Kanäle und Fluder, der Schleusen, Überlaufbecken und die Einrichtungen für den Hochwasserschutz. Mit den Holzarbeitern fuhr er in die besitzeigenen Wälder und die „Verlaßberge", die jedem Werk von der Grundherrschaft zugestanden wurden, um die Bäume für die notwendige Holzkohle zu schlagen, ein uraltes, verbrieftes Recht, wie das Triften der Stämme auf der Steyr.

Bis spät in die Nacht saß er über den Geschäftsbüchern im Kontor und sann über die Möglichkeiten für die Anschaffung von Turbinen nach, für die Einleitung elektrischen Stroms und die Rationalisierung der einzelnen Arbeitsschritte. Am Morgen besprach er sich mit dem Hammerherrn, der ihm nach wie vor mit Freundlichkeit und Respekt entgegenkam, mit Margarethe, die die Buchhaltung vorzüglich betreute und ihm verstohlen zulächelte, sowie mit Karl Hildebrand, dem er korrekt begegnete und dessen offensichtliche Feindschaft er zu übersehen versuchte.

Die Arbeit begann um fünf Uhr morgens, im Winter um sechs. Auch für Johannes, so war es der Brauch seit je, und selbst Zacharias Zeiringer hatte nur der Schlaganfall daran gehindert, so früh am Breithammer zu stehen. War das „Tagwerk", das heißt, die festgesetzte Stückzahl der Sensen, erreicht, war Feierabend. Das konnte nachmittags sein oder viele Stunden später, wenn ein Hammer ausfiel, ein Transmissionsriemen riss oder Niederwasser war, das zu wenig Druck erzeugte. Oder einer krank wurde und der Fortgang stockte, vielleicht einer gar nicht mehr kam, da die Lunge kaputt war vom Staub und vom Sand des Schleifens und Polierens. In der Schmiedstube des Gesindehauses ging es nach Arbeitsschluss hoch her, Bier- und Mostkrüge machten die Runde, Spielkarten klatschten auf den Tisch, der Geruch von Schweiß und Hoden hing in der Luft, man hörte die Männer reden über den Kaiser, den Werndl und die Frauen, bevor die noch Ledigen müde hinauf in die Bettenkammer schlichen und die Verheirateten hinaus in die Nacht gingen, zu den greinenden Kindern und dem feuchten Stroh im Verschlag für den Schlaf.

Bei Frau Euphemia war große Gesellschaft.

Es war die erste nach dem Tod ihres Mannes, genau ein Jahr danach. Sie wusste, was sie dem Ruf des Hauses schuldig war. Alle waren sie geladen, die zahlreichen Mitglieder der Familie aus drei Generationen, weiters Graf Salburg vom Schloss Leonstein, die Freunde und Honoratioren aus dem Reich der Sensen mit ihren Ehefrauen und ausländischen Gästen, Pfarrer, Bezirksvorsteher, Bürgermeister, Richter, Arzt und Tierarzt aus den Dörfern und Städten zwischen Molln, Kirchdorf, Waidhofen/Ybbs und Steyr. Weiters Ingenieure der Betongesellschaft aus Wien, die in Agonitz am Ende des Steyrdurchbruchs ein Elektrizitätswerk plante, sowie der Hotelier des Hofwirts von Leonstein, der die Brauerei gekauft hatte. Friedrich Brunauer war nicht geladen. Die Zeiringer'schen und die meisten anderen Werke der Kirchdorf-Micheldorfer Genossenschaft hatten die Exklusivverträge mit Brunauer gekündigt.

Die Kristallgläser funkelten, die Fasanenbrüste und Rinderlenden waren zart, die Filets der Regenbogenforellen frisch. Das mediterrane Obst kam aus der eigenen Orangerie. Lachen, Plaudern und Debattieren füllten das mit Lampen, Fackeln und Kerzenkandelabern erleuchtete und mit üppigen Blumenbouquets geschmückte Herrenhaus. Das geübte Personal war herausgeputzt und emsig bemüht, die Bauernmädchen, die aushelfen mussten, waren verlegen und linkisch. Sensenhändler und -financiers aus St. Petersburg, Lemberg und Vilnius, sogar ein Herr aus Philadelphia waren Teil der Festgesellschaft. Die Sensenherren aus der Eisenwurzen waren es gewohnt, mit internationalen Geschäftspartnern freundschaftlichen Umgang zu pflegen. Ein Gerücht besagte, dass der Sensenherr des Gradenwerkes von Micheldorf eigens eine niedere Bank hatte bauen lassen und er bei großen Gelagen seine Gäste bat, zwischen den einzelnen Gängen auf- und abzuspringen und ein paar Stamperl Schnaps zu trinken, um den nächsten Gang mit erlesenen Köstlichkeiten genießen zu können.

Schwarze Grafen.

Johannes stand wie immer am Rand und beobachtete. Herr Kriwanek, sagte er sich, war ein angesehener Schmiedemeister. Wie mein Vater als Kunsttischler. Sie waren im Kreis von Neustadt an der Mettau, Königgrätz und Nachod bekannte und geschätzte Bürger. Das hier ist, ist –? Ist eine eigene Gesellschaftsklasse. Weit oben, gewandt, weltmännisch, feudal. Schwarz von schwerer Arbeit, adelig durch Standesbewusstsein.

Wie lange noch? Feierten sie hier noch einmal groß und glänzend sich selbst, bevor alles zerfallen würde? Johannes wusste von den Arbeiterstreiks in den Waffenfabriken von Steyr und in den Industriezentren Englands, des Ruhrgebiets und der niederschlesischen Bergbauzentren. Er lebte fast in der Einschicht, aber er war immer noch ein Zeitungsleser und fuhr sonntags gerne mit der Schmalspurbahn nach Steyr in das Landsiedel, ein vornehmes Kaffeehaus auf dem Stadtplatz. Hier lagen schon seit den 1870er Jahren, als Josef Werndl seine Gewehre in die ganze Welt exportierte, internationale Zeitungen auf. In den unsicheren Monaten nach Vitus Kriwaneks überraschendem Tod, als er nicht wusste, wie es weitergehen sollte, hatte Johannes bei einer von Frau Svobodovás Kolleginnen Grundkenntnisse in der englischen Sprache erworben, ausreichend für Lektüre. In Amerika hatte McCormick 1831 die Mähmaschine erfunden. Bald würde es kein Handwerk mehr geben, bald würde man überhaupt keine Sensen mehr brauchen. Als er sich umsah, fielen

Johannes auch die arroganten Herren aus Wien auf, die Repräsentanten der riesigen Baugesellschaft, die Kraftwerke, Fabriken, Arbeiterviertel, Eisenbahnen und Straßentunnels errichtete und an der Börse spekulierte. Da war das große Geld. Die Zukunft.

„Geht es Ihnen gut, Herr Czermak?“ Aufschreckend hörte Johannes diese Frage. „Sie scheinen in Gedanken versunken, darf ich Sie auf ein Glas Malvasierwein einladen?“ Frau Euphemia stand vor ihm. Johannes entschuldigte und bedankte sich und sie gingen durch das fröhliche Festgewoge auf die Terrasse. Als sie sich so nah gegenüberstanden und sich zuprosteten, fiel Johannes der Ernst in ihrem Gesicht auf. Er wusste, dass sie seit dem Tod ihres Mannes die drei Schmieden sowie die Landwirtschaft gut und streng führte. Etwas Lauerndes lag in ihren Augen. Er hatte sie noch nie lachen gehört. Das rubinrote Kleid verdeckte kaum die Üppigkeit ihrer Figur. Sie sprachen förmlich über die Geschäfte, über Rinderzucht und die neue Oper *Rusalka* von Antonín Dvořák. Euphemia liebte Musik. „Ich habe gehört, Herr Czermak, dass Sie Cello spielen? Ich gebe jeden ersten Sonntag des Monats einen Musikabend. Sie sind eingeladen.“

Johannes war erstaunt.

Es war eine sachliche, keine herzliche Einladung. Dennoch – sie hatte ihn eingeladen. Er verabschiedete sich.

Bevor er das Getriebe verließ, fiel sein Blick im Rauchsalon noch auf Arthur, den jungen „Herrn". Der gab sich auch als solcher. Er war, obwohl kleiner und zarter gewachsen als seine Altersgenossen aus der üblicherweise groß-kräftigen Sensenbranche, eine auffallende Erscheinung. Den Kopf stolz erhoben, gefiel er durch bunte Kleidung und einen perfekten Konversationsstil. Johannes beobachtete mit Heiterkeit, wie sich Arthur um ein junges Mädchen bemühte, das man hier offenbar noch nie gesehen hatte und das zum Mittelpunkt der Herrengesellschaft wurde.

Er war nachsichtig mit Arthur. Er erinnerte ihn an Antonin. Beide nützten ihre stürmische Jugendlichkeit, wie es ihm selbst nur kurz vergönnt gewesen war. Er sah in ihnen sein verlorenes Ich. Sie glaubten, dass ihnen die Welt zu Füßen lag. Allerdings war Arthur ein verwöhnter, reicher Erbe, Antonin ein herumziehender Musiker, der von der Hand in den Mund lebte. Antonin hatte wieder einmal geschrieben. Diesmal aus Florenz. Er wolle einige Zeit dortbleiben. „Komm mich doch einmal besuchen, Lieblingsonkel! Sei nicht so sesshaft und komm!"

Johannes trat in die erleuchtete Nacht. Die Luft war frisch und feucht, es kündigte sich Schnee an. Als er den Weg hinunter zu den Werkstätten nehmen wollte, stutzte er. Im Gartensalon sagte eben der Dirigent eines kleinen Ensembles das nächste Musikstück an:

Einen Walzer aus der Operette *Der lustige Krieg* von Johann Strauß Sohn.

Welchen Krieg hatte der flotte Komponist mit dem schwarzen Schnauzer und Idol der Frauen gemeint? Vielleicht nur einen Ehekrieg oder einen aus Eifersucht, aber vielleicht war tatsächlich *Krieg* gemeint? Der Titel war Johannes durch die Glosse eines ebenso berühmten wie umstrittenen Wiener Schriftstellers aufgefallen. Er hieß Karl Kraus. Johannes erinnerte sich, dass er als Kind mit dem Vater mehrmals in Jičín im Kontor des Papierhändlers Jakob Kraus gewesen war, der mit der Erfindung geklebter Papiersäcke Furore machte und der, wie Johannes später herausfand, der Vater von Karl Kraus war. Karl war vier Jahre alt, als sie Jičín verließen und nach Wien zogen. Nachdem Johannes vor einiger Zeit die verbale Vernichtung des Titels *Der lustige Krieg* gelesen hatte, hatte er sofort Kraus' Zeitschrift *Die Fackel* abonniert, um jährlich drei Gulden mit portofreier Zustellung für Österreich-Ungarn. Es war jedes Mal ein Festtag, wenn der Postbote das rote Heft brachte, ausgehungert hier auf dem Land, wie er war. Er las *Die Fackel* von der ersten bis zur letzten Seite.

Johannes blieb stehen, bis der *Lustige Krieg* zu Ende war. Er überlegte kurz, ob er zurückgehen und in die Festgesellschaft hineinbrüllen sollte, dass Krieg nicht lustig, sondern ein Verbrechen sei, und im nächsten Krieg würden es Millionen Tote sein und eine Schamlosigkeit sei es, diesen Walzer zu spielen – –

Er hat es nicht getan.

Er war zu bedacht darauf, die Hausherrin nicht zu kränken, die ihn gerade zu einer Musiksoiree eingeladen hatte. Ja, er war feig und berechnend wie alle anderen, sagte er sich, und lief durch den dunklen Schmiedhof, finster war längst die Bettenkammer, lief zu seinem Haus hinauf, riss die Verpackung der Bücherkiste auf, die er sich von Franz hatte schicken lassen, wirbelte das Papier in eine Ecke und nahm jedes einzelne Buch in die Hand, *Nachsommer*, *Krieg und Frieden*, *Der Tor und der Tod*, *Galgenlieder*, *Die Waffen nieder!* … Er begann in der Kiste zu wühlen und nach dem handschriftlichen und von Korbinian im Kloster von Braunau übersetzten Exzerpt aus dem Werk des Marquis de Condorcet zu suchen, nach seinem Brevier der Hoffnung: *Entwurf einer historischen Darstellung der Fortschritte des menschlichen Geistes*. Wann wurde es geschrieben? 1794. In einem Kellerloch auf der Flucht vor den Häschern der Französischen Revolution, die von Humanität sprachen und die Guillotine Tag und Nacht niederfallen ließen. Das Werk wurde als Apotheose auf eine aufgeklärte Zukunft geschrieben, in der Krieg als die „unheilvollste Geißel, als das größte aller Verbrechen" angesehen werden würde – „… comme le fléau le plus funeste, comme le plus grand des crimes." Und kaum hatte Condorcet seinen Entwurf über die moralische und geistige Fähigkeit zur Vervollkommnung des Menschen fertig, musste er abermals fliehen, in einem aufgelassenen Steinbruch verbrachte er die Nacht, bei Tagesanbruch suchte er erfroren und durchnässt Stärkung in einer Spelunke, wurde erkannt, verraten, gefangengenommen und am folgenden Morgen tot in seiner Zelle aufgefunden …

Johannes suchte sich zu beruhigen. Zu disziplinieren. Stellte weitere Bücher in die Stellage, die er sich vom Werkstischler hatte bauen lassen. Er wartete nicht auf Kathi, heizte selbst den Küchenherd an. Setzte sich an den Tisch und trank seinen Morgenkaffee.

In der Mittagspause dieses Tages kam er nicht zum Essen für Herrschaft und Gesinde in die große Küche von Euphemia. Er bat den Kutscher, ihn zur Post nach Leonstein zu bringen. Dort warf er den Umschlag mit zwei Anmeldeformularen, die er vor längerer Zeit der *Neuen Freien Presse* entnommen, jedoch unbeachtet liegengelassen hatte, in den Briefkasten: das erste zur Mitgliedschaft der *Österreichischen Gesellschaft der Friedensfreunde*, das zweite Schriftstück war ein Abonnement der Zeitschrift, die den gleichen Namen trug wie der Roman: *Die Waffen nieder! Monatsschrift zur Förderung der Friedensidee* – beides von Bertha von Suttner initiiert und geleitet, dieser wirkungsmächtigen Frau, die er bewunderte, die den um sieben Jahre jüngeren Sohn jener Familie, in der sie als Gouvernante für die Töchter engagiert war, geheiratet hatte, mit ihm nach Georgien geflohen und dort neun Jahre geblieben war, bis sie schließlich nach Wien zurückkehrte und ihren Welterfolgsroman für den Frieden schrieb.

In den folgenden Nächten träumte er viel.

Er war jung und lustig zog er in den Krieg.

Er spielte dabei Trompete.

Bohumil und Ferdinand trommelten.

Erst am Weihnachtsabend wurde er gefunden.

Ohne Bewusstsein und den Mund voll Blut.

*

Tal und Land versanken. Es schneite ohne Unterlass. Der Schnee fiel dicht und lautlos. Er bog die Äste der Bäume zur Erde und ließ Büsche, Zäune und Schuppen verschwinden. Jeder Vogellaut erstarb. Die Kühe standen bewegungslos im Stall. Hammerherr und Jäger gingen nicht mehr zur Wildfütterung auf den Rabenstein. Die Menschen sprachen leiser. Dick vermummt sah man sie als dunkle Punkte im Weiß. Es gab keine Farben mehr. Nur Weiß, das auch das Schwarz der Nacht erhellte. Man wusste nicht, wann sie zu Ende war und wann der Tag begann. Es schneite. Schneite einen kristallenen Himmel auf die Erde.

Das große Schneien war der große Gleichmacher. Er begrub das Leben und die Hast und die Zeit. Es war, als ob sich das Weiß auch auf die Herzen der Menschen niedergelassen und sie eingehüllt hätte in etwas Unausweichliches. Sie rückten eng zusammen, schoben große Scheiter in die Kachelöfen und Küchenherde, und begannen zu verstehen, dass es etwas gab, das größer war als sie. Die Stille war eingekehrt in alles, was war.

Dann kam der Eiswind.

Sirrend brach er sich Bahn, im Schlepptau die Kälte des Nordpols. Alles erstarrte. Die Flocken verwandelten sich zu spitzen Körnern, die brennend in Haut und Augen stachen. Niemand, der nicht musste, ging vor die Tür. Wege und Straßen versanken unter meterhohen Wechten. Die Knechte versuchten, Wege und Zugänge freizuschaufeln. Wenn sie am Ende waren, begannen sie von vorn und Dampf stieg von ihren Rücken auf. Der Rinnerbergerbach fror zu. Die kleinen Gerinne waren längst zu Eis geworden. Das Wasser in den Fludern war tief und schnell genug, so dass es sich noch wehren konnte, aber wer weiß, wie lange noch. Der Betrieb in den Werkstätten konnte nur mit Mühe und in geringem Maß aufrechterhalten werden. Die Arbeiter, die weiter entfernt wohnten, richteten sich Notlager in der Bettenkammer oder der Schmiedstube ein, manche sogar im Hammer selbst, dort war es warm.

Frau Euphemia hielt die Küche offen. Aus den verstreuten kleinen Höfen des Tales, den Keuschen und den Unterkünften der Taglöhner hörte man die Kinder weinen.

Die Vorräte gingen zu Ende, das Brot, das Holz und die Zuversicht. Johannes war unermüdlich unterwegs. Das Angebot von Herrn Zeiringer, im alten Herrenhaus Quartier zu nehmen, bis diese Strafe Gottes vorüberginge, nahm er an. In den Stuben sprach man Gebete.

Und dann, über Nacht, kam das Tauwetter.

Gewaltsam wie das Jüngste Gericht. Ein Föhnsturm fiel vom Toten Gebirge und vom Sengsengebirge in die Niederungen, fiel vom Schauderzinken in das Tal mit höllischem Getös, ließ die Bäume bersten und die Dächer brechen unter der Last des schwer und müd gewordenen Schnees. Er entwurzelte die Fichten, knickte die Eschen und brach die Wipfel der Lärchen. Er zerrte an Stegen und Brücken und machte die Felsen schwarz. Die Gebirge wurden drohend groß und rückten den Dörfern auf den Leib. Der Föhn zog einen tiefblauen Himmel auf und gebot der Sonne, wieder zu erscheinen. Am frühen Nachmittag schon sank sie in einem goldenen, trügerischen Licht hinter den Horizont. Aufheulend und unablässig fegte der stoßweise, heiße Atem durch die Dörfer. Mensch und Tier duckten sich unter seiner Wucht mit dröhnendem Kopf, schmerzenden Gliedern und rasendem Herzen.

Als nach weiteren Tagen auch diese Geißel vorüber war, lag das Land friedlich und still. Der Winter blieb mild. Von den Eiszapfen fielen glänzende Tropfen, die sich mit leisem, regelmäßigem Geräusch kleine

Gruben im satten Schnee schufen. In den warmen Mittagsstunden wurde das Tauen zum sanften Orchester und die Menschen begannen, aus den Verwüstungen und Schäden ein neues Leben zu machen.

*

Der Abreißkalender zeigte einen Mai, einen Juni und einen Juli, die Bäche rannen, Sensen wurden geschmiedet und verkauft, Hirse und Gerste wurden geerntet, die Lerchen sangen weit oben im sommerlichen Himmelsdunst, die Schwalben zogen fort, es wurde Most gepresst und zu Allerheiligen ging man auf den Friedhof.

Der Alltag war aller Tage Arbeit.

Die Zeit wurde bemessen nach den leeren oder vollen Fässern in der Kram, in der die Sensen geprüft wurden und auf den Versand warteten. Schon ging es wieder auf Sonnwend zu. Morgens lauschte Johannes dem Gesang der Vögel. Er kannte die Reihenfolge ihres Erwachens, Hausrotschwanz um 3.55 Uhr, Rauchschwalbe um 4.10 Uhr, dann Rotkehlchen, Amsel, Zaunkönig und beim eilfertigen Gezwitscher der Blaumeise um 4.40 Uhr saß er bereits am Birnenholztisch mit seinem Morgenkaffee und dachte an die Mutter, die ihm erzählt hatte, dass die Vogeljungen die Warn- und Balzrufe angeboren hätten, das Singen jedoch erst vom Vater erlernen müssten.

Dieses Stimmenlauschen war wie ein langsam sich drehender Transmissionsriemen, der ihn mit dem Damals und dem Jetzt verband. Das Rauschen der Metují vermengte sich mit jenem des Rinnerbergerbaches und die ersten Laute des Marktplatzes im Arkadenrund mit jenen des erwachenden Tales unter dem Schauderzinken. Wenn er durch das Stubenfenster in die jenseits noch im Dämmerlicht liegenden Wälder des Rabensteins blickte, sah er: bläulichgrün. Und die Mutter zeigte ihm ein Drosselei, bezeichnete es als bläulichgrün und verglich es mit der Farbe des Beryllsteins.

Knapp hintereinander brachte der Postbote zwei Briefe von Clara Haber-Immerwahr. Der erste war das Gegenteil des zweiten. Im ersten schrieb sie, dass sie dabei sei, Automobilfahren zu erlernen, sie habe ein Haus- und ein Kindermädchen, sie würde schöne Vorhänge nähen, sie hätten viele Gäste und Aussicht, demnächst nach Berlin zu übersiedeln. Sie wünsche ihm, Johannes, alles Gute für sein Leben in der Provinz.

Der zweite Brief sprach von tiefer Niedergeschlagenheit. Ihr Mann habe sie „schwerlebig" genannt. Nicht schwerleibig, sondern -lebig. Ja, sie lebe schwer. Es werde ihr auch schwer gemacht. Sie habe doch schon mit ihrem Vater in Breslau und während ihres Studiums Forschungen zur Ammoniaksynthese und der Herstellung des so dringend benötigten

Kunstdüngers betrieben, sie sei eine promovierte Chemikerin,

... aber, Johannes, was hat es genützt? Nichts, weniger als nichts, falls es das gibt. Wäre ich doch in Breslau geblieben! Hätte ich doch nie... Nun gut, jetzt heiße ich Haber. Ich wäre keine Marie Curie geworden und hätte keinen Nobelpreis bekommen, aber ich hätte Erfolg gehabt. Die Männerwelt hier an der Hochschule schneidet mich, kennen Sie diesen Ausdruck? Wissen Sie, was unlängst in der Zeitung stand? „Ein Einpfuschen des Weibes in öffentliche Angelegenheiten erträgt der deutsche Mann nicht." Ich kann keine Meinung äußern, die Labors sind mir verschlossen und Fritz schaut betreten zu. Ich darf nur gut kochen, wenn er die Herren zu Abend einlädt. Ich war in einem Sanatorium in Freiburg. Zu Ihnen im Vertrauen gesagt: Es war eine Nervenheilanstalt. Der kleine Herrmann ist mehr krank als gesund. Vielleicht spürt er meine Krankheit. Ich kann sie nicht benennen. Es ist nicht die Krankheit zum Tode. Aber vielleicht die Krankheit zur Traurigkeit. Oder zur Enttäuschung. Wüssten Sie einen Namen dafür?

Ja, lieber Johannes, ich bin schwer-lebig. Vielleicht sollte ich Bäuerin werden und mit Ihren Sensen das Gras auf dem Landgut meines Vaters mähen.

Ihre
Sie herzlich grüßende
Clara Immerwahr

Sofort wollte Johannes zurückschreiben. Aber er wusste nicht, wie er sie trösten könnte. Soll ich sie an Professor Sigmund Freud in Wien vermitteln? Wäre das zu gewagt? Würde sie es tun? Aber würde sie dann nicht als erwiesenermaßen nervenkrank gelten, sogar als hysterisch? Johannes hatte sich kundig gemacht über die Fälle, in denen der Wiener Arzt die Krankheit „Depression" behandelte. Es waren vor allem intelligente Frauen, die mehr im Leben erreichen wollten, als ihnen zugestanden und von der Gesellschaft ermöglicht wurde. In seinem schließlich doch verfassten unverbindlichen Antwortbrief vermied er es, offen von einer Therapie in Wien zu sprechen und nahm stattdessen zur Unverbindlichkeit eines Freud-Ausspruches Zuflucht. „Gegen Angriffe kann man sich wehren, gegen Lob ist man machtlos."

Die Musiksoireen bei Euphemia hatte Johannes nur zwei Mal besucht. Sie waren ihm zu konventionell und am Ende des zweiten Abends kam es fast zum Eklat: Johannes hatte die Gastgeberin höflich ersucht, bei ihren Festen in Zukunft den Walzer aus der Operette *Der lustige Krieg* von Johann Strauß Sohn nicht mehr spielen zu lassen. Euphemia wusste nicht, wovon er sprach, aber sie fühlte sich brüskiert und verabschiedete sich kühl, fast feindselig. Johannes wollte es nicht überbewerten. Sein Leben war abwechslungsreicher als noch vor wenigen Jahren. Er hatte eine erfüllende Arbeit, hatte sich Ansehen in der Sensenbranche erworben, spielte an hohen Festtagen Cello für den Kirchenchor, ging im Winter mit den Einheimischen zum Eisstockschießen, abends wartete Zacharias auf ihn und Margarethe brachte ihm Pralinen.

In den letzten Monaten hatte es den Anschein, dass Zacharias Zeiringer erblinden würde. Er hatte die besten Ärzte in Wien konsultiert, aber die Auskunft war dieselbe: Es wäre eine Netzhautablösung, man könne nicht operieren, er müsse sich darauf vorbereiten, das Augenlicht zu verlieren. Der alte Herr saß im Wohnzimmer seines alten Hauses mit den dicken Steinwänden, umgeben von alten Möbeln, einer Kommode mit Intarsienverzierungen, einem Tabernakelkasten aus der Barock- und einem Schreibtisch aus der Biedermeierzeit. Er saß da und sah die Dinge nur mehr verschwommen. Stützte sich auf den Stock mit dem Silberknauf und lauschte dem Rufen der Knechte, wenn sie die Rösser auf die Koppel führten.

„Ich möchte noch erleben", sagte Zacharias eines Abends zu Johannes, „wie Arthur sein Studium beendet. Die Bachleithen soll in der Hand der Familie bleiben, wie seit 250 Jahren. Das ist mein einziger Wunsch: das noch zu *sehen*."

Arthur hatte nicht, wie vorgesehen, nach dem Schulabschluss mit einer Lehre in der Sensenschmiede begonnen. Er hätte eine Abneigung gegen den Schmutz des schwarzen Handwerks, sagte er, und war nach Wien zum Studium der Technik gegangen. Es war jedoch das schöne Mädchen vom Fest seiner Mutter, das ihn in die Hauptstadt zog. Ein Sommer der Entflammtheit lag hinter ihm, denn Maria Theresia, von allen Marie genannt, war wiederum zu Besuch in Leonstein gewesen und hatte alle bezaubert. Sie war die Königin des Sommerballs beim Hofwirt gewesen, bei dem sogar der große Gustav Mahler das kleine Orchester aus dem nahen Kurort Bad Hall dirigiert hatte. Als der August zu Ende ging, verlobte sich Arthur kurzerhand mit Marie, obwohl er ihr vorläufig keinen würdigen Hausstand bieten konnte. Er war gerade zwanzig und Student, aber es wartete ein großes Vermögen auf ihn. Arthur war überzeugend wie jeder leidenschaftlich Verliebte und so gaben schließlich sowohl der Großvater als auch die Mutter ihr Einverständnis.

Euphemia bereitete den „Kindern" zur Verlobung eine standesgemäße Feier.

Johannes sah Arthurs Verlobung mit Freude. Auch er fühlte sich angezogen von der schmerzlosen Jugendlichkeit Maries. Er hatte Valeries Bild vor sich. Wie sie war, als er sie zum ersten Mal sah. Als die Luft Risse bekam.

II

„Weißt du, ob die Gleichgültigkeit Flügel hat?" Das war so ein Morsesatz, den er nicht verstand, auch nicht verstehen musste. Er blieb dennoch in seinem Kopf, wie alle anderen auch. Ebenso wie sie, die solche Sätze sprach.

Seit das Telefon in Bahnhöfen und Poststationen installiert worden war, riefen sie sich von Zeit zu Zeit an. Telefonieren ist jedoch ein schlechtes Medium für eine verschlüsselte Sprache, die in Augen und Gesten lebt. So blieb das Warten auf die ein, zwei freien Wochen, die Johannes ausnahmslos in seiner Heimatstadt verbrachte.

Neustadt an der Mettau/Nové Město nad Metují, Braunau/Broumov und Königgrätz/Hradec Králové … Wenn er abends allein unter der Rotbuche über dem Rinnerbergerbach saß und seine Stimmungen wechselten, wurde Johannes bewusst, wie abgerückt ihm dieses Grenz- und Mischland von Deutschösterreichern, Tschechen, Polen und Galiziern schon war, von Kirchen und Synagogen, Sprachen und Lebensweisen. War er bereits so fixiert auf das Umgrenzte der Bachleithen, auf Sensen und Tupfhammerl? Er galt inzwischen weithin als kluger, jedoch maßvoller Erneuerer, geschickter Verhandlungspartner und war ein nicht ungern gesehener Gast bei den Festen der Hammerherrn. Hingegen: hatte er die dröhnenden

Worte der Zeit vergessen, für die Karel gestorben war? Wie großartig und wie sinnlos! Er hatte sie vergessen und wusste nicht mehr, was in den Kanzleien in Wien und auf den Versammlungen in Prag gespielt wurde. Ihm verschwammen die Namen der Ministerpräsidenten und der Finanzminister, der Protestnoten und der immer neuen Gesetze.

Gab es etwas, das blieb?

Die Kreise eines Bussards über dem Waldrand?

Der brüchige Glaube an die *perfectibilité?*

Das Suchen nach der Bitterwurz?

Das Warten auf ein Morsezeichen?

Ja, dieses Warten. „… sprich nur ein Wort, so wird meine Seele gesund." Johannes war schon lange nicht mehr in einer Kirche gewesen, aber diese Worte der Heiligen Messe waren ihm aus Kindertagen noch in Erinnerung. Auch die Inbrunst, mit der er sie, in der harten Bank knieend und eingehüllt in Weihrauch und Ministrantenglockenläuten, gesprochen hatte. Es überraschte ihn nicht, dass er gerade jetzt an diesen Refrain dachte, als er nach Neustadt aufbrach.

Diesmal legte er seine Reiseroute über Wien. Blieb zwei Tage, um die Stimmung im Zentrum des Vielvölkerreichs zu spüren, sich in der Nationalbibliothek die neuesten Bücher über Christian Dopplers Sternenlicht-Theorie ausheben zu lassen und einmal auch tatsächlich eine Vorlesung von Karl Kraus zu hören. Die Vorlesung im Kleinen Musikvereinssaal wurde jedoch kurzfristig abgesagt. Johannes war enttäuscht. Ging über den Graben zurück in sein Hotel – er stieg immer im *Wandl* ab – und kaufte sich auf dem Weg einen eleganten dunkelgrauen Anzug und an der Ecke zur Habsburgergasse sogar einen jüngst in Mode gekommenen Trenchcoat.

In Neustadt wurde er freudig und herzlich willkommen geheißen, wie immer. Seine Wohnstatt am Ufer der Mettau war jedoch kalt und voll Spinnweben. Die ehemalige Schmiedewerkstatt von Herrn Kriwanek war zum Lagerraum für die neue Werkzeugfabrik von nebenan geworden, und als er an den Wiesen von Branka vorüberging, sah er einen Mann, den er nicht kannte. Unter den Arkaden des Marktplatzes wurde gehandelt und Bier getrunken, wie immer. Bedřich Smetana saß auf seinem Denkmalsockel, am ehemaligen Elternhaus blickte nach wie vor das Schaf ins Leere und von der Dreifaltigkeitskirche schlugen die Glocken.

„Zuhause"? Gesiebte Zeit.

Natürlich gab es manche Abwechslung, in der Militärsprache hätte man es Ausweichmanöver genannt. Mit Valerie und Cäcilia fuhr er nach Jičín, wo das Wallenstein'sche Schloss langsam verfiel, dasjenige der entfernt verwandten Nachkommen in Dux hingegen eine Entdeckung war, prächtig und geschichtsbeladen, hatte hier doch der alternde Casanova als streitsüchtiger Bibliothekar seine Memoiren geschrieben und Beethoven dem Schlossherrn seine *Waldstein-Sonate* gewidmet. Johannes hatte mehrmals versucht, sie zu spielen, aber es war ihm nicht gut gelungen. Der Gemeindevorsteher von Neustadt versuchte, Herrn Jan Czermak für die Politik zu gewinnen, denn dessen Ansehen in der Sensenregion hatte sich auch an der Mettau herumgesprochen und man erhoffte sich von ihm eine gewisse Neutralität zwischen tschechischen und deutschen Nationalisten sowie zwischen Sozialdemokraten und Christlichsozialen. Johannes war geehrt und lehnte höflich ab.

Ende Juli sollte das lange geplante Treffen mit Clara Immerwahr stattfinden. Sie hatten sich für Prag verabredet. Einen Tag, bevor er aufbrechen sollte, kam ein Telegramm von Fritz Haber: „Clara schwer erkrankt. Reise unmöglich." Auf seine drängenden brieflichen Nachfragen erhielt er keine Antwort. Johannes fühlte, dass ihm etwas verschwiegen wurde. Überlegte eine Reise nach Berlin. Aber er hatte Clara seit fast zehn Jahren nicht gesehen und er war schließlich trotz der schönen Brieffreundschaft ein Fremder, der sich nicht anmaßen durfte, sich in ihr Privatleben einzumischen.

Ein Tag mehr in der Bahnhofswohnung. Die unaufgeregte Sicherheit des großen Bruders in alltäglichen Dingen tat Johannes gut. Sie besprachen die politische Lage und die rasanten Veränderungen in Wirtschaft und Lebensauffassung. Öfter als früher beteiligte sich Valerie mit großer Selbstsicherheit an den Gesprächen. Einmal, als Franz feststellte, dass sich das Gutgemeinte in der Wirklichkeit nur allzu oft in sein Gegenteil verkehren würde, warf sie ein, dass man es dennoch versuchen müsste, sonst könnte man gleich nur herbstlichbunte Ahornblätter pressen. Später versprach der Duft aus der Küche eine Speise, die kein Rinderbraten war. Aus dem silbernen Etui bot Franz eine Zigarette an, sie standen vertraut im kleinen „Rauchsalon" beisammen und der Esstisch war nach wie vor das Zentrum der Familie. Die erwachsen gewordenen Kinder Theresa und Frantischek begrüßten den Onkel, der ihnen gleichgültig war, freundlich und gingen ihrer Wege. In den Personenzügen gab es immer noch eine 3., 2. und eine 1. Klasse und zu den offenen Fenstern wehten die Pfiffe der anfahrenden Lokomotiven herein, mitunter auch ein Wort wie „Bleib gesund" oder „Adieu", das einem Liebsten in das Waggonfenster nachgerufen wurde.

Nach dem Kaffee fragte Cäcilia, unternehmungslustig wie immer: „Wollen wir nicht einen Ausflug nach Königgrätz und in das Hügelland der Elbe machen? So ein schöner Tag heute, wir könnten unsere Kutsche nehmen." Johannes wurde blass. „Nein", sagte er tonlos, „das ist kein Ort für Sonntagsausflüge. Selbst nach vierzig Jahren nicht." „Entschuldige", Cäcilia umarmte ihn, „ich wusste nicht, dass es dir immer noch so weh tut."

Es war spät nachts, als er nachhause kam. Das Geräusch des Aufschließens der Eingangstür beruhigte ihn. Er entzündete beide Gaslampen – in Leonstein hatte er bereits elektrisches Licht –, ihr Schein warf ein goldenes Licht auf die Politur der väterlichen Kommode, ein silbernes auf den verchromten Herdrand. Er stellte die Schnapsflasche seines Rezeker Onkels auf den Tisch. Sehnte sich nach schwerer Arbeit, dem vorhersehbaren Rhythmus der Schmiedehämmer und der beständigen Felswand des Schauderzinken.

Schöne, gequälte Tage. Valerie war das Karussell seiner Gedanken, rubinrot, lindgrün und azur, Lapislazuli und alle hellen Vokale jeglicher Sprache. „Dieses Jahr nisten die Hornissen im Gebälk", sagte sie. „Hast du keine Angst?" „Nein, es sind schöne Tiere und ich mag den dunklen Ton ihres Flugs." – Sie waren viel zusammen, aber kaum je waren sie allein. Franz war pensioniert und zuhause, Freunde kamen, zwei Brüder Valeries waren auf der Durchreise, es gab vielerlei Verpflichtungen für sie, denn noch immer war sie politisch interessiert, wenngleich selten in konkreter, kampfbereiter Arbeit. Bei den Treffen im Bahnhofsrestaurant hatte sie es lebhaft begrüßt, dass vor längerem schon die Arbeitszeit auf elf Stunden pro Tag herabgesetzt worden war, dass Kinderarbeit verboten wurde und Frauen nicht mehr in der Nacht arbeiten durften, sie war sich jedoch bewusst, dass noch viel zu tun war, solange Frauen vom Wahlrecht ausgeschlossen waren. Das Theaterspielen hatte sie auf Wunsch von Franz aufgegeben, umso intensiver wandte sie sich den Marionetten zu. Cäcilia war aus dem Ensemble ausgeschieden, nachdem ihr der Beweggrund, einmal wöchentlich der despotischen Deutschtümelei ihres Mannes zu entkommen, verloren gegangen war: sie hatte sich scheiden lassen. Valerie probte, spielte, ging im Königgrätzer Kreis auf Tournee. Der Kulturkritiker einer Neustädter Zeitung hob ihr einfühlsames Spiel hervor.

Johannes besuchte eine Aufführung. Dunkel war der Raum, wild und zärtlich und atemlos Mozarts Musik, gehetzt und furios die Übergänge von einem Abenteuer in das nächste, es wurde *Don Giovanni* gespielt. Valerie spielte und war alles: Donna Anna, Zerlina und Donna Elvira. Das hielt er nicht aus. Die Höllenfahrt am Schluss wartete er nicht ab, er hatte sie in sich.

Valerie hatte eine unerklärliche Art, Menschen zu beschenken, ohne dass die Beschenkten wussten, worin diese Gabe bestand. Sie wussten es nicht, aber sie gingen leichteren Fußes durch die nächsten Stunden und leichteren Herzens. Ihre Hände schienen alles, was sie berührte, mit einer hohen Achtung zu bedenken – einen Apfel, eine Brosche oder die Narben seiner Wange. Sie suchte in den leblosen

Dingen nach einem segensreichen Kern und in den Menschen nach deren offenen oder verborgenen Fähigkeiten. Sie fand sie auch und förderte sie durch ihre Zuneigung.

Wie leicht musste es sein, mit ihr zu leben.

Johannes empfand jedoch keine Eifersucht.

Franz und Valerie waren ein unantastbares Paar. Allein die Geste, wie Franz ihr den Sessel zurechtrückte, wenn sie zu Tisch kam, sie sich kurz umdrehte, zu ihm auf und er auf sie nieder sah und sie vielleicht noch kurz über seine Hand an der Sessellehne strich, zeigte die Fürsorge und Liebe eines ganzen Lebens. Nie hätte Johannes vermocht, das zu zerstören. Aber täuschte ihn die Hoffnung, dass in ihr Raum für beide wäre? Dass der eine ihr alltägliches Leben teilte – und der andere ihr erträumtes, das in ihrem Blick lag, wenn sie sich unbeobachtet glaubte und irgendwo im verwehenden Dampf der Züge etwas zu suchen schien, das durchsichtig und flüchtig war? Oder sie ihn ansah und ihm ihr Blick heiße Wellen durch den Körper jagte und er vergaß, zu atmen.

*

Die Mollner Maultrommler gaben wieder ein Konzert beim Wirt im Dorf. Johannes hatte nie wieder jenen Schock empfunden wie damals, als er zum ersten Mal dieses Instrument gehört hatte, das eine derart hirn- und herz-erschütternde Musik hervorbringen konnte. Er hörte mit großer Freude zu und blieb nach dem Konzert noch eine Weile sitzen. Die Stimmung war aufgeheizt, dicker Rauch hing über den Tischen, das Bier floss fässerweise und Johannes verlor in dieser Atmosphäre seine Scheu und fühlte sich wohl. Niemand achtete auf sein Gesicht, es wurde lautstark durcheinander gefachsimpelt und gelacht, die Kellnerinnen waren drall, wie es sich die Burschen wünschten, und die Nacht war noch lang.

Neben Johannes saß ein stiller, ungefähr gleichaltriger Mann. Er war der einzige, der ihn musterte. Er saß an seiner rechten Seite und blickte aufmerksam von Zeit zu Zeit auf das vernarbte Gesicht. Johannes bemerkte es. Seltsamerweise jedoch war der Blick des Mannes nicht unangenehm und verletzend. Das war verwunderlich. Auf diese Art war er noch nie betrachtet worden.

Es war nicht Neugierde. Auch kein Abscheu und kein Mitleid. Es war vielmehr wie das Studium einer beliebigen Sache, eines Wagenrades oder eines Kalksteins. Sie tranken Bier. Später stießen sie mit Seidelgläsern an. Und noch später gingen sie hinaus vor die Tür, drinnen war der Lärm zu groß, um reden zu können. Es regnete. Sie blieben unter dem weit auskragenden Dach. Es stellte sich heraus, dass der Mann eine Werkstatt zur Erzeugung von Maultrommeln hatte. Er hieß Lukas Jančar und lebte in Molln. Er lud Johannes ein, ihn einmal zu besuchen.

Es war eine folgenschwere Begegnung.

*

Waffen… Johannes hatte gedacht, dass er ihr entkommen könnte, dieser verborgenen Schicksalslinie seines Lebens.

Wenn er mit dem Zug von Leonstein flussabwärts Richtung Steyr fuhr, kam er unmittelbar in das Waffenimperium Josef Werndls. Den Ort Letten nannte er bei sich den Anfangsbuchstaben des Werndl'schen Alphabets. Der ganze Komplex mit dem hohen, schlanken Schlot umfasste zehn Fabriks- und Manipulationsgebäude, Fallhämmer, Kreis- und Zirkularsägen, Turbinen, Walzwerk, Härterei, Schleifsteine, Gratpressen, Stahlschere, Glühofen und Gebläse, ebenso Wohnhäuser für die Arbeiter und Depots. Es gab zusätzlich zum Bahnanschluss zwei Brücken für jeglichen Transport, was bei immer zu erwartenden Kriegen, bemerkte ein Mitreisender, von Nutzen wäre.

Ab nun reihte sich ein Betrieb an den anderen bis in die „Eisenstadt" Steyr, die begünstigt am Zusammenfluss der beiden Gebirgsflüsse Enns und Steyr lag und seit Jahrhunderten Zentrum von eisenverarbeitenden Handwerksbetrieben und Industrien war. Der begehrte phosphorhaltige Rohstoff des steirischen Erzberges kam über die Flößerei auf der Enns, später mit der Bahn.

Johannes war auf dem Weg zu Verhandlungen mit dem Steyrer Handelsvertreter der Bachleithen. Es ging um Lieferbedingungen für Stahl, wobei Johannes die günstigen Preise der Judenburger Firmen in das Gespräch einfließen ließ und die Verhandlungen schnell und erfolgreich abschließen konnte.

Sein eigentliches Ziel für diesen Tag war ein anderes. Er wollte den „Wehrgraben" erkunden. Diesmal an einem Werktag, nicht nur sonntags nach dem Café Landsiedel. Dieses Stadtviertel war ein ausgedehntes Areal im Mündungsgebiet der Steyr, großflächig auseinandergezogen zwischen mehreren Inseln sowie den labyrinthartigen, natürlichen und künstlichen Gerinnen. Der Wehrgraben war in wenigen Jahrzehnten durch Josef Werndl zur Waffenmetropole der Welt geworden. Durch ihn, diesen von einer Idee besessenen Mann, umrankt von Legenden und ausgezeichnet mit dem Orden der Eisernen Krone und vielen Ehrenbürgerschaften.

Geehrt für die Produktion von Waffen.

Das war die Linie zurück nach Königgrätz.

Nach Rosberitz, Sadowa, in den Swibwald und nach Chlum. In den Abend, der ihn schied von Normalität und genuiner Lebenslust. Es war längst bekannt, dass eine der wesentlichen Ursachen für die Niederlage der Österreicher darin lag, dass die k.k. Armee mit veralteten Vorderladergewehren ausgerüstet war, die Preußen hingegen mit modernen und effektiven Hinterladern, die mehr Schüsse auf einmal abgeben konnten, so dass die österreichischen Soldaten leichte

Beute gewesen waren. Auch Johannes, Ferdinand und Bohumil.

Josef Werndl hätte schon vor der Schlacht ein besseres Gewehr als alle anderen anzubieten gehabt. Gemeinsam mit seinem Werkmeister Karl Holub hatte er ein technisch revolutionäres Fabrikat entwickelt, den Werndl-Holub-Hinterlader mit zylindrischem Dreh-, dem sogenannten Tabernakel-Verschluss. Die zündende Idee war Holub angeblich während einer Messe in der Michaelerkirche gekommen – welch sinnfällig zu Tage tretende Verquickung von Kirche und Krieg, Johannes hatte seinen Karl Kraus genau gelesen. Holub hatte beobachtet, wie im Tabernakel Monstranz und Kelch in der vertikalen und horizontalen Ebene verschoben werden konnten, um sie dem Priester zur heiligen Wandlung bereitzustellen. Als Folge der Niederlage von 1866 hatte Josef Werndl bereits ein Jahr danach, dennoch zu spät, den Auftrag zur Ausrüstung der gesamten österreichisch-ungarischen Armee mit diesen Gewehren erhalten.

Johannes kannte die Fakten. Er wusste, dass Königgrätz der Auslöser einer stupenden Expansion der Werndlwerke war, die eine Flut von Fabriken, Erfindungen, Patenten und Kooperationen einschloss, durch die Millionen von Gewehren, Maschinengewehren, Pistolen und Jagdstutzen für den ganzen Erdball produziert werden konnten. Werndl musste aufgrund der immensen Investitionen seine Firma bereits 1869 in die „Österreichische Waffenfabriks-Gesellschaft“ umwandeln, in der er nicht mehr Besitzer war, jedoch als Aktionär und Generaldirektor die bestimmende Figur blieb. Sogar im „Boxeraufstand“ wurden die japanisch-europäischen Truppen von den chinesischen Einheiten mit Gewehren aus Steyr beschossen.

Waffen finden immer ihren Weg.

Bis in den letzten Winkel der Welt.

Staunend und abwehrend zugleich ging Johannes durch diese ziegelrote Industriestadt, über der zahlreiche Schlote wie die Wächter allen Lebens standen und dichter Kohlestaub monatelang die Sonne verdunkelte. Sie war sozial zukunftsweisend angelegt mit mehrstöckigen Wohnblocks, Einfamilienhäusern sowie ganzen Straßenzügen von einstöckigen Gebäuden für die Arbeiter. Es gab eine Arbeiter-Schwimmschule, Sportplätze, einen Sozialfonds und eine Krankenstation. Mehrmals war der junge Werndl vor den halsstarrigen Prinzipien des Vaters geflohen, der ausschließlich auf das Handwerk gesetzt und die Leidenschaft des Sohnes für Maschinen verurteilt hatte. Josef war nach England und in die USA gegangen, hatte gehungert und gefroren, nächtelang gelernt, gezeichnet, kopiert und spioniert und später alles umgesetzt, durchgesetzt und verbessert.

Handwerk gegen Maschine – das war längst auch die Frage für die Sensenindustrie. Johannes suchte einen Mittelweg, der die Vorteile von beiden zusammenführen sollte. Er war erstaunt, auf seinem Rundgang durch den Wehrgraben viele Werkhallen leer und viele Maschinen still stehen zu sehen. Vor den Fabriktoren lungerten Männer mit eingefallenen Wangen. In Gruppen standen sie debattierend beisammen, viele schweigend. Andere saßen auf Hockern an den Hauswänden, rauchten und beaufsichtigten ihre zerlumpten Kinder. Mit feindlichen Blicken wurde er angestarrt, ein Nichtstuer, der gut gekleidet war.

Es hatte offenbar massive Entlassungen gegeben. Was Johannes sah, war das Revier der Arbeitslosen. In Zeiten der Hochkonjunktur, so hatte er vor kurzem im Bezirksblatt gelesen, stieg die Beschäftigungszahl auf über 10 000, in schlechten Zeiten sank sie auf 900. Die Welt war waffenstarr, sie brauchte derzeit keine neuen Waffen. Werndl war längst tot. Er hatte persönlich kein Glück gehabt, seine Frau war in einer Nervenheilanstalt gestorben, der einzige Sohn hatte kein Interesse für die Fabriken, verlor als Offizier beim Glücksspiel sein Geld und siechte in Ägypten an Tuberkulose dahin. Werndl starb mit achtundfünfzig Jahren innerhalb weniger Tage an einer Lungenentzündung. In einer stürmischen Regenfahrt war er in der offenen Kutsche nach Letten gefahren und hatte sich tödlich verkühlt.

Die Waffenfabriken hatten keine neuen Aufträge.

Es war gerade kein Krieg.

Militär und Politik arbeiteten hinter den Kulissen an einem neuen.

Johannes stand auf der großen Steyrbrücke über dem Zusammenfluss und wandte seinen Blick noch einmal zurück in den Wehrgraben, auf diesen schlotebewachten Traum des Mannes, der an einen unbegrenzten Fortschritt glaubte.

Welches Unglück, dass er dem Töten diente.

Auf dem senkrecht in die Steyr abfallenden Felsen zu seiner Rechten klammerte sich ein Gärtlein an die Grundfesten der Bruderhofkirche.

Es war ein besonderes Gärtlein.

Hier sei Franz Schubert gesessen, stand zu lesen.

Hier habe er sein *Forellenquintett* komponiert.

Hinter der Kirche liegt die steile, enge Badgasse.

Hier steht das Haus mit der roten Laterne.

Unvollendet das Leben.

Notturno.

Es war längst Zeit, zu gehen. Er musste den letzten Zug nach Leonstein erreichen. Johannes war allein im Waggon, sah im Vorüberfahren auf die nur da und dort erleuchteten Fabrikshallen und begann laut und immer lauter und im Takt der Schienenstöße die Namen der Sensen aufzuzählen, die unblutig dem Mähen von Gras und Getreide dienen:

die Ordinari Schweizer
die Bärtige Französische
die Leipziger
die Österreichische
die Böhmische
die Landwehr
die Breslauer oder Schlesische
die Halbkrumm-Polnische
die Russische, Ungarische
und noch die Wallachische und die …

Johannes war der einzige Fahrgast, der in Leonstein ausstieg. Er machte sich zu Fuß auf den Weg. Es war tiefe Nacht, als er die Bachleithen erreichte. Alles schlief, nur der Brunnen plätscherte. Johannes blieb eine Weile davor stehen und wartete auf den unregelmäßigen Pulsschlag des Wassers, dieses heiter-trotzige Fauchen.

Als er aufsperren wollte, sah er die Fratze über der Eingangstür. Sie war auf einem Holzbrett an den Türrahmen genagelt und zeigte ein mit schwarzem Stift oder Ruß gezeichnetes Gesicht, dem Teile einer Wange und des Kinns fehlten und dessen Mund ihm schief entgegengrinste. Er prallte zurück. Dachte auf der Stelle: das war Karl Hildebrand. Von den Arbeitern wusste nur er, dass Johannes heute nicht da war. Vom Kontor kam niemand in Frage und jemand von auswärts wäre aufgefallen, wenn er sich im Umkreis der Schmiede herumgetrieben hätte. Blieb nur Karl Hildebrand.

Am nächsten Morgen um fünf stand Johannes in der Werkstatt und verteilte die Aufträge für den Tag. Er begrüßte den Eßmeister höflich wie immer. Sagte sehr ruhig: „Sie können gut zeichnen, Herr Hildebrand."

*

Im Sensenland war Streik.

Jänner 1908.

Aufruhr in den Werkstätten und an den Hämmern. Mitten im Winter, in der Zeit der intensivsten Produktion. Im Frühjahr musste die Ware für den Verkauf lieferbar sein. Arthur wurde über das neu installierte Telefon aus England zurückberufen. Er hatte sein Studium abgebrochen, um in Sheffield neue Fabrikationsmethoden zu erkunden.

Johannes hatte Euphemia um die Rückbeorderung gebeten. „So", hatte sie gesagt, „jetzt, wo es schwierig wird, brauchen Sie Hilfe. Ich wusste, dass Sie nicht der richtige Mann sind. Ich hätte bei meinem Nein bleiben sollen. Jetzt, wo das Dach brennt, brauchen Sie also den Buben! Das passt zu Ihnen!"

Der „Bub" war inzwischen vierundzwanzig und wusste sehr genau, was er wollte. Johannes war sich im Klaren darüber, dass Entscheidungen getroffen werden mussten, die die kommenden Jahre und damit Arthurs Zukunft bestimmen würden, so dass es sinnvoll schien, ihn einzubinden. Oder hatte er tatsächlich Angst, vor eine Versammlung hinzutreten und ihr seine Meinung zu sagen? Was, wenn einer, vielleicht Hildebrand, sagte: „Du brauchst uns gar nichts anzuschaffen, du böhmisches Schiefgesicht!"? – Er würde den Angriff lässig parieren. Er würde ernst bleiben. Ganz ruhig. Ja, Johannes, du *würdest* nicht, du *wirst* ruhig bleiben! Du hast es gut gemacht bisher in der Bachleithen, du deutsch-böhmisch-tschechischer JohannesJan, du wirst es weiter gut machen!

Johannes redete sich zu.

Zacharias war vollkommen erblindet, ihn konnte man nicht belasten.

Im Vorderen Hammer standen die Maschinen still. Im Hinteren Hammer drängten sich die Arbeiter. Karl Hildebrand führte das Wort. Ein Vertreter der sozialistischen Gewerkschaft aus Steyr redete auf alle ein. Es ging um höhere Löhne, bessere Arbeitsbedingungen, die Einführung des 10-Stunden-Tages, die gesetzliche Verankerung von einer Woche Urlaub und ein vierzehntägiges Kündigungsrecht. Der Streik war für die gesamte Eisenwurzen organisiert. Viele Sensenwerke waren lahmgelegt oder arbeiteten nur mit verringerter Kapazität. Nicht alle Arbeiter schlossen sich dem Streik an. Es kam zu Schlägereien zwischen Arbeitswilligen und Streikposten, die Gendarmerie nahm Aufstellung, mancher Rädelsführer wurde verhaftet.

Arthur kam aus England zurück. Euphemia als rechtmäßige Besitzerin der Bachleithen hatte inzwischen mit dem Kirchdorfer Notar alle Übergabemodalitäten ausgehandelt. Die Geschwister wurden ausgezahlt und Arthur als neuer Hammerherr und Besitzer aller Liegenschaften eingesetzt. Er bestand darauf, Johannes als Werksleiter zu behalten.

Dies war auch der Wunsch von Zacharias Zeiringer.

Euphemia wurde überstimmt.

Arthur und Johannes besprachen sich.

Margarethe, die kluge Vorschläge machte, war mitunter dabei. Sie hatte eine stille Zuneigung zum Werksleiter entwickelt, was Euphemia mit kränkenden Bemerkungen kommentierte. Die Männer saßen bis spät in die Nacht hinein im Kontor und sahen von Zeit zu Zeit auf den Hof hinunter, wo Arbeiter in Gruppen beisammenstanden, einander anrempelten und offensichtlich Meinungsverschiedenheiten hatten. Aus der Schmiedstube kam Lärm.

Die Sensenherren ihrerseits waren gut und gestaffelt organisiert, von den lokalen Genossenschaften über den österreichweiten Centralverband der Sensen-, Sichel- und Strohmessergewerken, über die Handels- und Gewerbekammern in Linz bis zum k.u.k. Handelsministerium in Wien. Die Maßnahmen des Centralverbandes waren radikal: Einsendung von Schwarzen Listen mit den Namen der Streikenden – sie sollten nicht mehr in der Senseninindustrie beschäftigt werden; Strafanzeige wegen Bruch des

Arbeitsvertrages nach Paragraph 85 der Gewerbeordnung; Räumungsklage und Delogierung der Streikenden, die in Betriebsunterkünften wohnten, kostenpflichtige Hinterlegung der Arbeitsbücher beim Bezirksgericht usw.

Arthur favorisierte die drastischen Maßnahmen. Er kam aus England, wo der Arbeitskampf auf beiden Seiten mit Gewalttätigkeit geführt wurde. Er war jung und unerfahren. Er war gerade erst „Hammerherr“ geworden und wollte von Anfang an klarmachen, dass er einer war.

Johannes war dagegen. Er plädierte für Gespräche und Konzessionen. Er kannte seine Arbeiter. Die Meister und Vorarbeiter waren relativ gut bezahlt, aber die Schmiedknechte und die „Buben“, was der damalige Ausdruck für „Hilfsarbeiter“ war, lebten oft in Armut. Wenn er durch das Tal ging, sah er ihre Behausungen, die vielen zu ernährenden Kinder, die Frauen oft krank und ausgemergelt. Die Arbeiter waren fleißig und loyal, fast alle von ihnen. Er kannte sie persönlich, so, wie es Zacharias gelebt hatte. Aber selbst in die abgelegenen Sensenwerke kamen die neuen Ideen und die Vertreter der Parteien, Gewerkschaften und Vereine, der sozialistischen, christlich-sozialen und streng-katholischen. Karl Hildebrand öffnete ihnen die Tore zu den Werken am Rinnerbergerbach.

Der Streik in der gesamten Region zog sich hin.

Noch im Februar stand der Großteil der Hämmer still.

Die Gewerken untereinander sprachen sich ab.

Die Arbeiterorganisationen machten Druck.

Arthur und Johannes kamen überein, sich aufzuteilen: Johannes sollte in der Bachleithen auf seine Art versuchen, den Streik zu beenden. Arthur wollte im Inneren Grubbach in Scharnstein ein Exempel statuieren. Er drohte mit den Schwarzen Listen, mit Kündigungen und Strafanzeige. Nach dem einschüchternden Auftreten gab sich die Belegschaft mit der Hälfte des Geforderten zufrieden. Hias Sailer, der das Werk gut geführt hatte, wurde entlassen, Johannes' Einwände waren vergeblich.

In der Zwischenzeit gab es in der Bachleithen hitzige Gespräche. Johannes verlautbarte, dass es bei ihm keine Schwarzen Listen geben würde, er würde die Streikenden nicht denunzieren. Hildebrand als Wortführer der Streikenden bedankte sich, es wäre jedoch zu wenig. Das Endgespräch war für den nächsten Tag im Vorderen Hammer anberaumt. Johannes hatte sich sorgfältig vorbereitet. Sprach Punkt für Punkt an, ruhig und überzeugend. Seit er hier war, hatte er den Reichtum der Herren und die Not vieler Arbeiter gesehen. Karl Hildebrand war ein schwieriger, cholerischer Gesprächspartner, aber nicht unvernünftig in seinen Argumenten.

Arthur, der eben mit einer Eilkutsche von den Grubbacher Verhandlungen zurückgekehrt war, saß im Hintergrund. Er hörte eine Weile zu. Man sah, dass er unruhig wurde. Er hielt einen Teil der Zugeständnisse für zu weitreichend und beschloss, dasselbe Rezept wie in Scharnstein einzusetzen: Drohung und Einschüchterung. Er stand auf und verschaffte sich Gehör. Er schätzte die Lage jedoch falsch ein. Der Eßmeister trat ihm in seiner wuchtigen Größe entgegen und maßregelte ihn. Das ließ sich Arthur nicht gefallen, es kam zum Streit, andere Arbeiter mischten sich ein, Streikbefürworter und -gegner gerieten aneinander, alte Feindschaften flammten auf, zwischen den Hämmern, Glutbecken und Blasbälgen flogen Werkzeuge zu Boden, einer nahm eine Eisenzange auf…

Unbemerkt war Bertl, der seit vielen Jahren Hausdiener bei Zacharias war, am Tor gestanden. Er wurde das „Depperl" genannt, vielleicht hatte er als Kleinkind zu viele Mostzuzler bekommen. Er sprach nur lallend und schwer verständlich, aber alle in der Bachleithen, die ein Mitgefühl in sich hatten, liebten ihn in seiner Anstrengung, allen alles recht zu machen. Bertl schlug die Hände an die Ohren seines großen Schädels und lief in panischer Angst zu seinem Herrn. Wahrscheinlich hatte dieser den Tumult bereits gehört. Bertl sprudelte hervor, was da drüben geschah, und Zacharias konnte es entschlüsseln. Er bat Bertl, ihn zur Versammlung zu führen. Als das schwere Tor in den Angeln ächzte und der blinde, greise Mann eintrat, wurde es still. Bertl führte ihn nach vorne. Und Zacharias Zeiringer, der Hammerherr, der sich immer noch als Patriarch seiner Arbeiter verstand, begann zu sprechen.

Als die Versammlung zu Ende war, waren alle Punkte geklärt. Der schon bestehende private Sozialfonds und die Löhne wurden maßvoll erhöht und das gegenseitige Vertrauen wiederhergestellt. Karl Hildebrand ging zu seinem früheren Schmiedeherrn und gab ihm die Hand. Tat dasselbe mit Johannes. Den jungen Herrn Arthur bedachte er mit keinem Blick.

Der Streik in der Eisenwurzen wurde Anfang April beendet. Die Arbeiter hatten in den meisten anderen Werken wenig erreicht. Durchschnittlich gab es 15 Heller täglich mehr Lohn – das war exakt die gleiche, freiwillig geleistete Steigerung der davorliegenden Jahre. Viele kleine Schmieden mussten trotzdem zusperren. In den Sensenwerken Friedrich Brunauers gab es Massenentlassungen, Delogierungen und Verhaftungen der Streikenden. Bei anderen gab es ein minimales, zum Teil skandalöses Einlenken: Zum Beispiel, das Bettstroh in den Werkswohnungen nicht ein Mal pro Jahr wechseln zu lassen, sondern zwei Mal. Die Metallarbeitergewerkschaft verkündete hingegen, dass aus den alten Schmiedeknechten von gestern durch den Streik moderne Arbeiter geworden seien.

Zacharias Zeiringer war bemüht, das Zerwürfnis zwischen Johannes und Arthur zu schlichten. Es gelang ihm. Er rügte beide und beide akzeptierten es. Sie wussten, dass sie einander brauchten.

Bald nach diesen Ereignissen wurde in Leonstein große Hochzeit gefeiert. Böllerschüsse hallten durch das Land, Blumen wurden gestreut und Musikkapellen in Tracht marschierten auf, als Arthur Marie zum Traualtar führte. Auf Maries Wunsch wurde im St. Stephanskirchlein der Hochzeitsmarsch aus *Lohengrin* gespielt und gesungen, Johannes strich das Violoncello. Aus allen Werken waren die Schmiedearbeiter gekommen, standen Spalier und jubelten. Die reichen Bauern ritten auf ihren schweren Rössern ein und schwenkten Fahnen. Kathi und Bertl weinten. Die Hochzeitsreise ging nach Abbazia.

*

„Ich könnte dir vielleicht helfen."
„Wie meinst du das?"
„Ich könnte dir ein neues Gesicht bauen."

Johannes war zu Besuch bei Lukas Jančar. Es war nicht sein erster. Jahre waren vergangen seit sie sich kennengelernt hatten. Inzwischen waren sie Freunde geworden.

Lukas war schon in Molln geboren worden und aufgewachsen. Sein Vater jedoch war aus dem slowenischen Umland Triests als Wanderarbeiter in dieses nördliche Tal zugezogen und galt als unwillkommener Fremder selbst dann noch, als er eine Mollnerin geheiratet hatte. Für den Buben war es einfacher: Mit dem heiligen Taufnamen und seiner Liebe zu den Maultrommeln war er eingemeindet.

Lukas Jančar hatte sich eine weithin bekannte Werkstatt zur Erzeugung dieses Zauberinstruments aufgebaut. Er war ein Mann von großem Wissen und erklärte Johannes mit Freude, wie man eine Maultrommel erzeugt, wie man sie spielt und dass sie auf der ganzen Welt, vor allem bei Hirtenvölkern, zu finden sei. Er zeigte ihm den Eisendraht mit 400 Newton Festigkeit und einem rhomboiden Querschnitt, der das Grundmaterial bildete, erklärte die einzelnen diffizilen Schritte über Auswalzen, Erglühen, Abkühlen und Wiedererhitzen, bis sich die Moleküle zusammenfänden und den unvergleichlichen Klang ergäben, aus dem ein Geübter mit Atem, Mundhöhle, Zähnen, Zunge, Lippen und Fingern die schönsten Melodien hervorbringen könne und, und … Und die Stunden flogen, Frau Jančar brachte süße Krapfen oder Most und sagte lachend, na, ihr beiden Evangelisten, macht ihr bald Schluss? Über dem Sengsengebirge zogen die Sterne auf.

An diesem Abend des Jahres 1912 hatte Johannes endlich gefragt: „Warum schaust du mich manchmal so an? Eigentlich nicht mich, sondern das, was mir fehlt?"

Jančar legte eine Schwungfeder, die er gerade in Arbeit hatte, beiseite, musterte Johannes wiederum mit diesem nachdenklichen Blick und sagte:

„Ich könnte dir ein neues Gesicht bauen."

Das war zu viel.

Unmöglich!

Noch nie gedacht, ein Taumel, eine Halluzination. Lukas Jančar erklärte es: Es wäre schwierig, aber machbar. Er hatte ein Leben lang mit jenem Teil des Körpers zu tun, der den Menschen zum Menschen macht: mit Gesicht und Mund. Er würde aus Kautschuk die fehlenden Teile von Wange und Kinn formen und sie genau der anderen Hälfte des Gesichts angleichen. Er würde auf der Innenseite eine spezielle, leicht wieder abwaschbare Paste auftragen, damit die Prothese halten würde. Schon George Washington hätte man aus Kautschuk einen Zahnersatz gebastelt, den er abends wieder herausnehmen konnte. Die ganze Prozedur würde viele Proben erfordern, aber sie würden zu einem guten Ergebnis führen. Dann würde er aus der Farbe von Johannes' Haaren einen Bart aufarbeiten, der wie ein natürlicher aussehe – er sei befreundet mit dem Friseur des Ortes, das wäre kein Problem. Heikel wäre nur der letzte Schritt: das

Ganze an zwei hauchdünne Drähte zu montieren, die gegen das Ende zu mit einem Bogen wie bei einer Brille abschlössen, so dass er sein ergänztes Gesicht hinter den Ohren verankern könnte. Er trüge ja sein Haar länger, man würde es also nicht sehen und es würde nur zur Sicherheit dienen. Er würde den schwingungsfähigen Draht wie bei einer Maultrommel verwenden, so dass Johannes essen und sprechen könne wie normal.

Und er also ein neues Gesicht hätte.

Johannes fiel aus allen Verankerungen.

Er wusste, dass Lukas nicht nur ein Feinmechaniker, sondern ein Künstler war. Oft genug hatte er beobachtet, wie geschickt dieser Mann war, wie zart, fast zärtlich seine Hände waren, wenn er mit fragilem Material arbeitete, und mit welcher Sorgfalt er am Detail hing. Das war nicht die Frage. Es würde gelingen. Daran zweifelte er nicht, obwohl es ihm nicht ganz klar war, wie es gehen sollte.

Aber wollte er ein neues Gesicht?

Wollte er ein neuer Mensch werden?

Er hatte sich doch eingerichtet.

Hatte Frieden geschlossen mit seinem Leben.

Einen brüchigen, aber immerhin.

Hatte gelernt, sich selbst anzunehmen.

Es hat Jahrzehnte gedauert.

Alle Kraft hat er hineingelegt.

Geschrien, gehadert, Schluss machen wollen.

Aber jetzt bin ich draußen, sagt er sich.

Bin ich jetzt nicht endlich draußen?

Und würde ich mehr Mensch sein mit einem Kinn aus Kautschuk und einem Bart?

*

Das Korn stand geschnitten und zu Garben aufgestellt in den Stoppelfeldern, das Heu war eingebracht. Augentrost und Wiesenkerbel zogen ein weißes Band entlang der Karrenwege. Wilde Heckenrosen wucherten in den Buschreihen. Aus den Lärchenstämmen floss bernsteinfarbenes Harz. Tage dicht wie Mückenschwärme.

Wie immer läuteten am Freitagnachmittag um drei die Glocken der Leonsteiner und der Mollner Kirche zum Gedenken an Christi Tod, aber ihr Klang flog leichter über das Land, das unter der Hitze lag. Triumph der Grillen, panische Musik. Die Sonne blieb lange in den Abend hinein auf den Gipfeln des Sengsengebirges, die Nächte waren klar und von Sternschnuppen durchzogen. In den Schmiedehämmern herrschte schier unerträgliche Hitze, Schweiß rann den Männern in Augen und Hosenbund. Von der Konglomeratschlucht der Steyr stieg Kühle auf.

Sommer war die große Besuchszeit. Verwandte und Freunde kamen in die Bachleithen, die Feste lösten einander ab und die Kutschen standen in langen Reihen im Schatten der Bäume. Auch Isidor, Arthurs um Vieles älterer Bruder, war mit seiner neapolitanischen Frau aus Wien gekommen, sie bezogen den ersten Stock des Hauses, in dem Johannes wohnte. Die anfängliche Reserviertheit der beiden Männer dauerte nur einige Tage. Romana löste sie mit ihrer temperamentvollen Sorglosigkeit auf, sie stellte die Möbel um, sang italienische Volkslieder und lehrte Kathi südliche Küche, soweit sie adäquate Zutaten finden konnte. Abends war der Tisch unter der Buche gedeckt, sie tranken friulinischen Wein und noch spät war fröhliches Geplauder zu hören, bis sich Johannes zurückziehen musste, um morgens nicht zu verschlafen. Romana sprach gut Deutsch, flocht dazwischen jedoch gerne italienische Sätze ein, die Johannes mit seinem musikalischen Gehör leicht aufnahm. Sie hatte ihre Laute mitgebracht und so kam es, dass Johannes in einer übermütigen Stimmung sein Cello hervorholte und sie zu Isidors Freude drauflos spielten und improvisierten, ein Kind hätte es *blödeln* genannt.

Es tat Johannes so gut.

Isidor machte auf Johannes den Eindruck eines unkonventionellen Mannes. Er würde als Privatgelehrter nach der Façon des 18. Jahrhunderts leben, sagte er, er hätte ja früher eine Apanage von seinem Großvater bekommen und jüngst stattlich geerbt, das wäre sehr hilfreich. Er wäre als Jüngling fortgegangen aus dem Sensengetös und Schauspieler geworden, aber er wäre leider nur mittelmäßig gewesen, so hätte er leichten Herzens die Theaterbühnen verlassen und wäre zum Schreiben gekommen.

Er war ein Verächter der Zunft, der er entstammte, deren Annehmlichkeiten er jedoch bereitwillig zu genießen verstand. Er spielte den Ironiker mit weltmännischem Gehabe, aber es war deutlich zu sehen, dass eine Rolle nicht identisch ist mit dem, der sie spielt. Von Romana hatte Johannes erfahren, dass Isidor unter der eifersüchtigen und herrischen Erziehung seiner Mutter Euphemia, die zwischen Stief- und eigenen Kindern kein Gleichgewicht fand, folgenschwer gelitten hatte, er ihr seither aus dem Weg ging und in Wien bei einem Nervenarzt in Behandlung war.

An manchen Abenden kam Zacharias Zeiringer zu ihnen den Hügel herauf.

Bertl führte ihn an der Hand, auf dass er nicht stolpere oder falle. Der Sensenherr schien die ungezwungene Heiterkeit, die er hier fand, zu genießen. Sie war das Gegenteil von Euphemias Gesellschaften. Wenn Romana und Johannes gemeinsam musizierten, ein paar Volkslieder sangen und Zacharias sogar ein wenig mitsummte, saß Bertl mit offenem Mund auf der Hausbank, stampfte den Takt mit den Füßen und lächelte glückselig. Kathi brachte frisch gebackenen Ribiselkuchen mit steifem Eiklarschaum, er war noch warm und duftete.

Eines Abends las ihnen Isidor eine seiner Novellen vor. Sie war schnell als autobiographisch zu erkennen und handelte von der Qual einer schwierigen Familienkonstellation. Ein Wiener Freund, der davon beeindruckt war, hatte die Erzählung an Heinrich Mann geschickt und um Beurteilung gebeten. Kurz bevor sie nach Wien zurückfuhren, brachte Romana Manns Antwortschreiben, abgefasst in Berlin, Charlottenburg, Savigny Platz 5,1. Es war eine erstaunlich eingängige Kritik, über deren Schlussworte Johannes noch lange nachdachte:

… Ich weiß nicht, ob ich Ihrem Freunde sachlich habe ein wenig nützen können. Alle Ratschläge eines erfahrenen Dichters an einen noch jungen können nicht darüber hinausgehen, daß der Eine dem Anderen ein paar Kunstgriffe beibringt.

Möge Ihr Freund vor allem innerlich gedeihen!

Ihr sehr ergebener
Heinrich Mann

Die Novelle wurde nie veröffentlicht. Auch Isidors andere Erzählungen nicht. So blieb er ein Reiseschriftsteller und vermeintlicher Italienkenner, der die Reisen immer mehr fürchtete, da er die italienische Lebensweise im Grunde ebenso wenig verstand wie er seine Frau verstand. Als sie Abschied nahmen, umarmte Isidor Johannes und hielt ihn lange. Eine geheime Verbundenheit derer, die wussten, dass sie Seiltänzer waren.

*

Nur wenige Tage später kam Bertl nach Arbeitsschluss in seinem schwankenden Gang den Hügel herauf und winkte von weitem mit zwei Briefen.

Der erste Brief war von Clara Immerwahr. Sie schrieb, sie werde bald mehr berichten, sie kämpfe derzeit mit einem großen Problem von, wie sie glaube, historischem Ausmaß. Die Hintergründe für ihre Prager Absage kamen weder in diesem noch in früheren Briefen zur Sprache. Das einzige, was sie dazu äußerte, war die Bitte um Verständnis, dass sie darüber schweigen müsse.

Der zweite Brief kam von Franz.

Sie würden seiner Einladung folgen und kommen.

Wenn es möglich wäre, schon am 23. August.

Der Zug käme um 21.46 Uhr in Leonstein an.

Das konnte Johannes nur stockend lesen.

Zur angegebenen Zeit steht er auf dem Bahnsteig von Leonstein. Er hat schon früher von Zacharias und Isidor die grundsätzliche Einwilligung erhalten, dass Bruder und Schwägerin den ersten Stock benützen dürften, wenn er frei wäre. Kathi hat alles auf das Schönste vorbereitet, die Böden gewachst, die Betten überzogen und freut sich auf eine neue Gnädige.

Er ist viel zu früh auf dem Bahnhof. Beim Hofwirt gegenüber trinkt er ein Bier und lobt Herrn Grawatsch für die Erzeugnisse der Brauerei. Geht zurück, kann nicht ruhig stehen. Die Kutsche wartet unter der großen Kastanie. Als er das Pfeifsignal des herankommenden Zuges hört, strafft er seinen Rücken und hat zitternde Knie. In seinen Ohren singt der Tinnitus.

Valerie steigt aus dem Zug und rafft ihr Kleid. Johannes sieht ihre elfenbeinfarbenen Stiefletten, vielleicht darüber einen schmalen Streifen Haut. Sie reicht ihm die Hand und eine Wange zum Kuss und ohne jede Verlegenheit sagt sie: „Johannes, wie schön, dich wiederzusehen!" Er wendet sich abrupt seinem Bruder zu, um das Dröhnen in seinem Kopf verebben zu lassen.

Der Kutscher treibt die Haflinger an. Johannes ist den Weg zwischen Bahnhof und Schmiede viele Male gefahren, aber jetzt ist es ihm, als ob der Rinnerbergerbach schneller fließe, die Wiesenhänge grüner wären und die Menschen, die ihnen begegneten, freundlicher grüßten. Er bemerkt das Erstaunen im Gesicht von Franz und Valerie, als sie durch die Ansammlung von Gebäuden traben, überrascht und bewundernd sehen sie das aufgereihte Schmiededorf. Vor dem Haus auf dem Hügel wartet Kathi und macht einen Knicks, Bertl und der Kutscher heben die Koffer aus dem Wagen und Johannes führt die Gäste in den ersten Stock, dessen Räume er mit blauen und weißen Hortensien geschmückt hat.

Später ist wieder große Tafel beim Hammerherrn. Zacharias' blinde Augen können den k.u.k. Stationsvorstand nicht mehr sehen, aber von Anfang an spüren sie große Sympathie füreinander. Sie haben dasselbe Weltverständnis und halten Ehrhaftigkeit, Fleiß und die Treue zu Kaiser und Vaterland für das höchste Gut. Den gärenden Nationalismus innerhalb des völkerreichen Staatsgebildes sehen sie in milder Form für berechtigt an, in seiner militanten Ausprägung jedoch für verurteilenswert und einen Nährboden für Hass, Ausgrenzung und kriegerische Auseinandersetzung.

Euphemia ist für die Speisenfolge verantwortlich und dirigiert das Personal. Sie sitzt Valerie gegenüber, fragt aufmerksam nach den Lebensumständen in einer nordböhmischen Grenz- und Provinzstadt und vermittelt das Gefühl, dass sie hier in einer Metropole lebten. Beide Frauen wirken gepflegt und gebildet. Die eine hat jedoch einen Mund, den ein Karikaturist mit einem schmalen Strich zeichnen würde, die andere hat eine weiche Melancholie in ihren Zügen, die die Schönheit der Welt kennt und weiß, dass sie nicht immer zu haben ist.

Johannes blickt Valerie an, schlecht getarntes Begehren steht in seinem Gesicht, er glaubt, ein Aufblitzen in ihren Augen zu sehen, ein fast unmerkliches Heben des Kopfes – er möchte aufspringen, sie gewaltsam an der Hand packen, mit ihr das Stiegenhaus hinunter und quer über den Hof rennen, sie an den Stamm der großen Linde pressen, sie spüren und sie dann in das Moos tragen unter den Uferbüschen des Rinnerbergerbaches.

Johannes führt seine Gäste durch das Sensenwerk und eröffnet ihnen alles, was sein derzeitiges Leben bestimmt. Euphemia zeigt Valerie die Glashäuser, die Palmen und die Portraits der Ahnen. Johannes sieht dennoch den Argwohn in ihren Augen. Sie hat das glimmende Feuer bemerkt, sie ist eifersüchtig. Nicht, weil sie den versehrten Mann begehrt, sondern weil nur sie allein adoriert werden will.

Es sind ausgefüllte Tage, für die Johannes sich immer wieder ein paar Stunden frei nimmt. Der späte August lässt das Jahr noch einmal in aller Pracht aufrauschen, bevor das Welken beginnt. Vor der gotischen Schutzmantelmadonna in Frauenstein sprechen sie ein Gebet für Karel. In einem Krieg, so wird erzählt, wäre diese kunstvoll geschnitzte, überlebensgroße Madonnenfigur hierher in Sicherheit gebracht und dann vergessen worden. So wäre sie hiergeblieben, in diesem abgelegenen Tal, und beschütze alle Menschen unter ihrem weit ausgebreiteten Mantel. Am Ursprung der Steyr, die machtvoll und wie auf Befehl eines jungen Gottes aus den Felsen bricht, stehen sie unter den zerklüfteten Wänden des Toten Gebirges, drohende Wächter des Wassers.

Aus dem Picknickkorb breitet Valerie Brot und Speck auf ein Tuch, ein paar Birnen dazu, die Bertl vom Spalierbaum des alten Herrenhauses gepflückt hat. „Ich glaube, hier, wo du lebst, Johannes", sagt sie, „bleibt die Wirrnis der Welt draußen, die kommt nur schwer über die Berge. Hier muss man weniger stark sein, um sie zu ertragen.“ Und fügt nach einer Pause hinzu: „Oder sich selbst zu ertragen.“

Es sind Stunden des Gesprächs über Neustadt. Johannes fragt nach allem. Branka verschweigt er. Trotz der Pensionierung ist es Franz erlaubt worden, in der Bahnhofswohnung zu bleiben, der Nachfolger hat ein eigenes Haus gleich nebenan vorgezogen. Sie reden über die Kinder. Theresa hat in Königgrätz ihre Ausbildung zur Grundschullehrerin abgeschlossen, František studiert in Prag Jurisprudenz und wird hoffentlich mehr Glück dabei haben als Karel. Johannes fragt, ob es neue Hinweise zu Karels rätselhaftem Tod gäbe, aber es ist zu lange her, es war nichts zu erwarten. Antonin ist nach Venedig weitergezogen und spielt im Orchester der Vivaldikirche an der Riva degli Schiavoni. Valerie erzählt vom Marionettenspiel.

Einmal geht ein warmer Sommerregen nieder.
Ein Gewitter zieht über den Rabenstein.
Der Bach schwillt an und wieder ab.
Das Grummet ist geschnitten.
Die Sensenproduktion ist reduziert.
Atempause zur Vorbereitung der Hochsaison.
Der Kramrichter hat wenig zu tun.
Fluder und Maschinen werden repariert.
Im Kontor werden Verträge überprüft.
Russland hat drei Waggons Blausensen bestellt.

Noch ist Sommer.
Die Luft ist satt von Gerüchen.
Auf der Kuhweide ist lesbisches Treiben.
Die Dreschflegel schlagen in der Tenne das Korn.
Drei Menschen hört man reden.

Abends bleiben sie lange unter dem blinkenden Firmament. Sie sind sich nahe, jede mit jedem und jeder auf andere Weise. Immer noch liebt Johannes seinen großen Bruder, der noch schweigsamer geworden ist, älter auch und gebeugter. Der täglich die Temperatur des Tages um sechs Uhr früh in ein Notizheft einträgt und mit Sicherheit weiß, dass es nach dem Tod kein Weiterleben gibt. Weshalb er gemessenen Schritts durch jeden seiner Erdentage geht zum Schutz für alle, die ihm anvertraut sind. Johannes beobachtet Valerie. Immer noch nennt er sie heimlich Georgette und wartet auf ein Zeichen, das es ihm erlaubte, sie so zu denken.

Hoffnungen. Sie sind wie Asche, sagt sich Johannes, die wir zunächst über die Erde streuen, um sie fruchtbar zu machen, und die wir irgendwann, wenn sie unerfüllbar sind, in eine Urne werfen, die mit uns begraben wird.

*

Das Café Landsiedel auf dem Steyrer Stadtplatz ist ein Fixpunkt. Das zweite Jahrzehnt des neuen Jahrhunderts schreitet voran und Johannes will den

Anschluss an die Welt nicht verlieren. Manches Mal lädt er Margarethe ein, ihn zu begleiten. Es rührte ihn, wie selbstlos sie die Buchhaltung der Zeiringer'schen Werke führte, kaum anerkannt von Euphemia und als selbstverständlich betrachtet von ihrem Bruder Arthur. Sie saßen in der Steyrtalbahn, die in der Gegenrichtung endlich von Agonitz bis Klaus erweitert worden war, so dass Leonstein durch den Anschluss an die Pyhrnbahn nun auch mit den adriatischen Landesteilen der Monarchie verbunden war. Margarethe hatte ein neues Kleid angezogen und Pralinen mitgebracht. Sie besuchte eine Freundin, die am Rand der Promenade wohnte, gegenüber des imposanten Denkmals, das für Josef Werndl errichtet worden war. Nach zwei Stunden würde sie Johannes im Kaffeehaus abholen.

Über den Marmortischen hing immer noch das Konterfei des reitenden Kaisers in weißer Paradeuniform sowie Bilder des Wiener Hoflebens. Die Photographien verblassten, die Malereien verstaubten und so erstarrt wie die Bilder war des greisen Kaisers Wunsch nach Bestand und Überleben seiner Monarchie. Der Balkan entwickelte sich, wie die Zeitungen titelten, zum „Pulverfass Europas", aus der österreichisch-ungarischen „Schutzmacht" für Bosnien und Herzegowina war eine Annexion geworden, Serbien schloss sich immer enger an Russland an und gegen Italien stand ein Präventivkrieg im Raum. Das Deutsche Reich, Frankreich und England verhielten sich je nach erhofftem Einfluss. Alle führten in Afrika grausame Kolonialkriege.

Die Billardkugeln klackten, aus der Schachecke waren von Zeit zu Zeit Seufzer zu hören und Johannes las von einer ungarischen Krise und dass zwischen Wien und Prag eine Dauerkrise herrsche und sie nur mehr eine „papierdünne Wand“ trenne. Dass seit der Einführung des allgemeinen Wahlrechtes für Männer die Massenparteien erstarkt und Proteste an der Tagesordnung wären. Gegen die Schreiduelle der aufstrebenden Nationen könne nur mit der Obstruktion nach Paragraph §14 und ohne Reichsrat regiert werden. Währenddessen schoss der Thronfolger Franz Ferdinand Abertausende Hirsche, Rehe und Gämsen, akkurat führte er darüber Buch und ließ die Photos der endlosen Reihen toter Tiere stolz publizieren. Zum Sinken des Luxusliners RMS Titanic im nördlichen Eismeer gab es immer neue Vermutungen. Die Vorlesungen von Karl Kraus, so wurde berichtet, würden zu einer Hysterie ausarten, es herrsche Bierzeltatmosphäre und sie hätten mitunter sektenartig-religiösen Charakter.

Johannes schlug die Zeitungen zu. Margarethe stand vor ihm.

*

Es ist ein Schnitter, der heißt Tod. Innerhalb weniger Stunden nahm er Franz, ohne Vorankündigung und ohne, dass sich irgendwer darauf hätte vorbereiten und Franz hätte danken können. Die Reue kam zu spät, wie immer. Sie saßen schweigend beisammen oder holten Erinnerungen hervor, und nachträglich flochten sie ihm Kränze. Alle waren gekommen, auch Antonin aus Venedig. Alles war schwarz, die Kleider, die Krawatten und die Ofentür. In Johannes war etwas mitgestorben, die Verehrung, das Beschütztsein und die Zuversicht. Die Dankbarkeit blieb. Vor den Fenstern fuhren die Züge ein und aus und schickten ihr schnellhelles Pfeifen in den Raum, als ob es ihr Salut zum Abschied wäre.

Der Tod von Franz war für Johannes ein Abschied in noch weiterem Sinn. Nur, er wusste es noch nicht. Es war sein eigentlicher Abschied von Neustadt an der Mettau. Mit Franz war das unausgesprochene Vertrauen gelöscht, das Generationen zusammenhält und ein Gefühl von Heimat gibt. Neustadt war der Ort, wo sein Elternhaus stand und der seine Kindheit geprägt hatte, ein Städtchen, in dem er alle Wege kannte, aber immer weniger Menschen, in dem er noch ein kleines Haus am Ufer des Flusses besaß, es war jedoch zu einer kalten Schlafstatt für ein paar Tage geworden. Neustadt wandelte sich zu einem Ort ohne innere Wärme. War wie ein Paar alter Fäustlinge, die abgetragen und löchrig geworden sind und die man schweren Herzens irgendwo ablegt, vielleicht in der Kiste neben das hölzerne Spielzeugpferdchen, mit dem man einst durch den Garten und die ganze

Welt geritten war. Es blieben zwar die Erinnerungen – aber sie trug er ohnehin in sich, sie waren da, selbst ungerufen, wo immer er sich aufhielt. In der Bahnhofswohnung, die der Geborgenheits- und Sehnsuchtsort der letzten Jahrzehnte gewesen war, hatte sich die Trauer niedergelassen. Und in ihr lebte die Frau, die er hier nicht zurücklassen, sondern die er vielmehr fort und in sein eigenes Leben holen wollte.

Es war schwer, am Rinnerbergerbach in die Normalität des Alltags zurückzufinden. Aus dem Kontor telefonierte er, auf genau registrierte private Rechnung, täglich mit Neustadt und bot Valerie und Cäcilia Hilfe an, soweit es ihm aus der Ferne möglich wäre. Aber selbst seine Sätze waren hilflos. Beschämt wurde er sich bewusst, dass der Tod auch Macht über die Worte hat. Sie wurden ihm schal und schablonenhaft, bar jeden Inhalts. Taub war die Welt. Trost gab es keinen.

*

Ein weithin aufsehenerregendes Ereignis hielt die Menschen der Sensenregion in Atem.

„Die Reichen richten sich's immer, wie sie's brauchen", sagten die Leute. Es ging um den sich über drei Jahre hinziehenden und auch von Arthur angestrebten Prozess am Schwurgericht von Steyr gegen den Postmeister von Kirchdorf. Gustl Scheffel wurde des Missbrauchs der Amtsgewalt beschuldigt.

Er hätte dem Sensenmagnaten Friedrich Brunauer aus demselben Orte geheime und konkurrenzschädigende Nachrichten zukommen lassen. Scheffel wurde zu zehn Monaten schweren Kerkers verurteilt. Eine Anstiftung Brunauers zur Tat ließ sich nicht lückenlos nachweisen. Scheffel schwieg. Als er aus dem Gefängnis entlassen wurde, so ging das Gerücht, hätte ein Haus auf ihn gewartet. Rätselhaft blieb auch das Verhalten Brunauers seinem Neffen Simon gegenüber, der nach dem Erreichen der Großjährigkeit gemeinsam mit dem Bruder Haupterbe des Unternehmens gewesen wäre. Brunauer ließ ihn unter Kuratel stellen und entmündigen. Der Bruder kam im fernen Amerika ums Leben. Friedrich Brunauer war nun Alleinbesitzer, baute die Firmen in Kirchdorf, Scharnstein und Linz weiter aus, modernisierte sie und wurde der größte Sensenfabrikant der Monarchie, bald darauf der größte Hersteller von Messern.

Arthur musste nach Norddeutschland zu Verhandlungen. Johannes war dankbar für die Mehrarbeit. Er pendelte zwischen der Bachleithen, Agonitz und dem Inneren Grubbach. Es war gut, abgelenkt zu sein und erst spät abends müde in sein Haus unter der Rotbuche zurückzukommen. Wenn er nachts schlaflos lag, hielt er Zwiesprache mit Franz. Sah ihn vor sich, wie er die Formalitäten der Entlassung aus dem Ordensspital in Breslau höflich und sachlich erledigt, er anschließend die Hand seines „kleinen

Bruders“ genommen und ihn, wie das Fatum selbst, in eine Zukunft geführt hatte, die nur gut sein konnte.

Selbst an den Briefen von Clara Haber-Immerwahr verlor Johannes vorübergehend den Bezug zur Gegenwart. Erst, als ihr Ton immer verzweifelter wurde, schreckte er auf. Er wisse ja, schrieb sie, dass Marie Curie den zweiten Nobelpreis erhalten hätte, diesmal ungeteilt für Chemie. Es wäre zwar schon 1911 gewesen, aber diesen Schock hätte sie immer noch nicht verwunden und …

… und noch etwas, Johannes: Eine Wienerin ist an das Institut gekommen, sie ist ebenso promoviert wie ich, aber stellen Sie sich vor: Lise Meitner ist Universitätsassistentin bei Max Planck geworden! Als sie nach dem Tod ihres großen österreichischen Lehrmeisters Ludwig Boltzmann, dessen Schriften ich sehr bewundere und der sich (warum??) in Duino umgebracht hat, nach Berlin gekommen ist, hat sich Meitner noch durch die Hintertür in den ehemaligen Holzschuppen hineinschleichen müssen, in dem Planck und Otto Hahn ihre Forschungen betrieben haben. BETRETUNGSVERBOT für das weibliche Geschlecht – wie damals bei mir! Und das zu einer Zeit, in der Curie so uneingeschränkt forschen durfte, dass sie epochale Entdeckungen machen konnte! Das Beispiel scheint endlich auf Berlin überzugreifen, denn Hahn und sie, ja, auch sie!!, werden demnächst ein eigenes Institut für Radioaktivität bekommen!

Ich finde das großartig, aber zugleich bin ich verstört. Warum habe ich es nicht geschafft? War ich nicht gut genug? Warum bin ich nur die Frau eines Wissenschaftlers geblieben und die Mutter seines Sohnes? Habe ich mich nicht genug gegen diese Rolle gewehrt? Stecke ich im „Mistloch der Gnade", wie Pestalozzi das ausgedrückt hat? Er hat es zwar anders gedacht, nämlich für einen Krüppel, der auf das Mitleid seiner Mitmenschen angewiesen ist – verzeihen Sie, lieber Johannes, Sie sind nicht damit gemeint! – aber ich pfeif auf die Gnade, als Frau eines berühmten Mannes ein gutes Auskommen zu haben, reich und angenehm in einer prächtigen Villa zu wohnen, seit Fritz zum Direktor des Kaiser-Wilhelm-Instituts für Physikalische Chemie in Berlin-Dahlem ernannt worden ist. Nein, ich will nicht in diesem Mistloch bleiben, das ich mir vielleicht selbst gegraben habe.

Ich vermute schon seit einiger Zeit, dass Fritz unter dem Vorwand, endlich den dringend benötigten Kunstdünger chemisch herstellen zu können, hinter verschlossenen Türen für die militärische Rüstung forscht, das heißt, für einen Krieg. Ich habe beschlossen, ihm zu sagen: Das geht nicht! Das darfst Du nicht! Das ist die Perversion der Wissenschaft! Wenn ich ihm das vorwerfe, wird er böse, es stehe mir nicht zu, das zu sagen, er droht mir und dann steht er auf und geht. Ich werde nicht aufhören, es ihm zu sagen. Vielleicht irgendwann auch öffentlich. Es ist der einzige Mut, der mir geblieben ist.

Clara hatte eine Photographie mitgeschickt, auf der sie in Gesellschaft zu sehen war. Johannes hätte sie fast nicht erkannt. Sie war eine dickliche Frau mit einem kugelrunden Gesicht geworden, ein lächerliches Hütchen auf dem Kopf. Verschreckt und leer blickt sie in die Kamera. So scheinbar angepasst und durchschnittlich hatte er sie nicht in Erinnerung, diese forschende, selbständige und enthusiastische junge Frau, beweglich im Reich der Wissenschaft und vorangetrieben von großen Plänen. Wer hat sie so zerstört? Clara, erhalten Sie sich Ihren Mut! So wie auf diesem Bild wollte er sie nicht sehen.

Johannes betrachtete sein eigenes Gesicht.
Betrachtete es in einem Spiegel.
Er hatte sich einen gekauft.
Nach über vierzig Jahren: ein Spiegel.
Er brauchte ihn.
Er musste probieren.
Er hatte sich verführen lassen.
Vom Traum nach einem anderen Leben.

Viele Male in den letzten Monaten war Johannes bei Lukas Jančar in Molln gewesen.

In der Maultrommelwerkstatt hatten sie sich eingeschlossen, um das Geheimnis dieses kühnen Plans zu einem neuen Gesicht zu besprechen. Zuerst sprachen sie nur grundsätzlich darüber, aber schließlich hatte sich Johannes mit dem Gedanken angefreundet. Er hatte seine Zweifel in einer eisernen Kiste versperrt und sich schließlich entschlossen, es zu wagen. Viele Versuche waren notwendig, viele Modelle wurden verworfen und neu gemacht. Besser gemacht, dem Eigenen angepasst.

Bis es das war: ein anderes Gesicht.

Ein zweites Gesicht.

Es war lächerlich.

War schmerzhaft und schön.

Er gefiel sich.

*

1 000 Stück pro Tag! Durch Umstrukturierung der Arbeitsvorgänge in allen drei Werken und die Zusammenführung aller Teilbetriebe entlang des Rinnerbergerbaches, war es Johannes gelungen, dieselbe Stückanzahl von Sensen wie Brunauers Fabriken zu produzieren. Die Beschäftigungszahl stieg, die Auftragslage war gut. Die Balten bestellten kurze Sensen, die Russen die klassischen blauen, die Kaukasier schwere, dickere und die Amerikaner die ganz normalen und in geringerer Stückzahl die verzierten Regenbogen-Sensen. Mähen ist ein menschliches Tun. Da gibt es Präferenzen und die Sensen werden nicht nur nach Preis und Aussehen gewählt, sondern auch nach dem, was der Volksmund „Menschenschlag“ nennt.

Das Verhältnis zu Arthur hatte sich wesentlich gebessert. Im Kontor gab es kein lautes Wort und auch kein ungutes Schweigen. Arthur war zwar nach wie vor viel auf Reisen, aber wenn er zuhause war, ergänzten sie sich auf fruchtbringende Weise im Altbewährten und mit Ideen aus Europas Maschinenzentren. Vielleicht lag es auch daran, dass der junge Herr seine Allüren und seine harschen Entscheidungen abgelegt hatte.

Marie, inzwischen dreifache Mutter, hatte offensichtlich einen guten Einfluss auf ihren Mann und war ihm eine weitblickende Beraterin. Tatkräftig half sie Euphemia in Haus und Küche und erfreute sich großer Beliebtheit. An manchen Sonntagabenden drang das Spiel von Klavier, Geigen und einem Cello aus dem neuen Herrenhaus. Es waren andere Musiksoireen als früher. Sie waren unprätentiös und amüsant.

Man konnte vielleicht auch einmal Franz Schuberts *Forellenquintett* hören, wenn man des Weges war.

Im alten Herrenhaus saß Zacharias Zeiringer im Salon, blind und gut betreut von seiner langjährigen Dienerschaft. Die goldverzierte Standuhr tickte und kündigte hell klingelnd die Stunde an. Das Laufwerk konnte er noch selbst aufziehen, dieses Tun war in seine Hände eingeschrieben. Die Fenster standen offen, um das Pochen der Sensenhämmer wenigstens hören zu können. An schönen Tagen ließ er sich vom

Kutscher mit den Haflingern tief in das Rinnerbergertal hineinführen, wo es kühl war und er im fernen Rauschen den Wasserfall erkannte. Abends kam Johannes, um ihm vorzulesen. Am liebsten war dem Sensenherrn jene Stelle aus Leo Tolstois Roman *Krieg und Frieden*, in der der Landadelige Pierre inmitten seiner leibeigenen Bauern steht und nach einem Leben in Müßiggang die Kunst des Mähens erlernt, mühsam und staunend. Zum ersten Mal arbeitet er mit seiner Hände Fleiß, spürt die aufkommenden Schwielen und die schmerzenden Schultern, er riecht Gras und Erde und ist glücklich. Und Zacharias dachte sich in das Singen des Sensenblatts, das ihm die Melodie des Lebens war.

Wenige Wochen später starb er.

Schwere Krämpfe hatten ihn gequält und leise ging das Wort „Erlösung“ um. Mit Zacharias Zeiringer wurde ein Zeitalter zu Grabe getragen. Der Leichenzug war fast zwei Kilometer lang und reichte Kopf an Kopf von der Bachleithen bis zur Kirche von Leonstein. Peter Grafinger, das „Peterle“, das Zacharias in seine Obhut genommen hatte, war aus Lübeck angereist. Als er am Grab stand, warf er keine Erde und keine Blume auf den Sarg. Er kniete nieder und nahm etwas aus der Innentasche seiner Jacke. Es war eine kleine Sense, kunstvoll ausgeführt mit dem Sensenblatt aus blauem Stahl und dem Stiel aus Holz. Grafinger schluchzte auf und warf das Stück in den Erdschacht, es machte einen hellen Klang, als es auf den Sarg traf. Abends kam er noch bei Johannes vorbei, sie redeten bis spät in die Nacht. Bevor er ging, holte er eine Maultrommel aus der Brusttasche seiner Lodenjoppe und spielte eine getragene, traurige Melodie, die den Abhang hinunterschwebte bis in Bach und Fluder.

Für Johannes war der Tod von Zacharias Zeiringer ein schwerwiegender Verlust. Zacharias hatte ihn vor fast einem Jahrzehnt hierhergeholt, hatte ihm vertraut, ihm, wie Franz, Sicherheit und Zuversicht gegeben, so dass das Leben kein Spießrutenlauf war und kein Abgrund wurde. Nach dem schnell aufeinanderfolgenden Tod seiner beiden Mentoren blieb in Johannes eine große Leere zurück, eine Einsamkeit, die schmerzte und manches Mal die früheren Angstzustände aufleben ließ. Der Hammerherr hatte ihm testamentarisch die goldverzierte Standuhr vermacht. Johannes konnte sie in den ersten Wochen nach Zacharias' Ableben nicht aufstellen. Der Rhythmus des Pendels und die Erinnerung waren unerträglich.

Wieder begann er zu träumen. Jemand leierte ein Gedicht, ein Zweites Gesicht, hatte die Mutter gesagt, du hast das Zweite Gesicht, Johannes, oder war es Franz, der das gesagt hatte, welches Zweite Gesicht?, und im Traum hockte er in einem Erdloch, eine Stimme repetierte wie eine leise kakophonische Dämonie unverständliche Zeilen, Namen und Zusammenhänge, … *ist also Österreich gerächt und wann und wo gerächt …, ich sage … war des Hauses Habsburg Teufel … die ganze Welt ist Österreich und fremd sind wir auf Erden alle … und Königgrätz Geschichte Fundus Plunder …*, und im Halbschlaf wusste Johannes nicht, wer da an wem Rache nehmen wollte, vielleicht waren es ein paar verworrene Zettelzeilen, die ihm der Johanniter, Schutzengel und Prophet, an sein Krankenbett gebracht hatte in jener Zeit, in der alles durcheinanderkam, die Vergangenheit und die Zukunft.

*

Das neue Gesicht.

Eine Verlockung, ein Übermut.

Einmal normal sein …

„Normal" – welch ein Wort! Johannes nahm den Band 14 von Meyers Großem Konversations-Lexikon von 1909 zur Hand. Es war teuer gewesen, aber es war ihm eine fast tägliche Freude. Unter „normal" fand er: „… was regelrecht, einem gegebenen Muster, einer gegebenen Vorschrift oder einer gefaßten Idee von Vollkommenheit entsprechend ist. Daher im philosophischen Sprachgebrauch jede allgemeine Regel, die angibt, was sein oder geschehen s o l l im Gegenteil zum Gesetz …"

Würde sein neues Gesicht demnach nicht der Idee von Vollkommenheit entsprechen? Wäre es somit nicht regelrecht? Es *muss* nicht, aber es *soll* so sein? Also *kann* es auch so sein …? Beim Weiterlesen fand er unter „Normal“ noch eine Stadt im nordamerikanischen Illinois, die unter anderem der Sitz eines Waisenhauses für Soldatenkinder ist.

In den bachnahen Tümpeln pressten die Frösche laut ihre Lust in ein stotternd-drängendes Quaken und Johannes fragte sich weiter, wie viele *Neustadt* es wohl auf der Welt gäbe und in wie vielen Sprachen? Wie wäre sein Leben verlaufen in einem *Nouveauville* oder in einem *Newtown* und versuchen wir nicht immer, uns ein anderes Leben auszudenken? Wär ich mit einem normalen Gesicht ein Revolutionär geworden, ein Feuerschlucker oder ein Fabrikarbeiter? In Czernowitz, Manchester oder New York? Vielleicht ein Hafenarbeiter in Venedig?

Antonin hatte vor kurzem geschrieben, in seiner saloppen Art, die sein Vater nicht gutgeheißen hätte und die wohl seine nicht nur geographische Ferne vom Bahnhof eines böhmischen Marktfleckens sowie seine neue weltmännische Lebensweise deutlich machen sollte:

Venezia, in settembre 1913

Caro Signor Giovanni, Lieblingsonkel!
Jetzt musst Du kommen! Ich habe geheiratet, eine

Komtesse sogar, sie ist wunderlieb, Du wirst sie gernhaben. Ihr Vater hat sie verstoßen, weil ich nur ein Musikant bin. Aber das macht uns nichts. Und Du bist herzlich eingeladen zur Taufe unseres ersten Kindes. Und – DU sollst der Taufpate sein! Bist schon meiner gewesen und Du warst ein guter und jetzt sollst Du es für die Kleine sein. Bitte komm, jetzt gibt es keine Widerrede und keine Ausrede. Auch Mamá wird kommen, vielleicht sogar Tante Cäcilia. Nimm Dein Cello mit! Dann setzen wir uns vor das Haus und fiedeln wie verrückt, bis das Wasser im Kanal zu tanzen beginnt. Am 11. November soll die Taufe sein, wir erwarten Dich ein paar Tage früher.
Schreib mir bitte die genaue Uhrzeit, wann Dein Zug ankommt, dann hole ich Dich ab am venezianischen Bahnhof Santa Lucia, wo die Züge von Mestre und Marghera einlaufen. Es waren noch die Österreicher – also wir??? –, die die lange Brücke vom Festland herüber auf das Inselreich gebaut haben, genau zwanzig Jahre, bevor wir Venedig verloren haben und sich das Schrumpfen unserer Monarchie fortgesetzt hat. Ist es eigentlich noch aufzuhalten, egregio signor Czermak? Ich bin schon eine Weile weg, aber hier redet man ganz offen von einem neuen Krieg und dass die Habsburger überall zum Teufel gejagt werden sollen. Du wirst mir viel erzählen müssen.
Aber jetzt ist einmal Taufe und „Lucia" kommt doch von Licht und Lucia soll unser Mädchen heißen. Es wird ein wildes Fest werden! Du kannst bei uns im

Haus unter dem Dach wohnen. Jetzt darfst Du nicht mehr Nein sagen, Lieblingsonkel, das würde mich wirklich kränken!

Salute, Giovanni
Dein
Lieblingsneffe

Antonin

***

PRÉLUDE VIER

Da ist er wieder, der Mann im langen Gewand, der sich in rasender Bewegung gegen den Strom dreht, in wildem Tanz. Leicht gebückt ist er, näher der Erde, um das Gleichgewicht nicht zu verlieren. Er ist das Nein gegen das Schicksal, gegen das Lineare der Erwartung, gegen die Ergebenheit. Alle, die ihm im langen Zug der Menschen gemessenen Schritts entgegenkommen, berührt er in seinem kreisenden Taumel. Wohin jedoch sind die Menschen im Rausch der Musik unterwegs? Wissen sie, was ihre Bestimmung
ist in der Sekunde des unentschiedenen Augenblicks? Gehen sie einer Hoffnung entgegen oder zum Tode hin? More sweetly play the danse, more sweetly play…

Einige Figuren des Zuges tragen Scherenschnitte vor sich her, schöne, große Portraits auf langen Stangen. Sind es Gesichter von Menschen, die sie in einem Krieg verloren haben? Sind es ihre eigenen Gesichter? Wunschbilder? Inmitten imaginärer Botschaften, die aus Trichtern und Megafonen über Köpfe und Bilder, Flüche, Klagen und Illusionen in die Welt hinausgeschrien werden, gehen die Menschen voran, sie ziehen Lasten oder werden gezogen und wieder andere scheinen Opfer einer Seuche zu sein, von Pest oder Cholera, von Aids oder Ebola. Auf hohen, dünnen Ständern führen sie

ihre künstliche Ernährung mit sich, die Flaschen
mit Medikamenten und tropfendem Schlauch.
Unsichere, beladene Menschen, Rätsel und Andeutung.

Bin nur ich es, die diese Prozession als gemeinschaftliche
Pilgerreise aus dem Leid deuten möchte? Als Rettung?
Zu einer Befreiung hin, vielleicht? Auf dem Weg zu
einem kleinen Glück, dort, wo wir nicht hinsehen,
am Zwischenort und in der Zwischenzeit, bevor der
Menschenzug wiederkommt und von vorne beginnt,
immer von neuem?

VENEDIG

I

Zwischen Steinquadern wächst ein kleiner Feigenbaum. An der rechten Seitenwand des Ponte San Fosca hat er sich verkrallt. Immer, wenn ein bärtiger Mann und eine elegante Dame über die Brücke gehen, beugen sie sich über das Geländer und staunen, wie mutig und eigensinnig sich das Bäumchen sein Lebensrecht erkämpft. Es ist eine besondere Brücke, auf der sie fast täglich unterwegs sind: Auf dieser Brücke wurde vor 350 Jahren der Naturwissenschaftler und Schriftsteller Paolo Sarpi niedergestochen, ein päpstlicher Mordanschlag, den er schwer verletzt überlebte. Der bärtige Mann hat ein Buch über diesen Servitenmönch, der ein Freund Galileo Galileis war, in der Bar Sullaluna gefunden, in der es eine *libreria indipendente* gibt. Das Schicksal dieses Mönchs hat ihn bewegt, Sarpi war ein Aufklärer, ein Rebell.

Aus der Tasche seines Saccos zieht der Mann einen abgegriffenen, mehrmals gefalteten Zettel hervor. Was darauf geschrieben steht, ist ihm damals, als er in das Leben zurückfinden musste, wie eine Botschaft gewesen, wie eine Verheißung, die sich irgendwann erfüllen würde. Oder vielmehr, die *er* erfüllen müsste. Und liest vor: „Il fine dell' uomo, come d'ogn' altro animato, è vivere."

Die Frau beugt sich über die Brüstung und schaut zwischen den Blättern des Feigenbäumchens in das langsam vorüberziehende Wasser, sagt: „Das Ziel des Menschen, wie jedes anderen Lebewesens, ist es, zu leben." Der Mann umfängt sie, sie laufen die Stufen der Brücke hinunter und ein paar Schritte weiter zum Denkmal Paolo Sarpis, der bärtige Mann sieht hinauf zu dessen Haupt und ruft:

„Il fine dell' uomo … è vivere!"

Dieser Überschwang! Passanten wundern sich.

Wir, die wir mehr wissen über diesen Mann, der so ungestüm reagiert, können ihn vielleicht verstehen. Er hat noch nicht viel von der Welt gesehen. Er ist bisher im Kleinen zuhause gewesen, an Bächen und schmalen Flüssen, in einem beschaulichen Renaissancestädtchen und einem waldbegrenzten Wiesental, aber jetzt ist er hier in der Lagune von Venedig, in der sich die Elemente mischen, jene des Festlandes und jene des Meeres, und es ist, als ob sein Leben hierherführen hätte müssen, hierher in das Offene und in sein Innerstes.

Wie hat das angefangen?

Vor einer Woche?

Als er hier ankam und es ihm den Raum zum Denken raubte im Aufgewühlten seiner Erwartungen? Als ihm alles glanzlos wurde, was zuvor gewesen war und sich diese neue Zeit schnell alle Zonen des Glücks eroberte wie die Flut den Saum der Küsten? Und wir sehen ihn, wie er als bärtiger Mann am Ufer eines Kanals steht, giftgrün ist das Moos auf den Steinen. Es riecht nach Salz, Tang und Algen. Nebel hängt tief, das Kreuz der Marziale ist nicht zu sehen. Glockengeläut von Madonna dell' Orto herüber. Die Rufe der Bootsmänner kann er nicht verstehen, aber er liebt den Klang ihres Lachens, das noch die Freuden der Nacht verrät. Wenn die mit Leder, bunten Stoffballen, Holz, Gemüse und Früchten beladenen Kähne an der schmalen Wassertreppe vorüberfahren, schwappt das Wasser bis zu seinen Füßen. Es ist ein kurzes Schlagen, das schnell wieder vergeht im Rio della Misericordia, dessen Unrat mit der Ebbe hinaus in das Meer gezogen wird. Der Rio verliert sich in der Sacca gleichen Namens, der großen Bucht, die sich zur Lagune hin öffnet.

Viel Barmherzigkeit in diesen Namen.

Braucht der Mann Erbarmen?

Er streicht sich die Feuchtigkeit aus dem Haar.

Ist angekommen.

Wieder einmal angekommen?

Lärm und Leben um ihn im anbrechenden Tag. Eine Gondel mit schwarzbedecktem Sarg zieht vorüber, Möwen schreien, Nebelluft zieht den Kanal entlang. Er nimmt das nächste Linienboot zur Station Sant' Alvise, steigt an Land, die Menschen verlieren sich, er bleibt allein auf diesem unauffälligen Ort mit den zwei mickrigen Bäumen und den zwei von Möwenkot bedeckten Bänken. Von hier ist die Lagune so aufgetan, der Himmel fließt in das Meer und ohne Konturen ist die Welt. Das Festland, von dem er gekommen ist, seine Grenzen und Begrenzungen, trägt er nur noch als Erinnerung in sich, denn hier ist das Meer, das das Süßwasser trinkt und mit neuen Farben mischt und mit jungen Fischen.

Sant' Alvise ist auch über den Landweg zu erreichen, über labyrinthische Gassen, viele Brücken und den weiten Platz vor der alten, geduckten Kirche, wo sich die Armen und die Flüchtenden versammeln. Wie immer man hierherkommen mag, es ist ein Endpunkt, den er liebt, schon jetzt, nach diesen wenigen Tagen, in denen er herumgestreift ist im Fremden, ruhelos war und gewartet hat. Boote kommen, Boote fahren ab. Er betrachtet die Menschen, die ein- und aussteigen, sieht die Taschen, die sie tragen, ihre Mäntel und ihr Haar, dort fehlt ein Knopf an einer Hose, da ist ein Monogramm in eine Jacke gestickt, er sieht ihre Gesichter, teilnahmslos oder gesprächig, verträumt oder gehässig, verschlafen oder tagneugierig das Kommende erwartend.

Auch er wartet.

Morgen soll sie kommen.

Er nimmt das nächste Schiff zurück, bleibt an Deck, spürt Wind und Salz und Vorübergleiten, er riecht Schweiß und Parfum, steigt mit den Vielen aus, erneut kommt er an die Bucht der Barmherzigkeit, sie ist in Licht getaucht und er dankt dieser Stunde.

Und wir sehen noch, wie der bärtige Mann zurückkehrt. Er betritt die Bar Sullaluna, dunkel und niedrig ist der Innenraum. Der Kellner begrüßt ihn freudig, sie scheinen sich zu kennen. Ohne bestellen zu müssen, bekommt der Mann einen starken Kaffee. Er nimmt das Buch über Paolo Sarpi vom Bord und liest wiederum über diesen staunenswerten Mönch, der die Freiheit der weltlichen Regierungen gegen die päpstliche Gewalt verteidigte, eine prinzipielle Trennung von Staat und Kirche propagierte und alle rationalen Argumente für einen Beweis Gottes verwarf. Der Mann trinkt langsam seinen Kaffee und redet ein paar Worte mit dem benachbarten Obstverkäufer. Die Bar ist ein beliebter Ort für den ersten Morgenschluck der Arbeiter und Händler, die gerne hier einkehren, wenn sie ihre Waren geliefert oder geladen haben.

Als der Mann die Bar verlässt, verharrt er noch kurz und blickt auf die gegenüberliegende Seite, wo ein kleinerer Kanal in den Rio della Misericordia mündet und beide im rechten Winkel von einer hoch aufragenden Ziegelmauer begrenzt werden. Sie fasst die Gärten des Servitenklosters ein. Über der Mauerecke ist eine Marienstatue angebracht, klein und schmächtig steht sie unter ihrem Blechbaldachin. Einsam über dem Wasser. Er winkt ihr zu. Öffnet gleich nebenan die etwas schäbige Tür zu dem weißen Haus. Inmitten der ocker- und rostbraunen Gebäude sticht es hervor durch seine Farbe sowie die schmale, nur zweifenstrige Fassade.

Hier ist Johannes seit einer Woche zuhause.

*

Es war ein turbulenter Aufbruch aus der Bachleithen gewesen. In den Herbst- und Wintermonaten wird der überwiegende Teil der Jahresproduktion hergestellt. Sensen und Sicheln stapeln sich in der Kram, oft wird im Schichtbetrieb gearbeitet, um die Großbestellungen in die fernsten Länder rechtzeitig liefern zu können. Hochsaison. Für einen Urlaub war es die ungünstigste Zeit.

Arthur hatte sein früheres, unruhiges Reiseleben wieder aufgenommen. Wochenlang blieb er in England, monatelang in den Vereinigten Staaten von Amerika. Es schien, als ob ihm die wachsende Familie eine Belastung und das Tal des Rinnerbergerbaches zu eng geworden wäre. Er sehnte sich nach Abwechslung und nach vielerlei Freiheit und er nahm sie sich. Marie musste bei den Kindern bleiben. Ihre Fröhlichkeit und selbstverständliche Tüchtigkeit hatte sie sich erhalten, wenngleich sie mitunter erzwungen wirkte.

Euphemia hatte sich zurückgezogen. Nach dem Tod von Zacharias war sie in dessen Wohnung in das alte Herrenhaus übersiedelt, um das neue gänzlich der Familie ihres jüngsten Sohnes und Schmiedeherrn zu überlassen. Die große Mittagsküche für Familie, Gesinde und ledige Schmiedeknechte hatte sie an Marie weitergegeben, ebenso die Aufsicht über die Landwirtschaft. Marie war ein Großstadtkind gewesen, aber mit der ihr eigenen Neugier und Einfühlungsgabe lernte sie schnell, vertiefte sich in Getreide, Grasschnitt und Rinderzucht, begann selbst zu reiten, wenn sie nicht gerade schwanger war, und hatte keine Schwierigkeit, sich mit erfahrenen Bauernknechten zu umgeben, deren Rat sie gerne annahm. Nur die Gemüse- und Rosenanlagen sowie das Glashaus hatte sich Euphemia ausbedungen und übergab sie dem Gärtner, wenn sie auf Reisen war. Sie fuhr jetzt des Öfteren nach Wien. Für alle überraschend, hatte sie eine späte Sympathie für ihren Ältesten, für Isidor, entwickelt, den sie jahrzehntelang missachtet, ja, sogar verachtet hatte als „Nichtstuer" in seiner Profession als Schauspieler und Schriftsteller. Isidor war es endlich gelungen, mit seinen *Reiseberichten aus Italien* trotz schlechter Rezensionen zumindest beim Publikum einen bescheidenen Erfolg zu erzielen. Euphemia war dennoch stolz, dass ihr Sohn sogar in Wien „in der Zeitung stand". Romana, die Italienerin, blieb ihr fremd. Zu Johannes verhielt sie sich kalt. Hochmütig übersah sie ihn und behandelte ihn als Eindringling, obwohl er nun schon viele Jahre hier lebte und die Werke zur großen Zufriedenheit aller leitete. Diese Missachtung schmerzte ihn tiefer als jede Auseinandersetzung. Er bezog es auf den alten Streit über den *Lustigen Krieg*, mehr jedoch auf sein versehrtes Gesicht und die Wirkung, die es auf andere haben mochte. Euphemia gegenüber empfand er sich als Krüppel. Häufiger als sonst besuchte er nach solchen Begegnungen Lukas Jančar, den Künstler der Maultrommeln. Der mit den feinen Händen und der unverbrauchten Seele.

Da in Abwesenheit von Arthur alle Entscheidungen bei Johannes lagen, war er gerade dabei, Antonin und Venedig abzusagen. Schon begrub er den Traum, Valerie an exterritorialem Ort wiederzusehen.

Da trat etwas ein, das er als Fügung empfand. Peter Grafinger sprach in der Bachleithen vor. Er hatte mit Ende September in der Rostocker Firma, in der er zuletzt beschäftigt war, gekündigt, nachdem er entdeckt hatte, dass sie Patente stahl und Marken fälschte. So stand er vor dem Büro über dem Schmiedehammer, klopfte, trat ein und blieb. Wie einst Zacharias Zeiringer, hatte Johannes eine große Sympathie und Wertschätzung für Peter Grafinger, der inzwischen ein Mann Mitte dreißig war, ehrgeizig, zuverlässig, von großem Können und mit Weitblick für notwendige Veränderungen. Johannes besprach sich mit Marie, sie telefonierten mit Arthur in Pittsburgh, der nach Rückfrage über die Finanzierung einverstanden war, und so wurde Grafinger eingestellt. Ein zweiter Werksleiter war in jedem Fall längst vertretbar, denn Johannes hatte das Erbe des Zeiringer'schen

Familienbesitzes mächtig ausgebaut, so dass er selbst mitunter über Gebühr belastet, sogar überfordert war, um alle praktischen sowie kaufmännischen Belange zu bedenken, zu organisieren und zu überwachen.

Als er sich von Marie verabschiedete, sagte sie mit bewegter Stimme: „Fahr, Johannes! Ich freu mich für dich! Und wenn du an der Kaispitze bei der Santa Maria della Salute stehst, du weißt schon, an diesem fast tot-beschriebenen Platz, denk an mich – als Kind war ich mit meinen Eltern dort und hab den Augenblick wirklich und wie so viele andere als Wunder erlebt. Auf der einen Seite hab ich zum ersten Mal das Meer gesehen und auf der anderen hat der Dogenpalast rosafarben in der Mittagssonne geleuchtet. Ich war so überwältigt, dass ich mich nicht mehr ausgekannt und zu weinen angefangen hab. Die Mutter hat sich zu mir niedergehockt und mich gehalten, ich glaub, da war ich glücklich."

„Bist du es denn jetzt nicht mehr?"

„Es ist anders, Johannes, du weißt es ja selbst. Aber die Kinder machen mir Freude."

Sie wandte sich ab und zählte dann lachend die Namen der Kinder auf, deutete auf ihren Bauch und sagte: „Da wächst ein neues heran, ich werd ihr oder ihm einen italienischen Vornamen geben." Marie küsste ihn flüchtig auf die gesunde Wange und sagte noch: „Komm gut zurück, Giovanni. Wir brauchen dich!"

Johannes nahm vier Wochen Urlaub. Am 3. November 1913 bestieg er den Frühzug der Steyrtalbahn Richtung Klaus. Nach mehrmaligem Umsteigen kam er um 22.54 Uhr am Bahnhof von Venedig an. Antonin stand am Perron und nahm ihm den Cellokasten ab. Sie umarmten sich und versuchten, ihre Rührung zu verbergen.

*

Lucias Taufe.

Lucia schlief. Sie verschlief den Augenblick, als in der Kirche San Geremia vor dem Altar mit der sterblichen Hülle der Heiligen Lucia von Syrakus das geweihte Wasser über ihr weiches, schwarzes Haar lief, das mit ihr aus der Mutterhöhle zur Welt gekommen war.

Johannes hielt das Kind in seinen Armen.

Wie ein Morgenlicht, ein glühendes Vermächtnis.

Valerie sah ihn an.

Gelöst stand sie da in lindgrünem Kleid.

Eine Stola lag um ihre Schultern.

Dunkelrot wie böhmische Granaten.

Johannes flog über die Jahre und den Schmerz. Cäcilia betrachtete ihn verwundert, so ergriffen kannte sie ihn nicht. Die junge Generation aus Neustadt an der Mettau und Königinhof an der Elbe stand in Reih und Glied, sie waren geschlossen zu diesem Venedig-Abenteuer mitgekommen.

Die Orgel jubelte.

Antonins Frau war ein anmutiges Mädchen.

Sie hieß Eleonora und nickte ihm zu.

Ihren Mann nannte sie *Antonio* und Johannes *Giovanni*. Und Lucia schlief immer noch, als die Festgäste auf blumengeschmückten Barken über den Canal Grande und kleinere Verbindungskanäle zurückkehrten und neben der Brücke zur Marzialekirche anlegten, an der kleinen Wassertreppe vor dem weißen Haus.

Das weiße Haus war zu eng für alle Gratulanten aus der Nachbarschaft, und da es ein sonniger Tag und noch warm war, blau und von der besonderen Durchsichtigkeit eines Novemberhimmels, feierten sie im Freien. Entlang des Ufers standen die Tische, sie waren mit weißen Tüchern bedeckt, billige Gläser funkelten in Rot und Blau und der Duft von Zimt und karamellisierten Mandeln zog mit der Brise hinaus in die Lagune. Unschuld einer Stunde, die keine Begründung verlangt.

Schon als es hierhergezogen war, galt das junge Paar als etwas Besonderes.

„Die sind ein Gladiolenherz", sagte der Obsthändler, niemand wusste, was das war, aber es klang schön. Antonio war als vielseitiger Musiker bekannt, er war leichtlebig und ernsthaft, hatte etwas von einem Harlekin und entfernt etwas von dem berühmten Deutschen, der im Vendraminpalast gestorben war, von diesem in jungen Jahren verwegen aussehenden Richard Wagner mit dem langen Haar. Antonio verstand sich gleichermaßen gut mit den Taglöhnern und Fischern, den Herren der umliegenden Paläste oder den Priestern von Madonna dell' Orto, er spielte ihnen unentgeltlich auf zu Geburt, Hochzeit und Tod. Und Eleonora?

Antonio nannte sie zärtlich *Eliena* und zog die beiden Binnenvokale in die Länge, wie im Wort Liebe. Die Leute wussten, dass sie eine Komtesse war. Eine, die von ihrem Vater verstoßen worden war. Das war ein ergiebiger Gesprächsstoff. Grausamer, verblendeter Conte! Eliena war zart und von großer Anmut und für Antonio, den feurigen Liebhaber, war sie die Königin, bei der er bleiben wollte. Als Klavierlehrer war er engagiert worden, als Geliebter verließ er nach drei Monaten das Haus, er nahm sie mit, es war eine Flucht, wagemutig und verrückt, wie nur Liebende es tun.

Eliena kam aus einer der ältesten Familien Venedigs, was für Antonio jedoch belanglos war. Die Familie der Grafen Balbini besaß einen Palast am Canal Grande, der durch zwei elegant sich verjüngende Obelisken gekrönt war und an einer der Biegungen des breiten Gewässers stand, so dass man hinauf zum Rialto und hinunter gegen San Marco sehen konnte. Auf dem Balkon des Palastes war Napoleon als Sieger gestanden und hatte die Huldigung der gedemütigten Stadt entgegengenommen, die sich verbissen bemühte, ihn mit einer pompösen Regatta zu ehren. Die Balbinis waren Generäle und Admiräle, Ritter des Malteserordens sowie Mitglieder der höchsten Regierungsgremien der Republik gewesen. Sie hatten über Jahrhunderte die Geschicke Venedigs mitbestimmt und waren in der Bewunderung ihrer selbst erstarrt. In jüngster Zeit war nicht mehr viel übrig, worauf sie hätten stolz sein können. Der Palazzo zeigte Spuren von Verfall, Elienas Mutter war schwermütig, der Vater ein Filou, in zahlreiche Liebschaften verwickelt und verprasste sein Vermögen beim Glücksspiel.

Antonios Frau war, wie die meisten venezianischen Mädchen von Stand, in einem Kloster erzogen worden. Ihr Vater hatte keine Bedenken gehabt, sie habgierigen Nonnen zu überlassen, über die das Gerücht in Umlauf war, dass sie die Tore ihres Hauses gegen gutes Geld für die Oberschicht der Stadt und die männliche Lust auf jungfräuliche Mädchen öffneten. Eliena hatte Glück oder vielleicht war es ihrem ungestümen Temperament zu verdanken, dass sie diesem Los entging und sich vielmehr naturwissenschaftlichen und mathematischen Studien zuwenden konnte. Die neue Äbtissin, die das Kloster leitete, als Eliena fünfzehn war, war eine kluge Frau und erlaubte dem begabten Mädchen, unter Anleitung eines Paters die Klosterbibliothek zu benützen, die, entgegen der allgemeinen Vorstellung, mit wertvollen philosophischen und naturwissenschaftlichen Werken ausgestattet war. Mädchen von hoher Bildung waren nicht nur ein Kapital für das Kloster selbst, sondern sie dienten dem Ruf ganz Venedigs, indem sie als junge Frauen reicher Männer glanzvolle Salons gründeten, zu denen Künstler, Dichter und Gelehrte aus vielen Teilen Europas pilgerten.

Der Conte Claudio di Balbini hatte es abgelehnt, zur Taufe zu erscheinen. Für ihn war Antonio ein Musikus. Einer, den man bestellt und bezahlt und wieder fortschickt. Minderer Stand, windig und arm. Er fand es unter seiner Würde, sich mit dem jungen Mann auseinanderzusetzen, und glaubte, es der Tradition schuldig zu sein, seine Tochter aus dem Palazzo der weitläufigen Zimmer und der großen Dienerschaft zu verweisen, aus der Pracht des stuckverzierten Salons im *piano nobile* mit Gemälden berühmter Meister, wertvollen Gobelins und kaltem, teurem Terrazzoboden. Für den Conte war Eleonora die Schande der Familie. Sie war siebzehn, nach der damaligen Sitte in gutem heiratsfähigem Alter und einem Sohn aus der begüterten Adelsfamilie der Contarini versprochen, eine Verbindung, die aus finanzieller Sicht höchst opportun gewesen wäre.

Die Mutter, milder als ihr Mann, hatte zumindest erreicht, dass er der aus dem Haus Gewiesenen eine monatliche Apanage zukommen ließ. Davon mietete das junge Paar, das sich heimlich hatte trauen lassen, das weiße Haus. Der Stadtteil Cannaregio kann sich, zumindest in seinem westlichen Teil, nicht mit den vornehmen Sestrieri messen, es ist ein gemischtes Viertel zwischen Bahnhof und den Fondamenta Nuove. Auch hier gibt es schöne Paläste und reiche Kirchen, jedoch weniger als anderswo, außer die prachtvolle Kirche von Madonna dell' Orto. Das Judenviertel liegt inmitten, einfache Handwerker, Fischer und Färber wohnen hier, Tuchhändler, Brillenmacher und Industriearbeiter. Einst lebten hier Tintoretto und jenseits der großen Bucht sein Erzfeind Tizian, aber das ist lange her. West-Cannaregio ist ein unspektakulärer Stadtteil, die Lagune ist weit und das freie Meer zu ahnen.

Von Eleonoras Familie kamen nur zwei zu Lucias Taufe. Die Mutter stahl sich verschleiert in die Kirche und küsste Tochter und Täufling. Elienas jüngerer Bruder feierte jedoch ausgelassen mit vor dem weißen Haus und kümmerte sich nicht um das Verbot des Vaters. Ungezügelt wurde getanzt und getrunken, Antonio spielte auf seiner Geige, Lucia begann zu weinen, das Wasser des Rio nahm die Farben der Feiernden auf und gab sie als flackernden Spiegel zurück.

*

Johannes trug sein neues Gesicht.

Am Rinnerbergerbach hatte er es eingeübt.

Vor dem Spiegel, wenn er allein war.

Im Bahnhof von Triest blieb er zwei Stunden.

Dann stieg er in den Eilzug nach Venedig.

Jetzt trug er einen Vollbart.

Er war gestutzt und in schöne Form gebracht.

Er gefiel sich so.

„Du verschweigst üblicherweise deinen Mund, aber du sprichst mit den Augen", hatte Lukas Jančar in seiner Mollner Werkstatt gesagt. „Mit dem Bart kommt dein kluger Blick erst richtig zur Geltung. Wenn deine Narben verdeckt sind, kannst du besser reden. Wenn das ergänzt ist, was dir fehlt, bist du wieder ganz."

Und die grundsätzlichen Zweifel?

Die hatte Johannes in den Bach geworfen.

Manchmal kamen sie zurück.

Nachts, in bösen Träumen.

Von den Venezianern hatte ihn noch nie jemand anders gesehen. Er war ein Mann mit graumeliertem Bart, knapp über sechzig, gut gekleidet und gewandt. Im Italienischen hatte er versucht, sich größere Kenntnisse anzueignen, mit mäßigem Erfolg, er hatte zu viele andere Dinge zu tun. Aber er konnte sich über Alltägliches unterhalten, das half ihm. Von seinen Skrupeln wusste nur der Maultrommelmacher. Zwei Wochen vor seiner Abreise schrieb Johannes drei Briefe. Einen an Valerie, einen an Cäcilia, den dritten an Antonin.

Er schrieb, er hätte ein neues Gesicht.

Er bat sie, ihn zu verstehen.

Ihn nicht lächerlich zu finden.
Und ihn nicht zu verraten.

Antonin nahm die Sache am leichtesten. Er stutzte kurz, als er Johannes am Bahnhof abholte und rief: „Du schaust famos aus, Giovanni! Eliena wird dich lieben!“ Antonins Geschwister und Cäcilias Kinder wunderten sich, quittierten die Veränderung jedoch mit dem Großmut und dem weiten Herzen, die der Jugend noch eigen sind, unverbildet vom Wenn und Aber der Erwachsenen. Cäcilia musste lachen, aber es klang liebevoll. Seit sie von ihrem deutschnationalen Hermann geschieden war, war sie auf die heitere Seite des Lebens gefallen, als ob sie es als Spiel verstünde und sie die Menschen als Marionetten betrachtete, die über eine Bühne tanzten, einmal in schwarzem Gewand und einmal in buntem Karomuster. Einerlei. Sie waren in Bewegung. Und Franz, der tote Bruder, was würde er sagen? Er würde den Bart akzeptieren, so, wie er damals Johannes' wuchernde Wunden und das entstellte Gesicht ganz selbstverständlich angenommen und es als Faktum betrachtet hatte, mit dem fortan zu rechnen war.

Und Valerie?

Vor diesem Wiedersehen hatte Johannes am meisten Angst. Panik. Wenn sie es ablehnte, wenn sie ihn grotesk fand mit diesem neuen Gesicht? Mit diesem Requisit einer großen Sehnsucht?

Valerie hatte ihn angesehen, lange und sorgsam. Ohne Verachtung, ohne Zustimmung. Dann strich sie mit ihrer Hand über seine Wange, so wie früher. Zärtlich. Jetzt war ein Bart zwischen Haut und Haut. Es schien keinen Unterschied zu machen.

*

Das weiße Haus strahlte ein eigenwilliges Selbstbewusstsein aus. Gab sich von der Gliederung der Fassade her den Anschein einer vornehmen Casa, hatte im Erdgeschoss die Lager- und im ersten Stock die Nutzräume für Kontor, Wohnen und Küche, im zweiten Stock, dem *piano nobile*, den festlichen Salon sowie zur Rückseite hin weitere Wohnräume und ganz oben die Zimmer für die Dienerschaft. Aber alles war kleiner und enger, die Räume waren praktikabel für die jungen Eheleute, das Baby und die Musikproben eingerichtet und Dienerschaft gab es keine mehr. Auf dem winzigen Balkon mit dem grün gestrichenen Eisengitter wuchsen Rosmarin und Thymian. Das ganze Haus war hoch und schmal, zur rückwärtigen Seite, zum Rio della Sensa hin, jedoch lang und geräumig sowie von der Wasserseite aus betret- und belieferbar. Wenn man vom Platz der Marzialekirche herkam und von der Brücke das weiße Haus erblickte, fiel es sofort auf, nicht nur, weil es das einzige weiße Haus in der Uniformität der rötlichen und terracottafarbenen

Fassadentöne war, sondern es war eine Volte im Wind, irgendwie fidel.

Johannes bewohnte ein Zimmer unter dem Dach, dahinter lag eine kleine Küche. Das Zimmer war niedrig, verwinkelt und in den Nächten kalt. Aber es hatte eine atemberaubende Aussicht, er war über dem Leben und Treiben, dem Rio, den Fondamenta und dem geheimnisvollen Servitengarten, war auf gleicher Höhe mit dem klobigen Bau der Marziale, die Türme vieler Kirchen durchstachen die Dachlandschaften, und wenn er bis zum Ende des dunklen Ganges an der Rückseite des Hauses kam, fiel der lange Schatten von Madonna dell' Orto bis zu ihm herüber. Mittags um zwölf und freitags um drei dröhnten die Glocken des ganzen Viertels über ihn hinweg, in Hirn und Herz und Augenlicht, es war Triumph und Angstgeläut und löschte alles aus, was es sonst noch gab.

Zwei Tage nach der Taufe fuhren die „Kinder" zurück nach Böhmen, Cäcilia schloss sich an. Sie reisten in die Orte mit den vertrauten Namen, nach Neustadt an der Mettau, Königinhof an der Elbe, Königgrätz und Prag. Am Abend vor der Abreise saßen sie noch lange zusammen. Es sei jüngst geboten, nur mehr die tschechischen Bezeichnungen zu verwenden, sagte Cäcilia, Nové Město nad Metují, Dvůr Králové nad Labem und Praha. Nur Königgrätz bleibe noch halbwegs Königgrätz. *Noch* bleibe es so. František oder Frantischek Junior, der in Prag sein Jusstudium beendet hatte, ergänzte, dass ein militanter Egoismus rasant die Vielfalt des Reiches endgültig zerstöre, der Schrei des Tages sei nationales Hurra, Europa sei in Machtblöcke aufgeteilt, die Habsburger und das Deutsche Reich seien in der Mitte in die Zange genommen, im Westen von England und Frankreich, im Osten von Russland, und das verbündete Italien führe angeblich bereits Geheimverhandlungen für einen möglichen Seitenwechsel zur Entente. Und sicher, ja, es würde nicht mehr lang dauern, mit Sicherheit gäbe es wieder Krieg. Frantischek sprach mit dem besserwisserischen Stolz des jungen Doktor juris und wollte eben ansetzen, aus seiner Sicht die Lösung der Probleme zu erläutern, als ihn Johannes unterbrach und bat, still zu sein. Johannes kannte die Fakten und Befürchtungen alle.

Wie heftig hatten sie mit Karel darüber diskutiert.

Schon vor mehr als zwanzig Jahren.

Ist Erinnerung Ballast?

Das Vergessen gut zum Überleben?

– – Vergessen.

Denn hier ist Venedig.

Heute ist Venedig.

Ultramarin und Meerminuten.

Antonin hatte seiner Mutter den schönen Raum im ersten Stock an der Vorderfront des Hauses eingerichtet. Eine hohe, schmale Rundbogentüre teilte ihn in der Mitte und wenn sie offenstand, konnte sie den Fuß auf den winzigen Balkon setzen und sich als Herrin von Cannaregio fühlen.

Eliena war von einer jugendlichen Sorglosigkeit im Umgang mit ihrem Kind. Bei eventuellen Schwierigkeiten bat sie ihre Schwiegermutter um Hilfe und es war geplant, dass Valerie über das Jahresende noch bleiben sollte, bis alles im Lot war. Als Valerie von Antonins Heirat erfahren hatte, hatte sie viele Stunden des Tages für das Erlernen der Sprache verwendet. Sie konnte das jetzt tun, sie war ja allein. Sie organisierte sich zusätzlich Konversationsstunden beim alten Fräulein Engel mit den krummen Beinen, die in ihrer Jugend als Gouvernante in Perugia gelebt hatte. Alle waren erstaunt über Valeries Kenntnisse. Sie lachte und sagte, sie hätte schon in der Höheren Bildungsschule in Wien schnell gelernt und auch das Morsen flugs begriffen, sie hätte ihr Leben in Neustadt nur ganz ihrem Mann und den Kindern gewidmet und sie hätte es gern und mit Begeisterung getan. Antonin umarmte seine Mutter stürmisch und küsste ihr beide Hände.

„Was ist ‚morsen'?", fragte Eliena an diesem letzten Abend, als die große Familie noch beisammensaß, sie hatte dieses Wort noch nie gehört. Und Valerie erklärte es und sagte, wenn die kleine Lucia erwachsen wäre, würde sie es ihr zeigen und es sie lehren, sie hätte den alten Morseapparat und ein Empfangsgerät im Bahnhof von Neustadt gekauft, und Lucia würde dann etwas können, was niemand mehr beherrschte, denn es würde längst von neuen Erfindungen verdrängt worden sein, man würde das Morsen nicht mehr brauchen.

„Im Krieg schon“, sagte Frantischek, „zur Geheimhaltung“.

„In welchem Krieg?“

Johannes stand auf.

Ging in die Bar Sullaluna hinunter und bestellte einen Absinth.

*

Zages Novemberlicht legte sich über die Fondamenta. Nebel überzog die ausgelegten Früchte des Obsthändlers mit Feuchtigkeit und hüllte die einsame Maria am Eck der Servitenmauer in einen weißen Schleier. Zwischen Morgen- und Abendgrau war der Tag kurz und gespenstisch. Die Rufe der Bootsmänner wurden lauter bei schlechter Sicht, an den Kanalkreuzungen stießen die Boote aneinander und die Flüche gingen hin und her. Ebbegeruch, Algen und Tang. An manchen Tagen jedoch kam der Sommer zurück und die Menschen standen vor den Bars und ergaben sich der schönen Täuschung.

Und Valerie war da.

Seit der Taufe und dem geschäftigen Tun im weißen Haus gab es eine neue, selbstverständliche Nähe zwischen Valerie und Giovanni, wie er in diesem

Haus genannt wurde. Schlecht passte dieser Name zu ihm, er war kein Don Juan, vielleicht wäre er einer geworden, wenn … Er führte nicht Buch mit Hunderten von Namen, es waren nur drei Frauen wichtig in seinem Leben. Branka hatte ihn als Krüppel mit der Erfahrung der Lust beschenkt. Clara Immerwahr war die junge Frau, die er in ihrem Wissensdrang, ihrer Unnachgiebigkeit bewunderte und sich zum Vorbild nahm, sie war eine große Wissenschaftlerin mit verhinderter Karriere und wurde zur fernen Brieffreundin, um die er sich sorgte. Und die dritte war die eine, die er meinte.

Johannes hörte ihr zu.

Johannes sah das Zehrende unter der Oberfläche.

Johannes war um sie, alle Stunden.

Giovanni schenkte den Wein ein.

Giovanni wünschte eine gute Nacht.

Giovanni sah ihre Gestalt, das aufgesteckte Haar. Er begann, Gelegenheiten zu suchen, um mit ihr allein zu sein, im weißen Haus und auf den Wegen durch die Stadt.

Chalzedon sei der Stein, der die Begierden vertreibe. Wollte er das?

Der Rialtomarkt für das tägliche Einkaufen, wenn Lucia versorgt war, war ein Rausch von Gerüchen, Farben und Gottesgaben, sie sahen die Fülle und den Überfluss, es war Augenlust und Sinnenlust, sie lachten und er griff nach ihrem Arm, um sie durch das Menschengewühl zu führen, durch den Duft von

Meer, von Irgendwo und weißen Lilien, sie tranken ein Glas Wein und sahen die spiralförmig gestreiften Holzpfähle im Wasser, orange-blau, purpur-weiß, hellrot-gelb, gelb-dunkelblau, schwarz-weiß, schwarz-orange…, die Spiegelungen waren den Wellen als Spielzeug gegeben.

An der fernen Biegung des Canal Grande sahen sie rechts den Palazzo Balbini.

Sie bewunderten Eliena, die sich keineswegs darüber zu kränken schien, dass sie von dort vertrieben worden war, und die das weiße Haus mit ihrer fast kindlichen Ausgelassenheit füllte. Manchmal war sie etwas kapriziös und von der Alltagsarbeit einer gewöhnlichen Frau überfordert, dann ließ sie die verwöhnte Komtesse durchblicken. Antonio jedoch trug sie auf Händen und konnte nicht lassen von ihr, seiner Königin.

Auf dem südlichen Meer und in den nördlichen Bergen gab es Stürme und Unwetter. Tagelang regnete es ohne Unterlass. Der Scirocco fegte die Flut in die Lagune und in die Stadt hinein. Für kurze Zeit gab es Acqua Alta, ein gutmütiges in der Historie der Stadt. Für die Bewohner war es Alltag, sie stellten die Holzstege auf, die feinen Damen blieben zuhause, das Volk tat sein Tagewerk. Das Wasser gurgelte durch den Sotoportego Diamanter und über den tiefliegenden Platz der Abbazia della Misericordia. Unter der Marziale-Brücke blieb im angeschwollenen

Kanal ein Lastkahn stecken. Die Nässe fraß sich in die Gemäuer und am weißen Haus färbten sich die Fundamente gelbgrün vom Schimmel und stanken. Das Wasser war klar und durchsichtig, lautlos kam und sank es mit Ebbe und Flut. Johannes hatte die Bilder der Hochwässer seiner Heimat im Gedächtnis, den Furor, der alles mitriss, was an den Flussufern stand und lebte, der Verwüstung und verzweifelte Menschen hinterließ, nicht selten zerstörte Existenzen.

Wenn das junge Paar Gäste hatte, zogen sich Valerie und Johannes zurück. Er heizte den kleinen Eisenofen, bereitete Tee und servierte ihn mit Mandelgebäck. Vor den Fenstern ging der Regen nieder und trommelte auf das Dach. Der Sturm rüttelte an den Fensterläden und tastend begannen sie, über einander zu reden.

Glimmen wie Porzellanjaspis.

Sprachen auch von Franz, dem Toten, dem Ehemann und dem großen Bruder. Sagten, dass er *es* gutheißen würde. Was gutheißen? *Es*. Größere Worte mieden sie.

Am Abend des vierten Tages verschwand das Wasser, langsam und still, wie es gekommen war. Die Holzstege wurden weggeräumt. Aus der Dachkammer des weißen Hauses war Cellospiel zu hören.

Ab und zu, wenn sie auseinandergingen, warf Valerie noch einen Satz hin.

Nicht eigentlich zu ihm gesprochen, vielmehr in das Ungefähr. Er verstand oft nicht, was sie meinte, aber auch das liebte er an ihr.

„Deine Sprache ist ein Silbervogel."

*

Dann kam der Tinto-Rausch.

Die Tintoretto-Glut.

„Tinto" nannten sie ihn und „das Färberlein" nannten ihn die Zeitgenossen verächtlich, denn er war der Sohn eines einfachen Färbers und selbst ein Farbenmischer, Jacobo Robusti war sein eigentlicher Name, er malte und malte wie ein Irrer, war klein und hinkte ein wenig und nichts Adeliges, Edles war in seiner Gestalt und seinem Gesicht. Verschlagen sei er, sagten seine Konkurrenten, alle Tricks würde er anwenden, um zu Aufträgen zu kommen, aber als er starb, hingen seine Gemälde in jeder Kirche, jeder Bruderschaft und in jedem Palazzo.

Alle, viele von ihnen wollte Johannes sehen.

Es hatte mit dem roten Haus begonnen, das nur ein paar Minuten vom weißen Haus entfernt lag. Ochsenblutrot stand es an den Fondamenta dei Mori, die angeblich nichts mit Mohren zu tun haben, sondern mit drei Händlern aus der Morea, die sich hier angesiedelt hatten und zu Reichtum gekommen waren. Drei Steinfiguren erinnern daran, der prominenten Eckfigur war die Nase abgeschlagen. „Neid", fragte Valerie, „Hass auf die Fremden oder nur das Ungeschick eines Lastenträgers?“ Die Nase war brutal durch Eisen ersetzt. In der Loggia des roten Hauses wäre angeblich die Frau des Meisters gestanden und hätte ihm mit einem Spitzentüchlein zum Abschied gewunken, wenn er in seinem Satinumhang Richtung Zentrum eilte, vielleicht zu einem Auftraggeber, vielleicht zu einer Geliebten – – Und die beiden, die sich in die Geheimnisse eines anderen Lebens vertiefen, um nicht ihre eigenen entschlüsseln zu müssen, fragten sich, ob er darum so oft in die nahe Kirche der Madonna dell' Orto hetzte und die Absolution erflehte in der Hölle seiner widerstrebenden Bilder? Hier ließ er seine vielen Kinder taufen, hier ging er zur Beichte, hier ist er begraben und für diese Kirche malte er die siebzehn Meter hohen Bilder links und rechts des Hochaltars, vom Boden bis hinauf in die Kreuzrippen des gotischen Gewölbegottes. Eines dieser beängstigenden Gemälde kannte Johannes noch aus jener weit entfernten Zeit der Bücherei *Zur Slawischen Linde*. Es war *Die Anbetung des Goldenen Kalbes* und Johannes erinnerte sich, dass er dieses Bild damals mit der Begeisterung für den Nationalismus in Zusammenhang gebracht hatte, geradezu mit dessen Anbetung. Es verstörte ihn wie damals. Das Kalb ist kaum golden, in düsterem Ton ist es fast nicht zu erkennen, scheint störrisch oder gerade irgendwo ausgebrochen zu sein, die Menschen rundum sind

Chiffren, die einen von Ratlosigkeit, die anderen von Devotion. Schwarzes Gewölk droht im Mittelgrund, eine kleine Brücke führt nirgendwohin. „Diese Anbetung zeigt den Irrweg verblendeter Menschen", sagte Johannes.

Von diesem Tag an war Johannes Tintoretto-süchtig. Es musste etwas in ihm selbst sein, in seiner zerklüfteten Seele, das ihn aufwühlte wie der Widerhall von etwas Unauflösbarem. Er riss Valerie mit und sie ließ sich von ihm in diese dunkle, revolutionäre Welt hineinziehen, in der die Verdammten wichtiger sind als die Geretteten. Unter den tausend verstreuten Gemälden der Stadt fanden sie ein Bild, das damals nur kurz der Öffentlichkeit gezeigt wurde: *Die Vertreibung aus dem Paradies*. Die war unerhört. Kein Baum, kein Apfel und keine Schlange. Keine paradiesische Landschaft. Überhaupt keine Landschaft. Nur er, Adam. Nur sein rückwärtsgewandter Blick und seine abwehrende Geste gegen einen unsichtbaren, strafenden Gott. Nur sein angstverzerrtes, wütendes Gesicht und ein Teil seines Körpers, Symbol des vertriebenen Menschen jeglicher Zeit. Zerstörerisch alleingelassen ist dieser Adam, bittend und trotzig, verheert schon jetzt bis in das Mark alles Denkbaren. Selbst Eva scheint ihn zu verlassen, eilig flieht sie aus dem rechten Bildrand.

„Oder ist dieser Adam nicht vielmehr stolz und starrsinnig", sagt Valerie, „ruft ‚Auf Wiedersehen, ich geh!'. Schau dir diesen Mann an, seine wilde Armbewegung! Die bittet nicht. Sein Mund steht halb offen, er ruft dieser grausamen Instanz, die glaubt, im Recht zu sein, noch etwas zu, das ist die Revolte eines Mannes, der Nein sagt, der – –"

Johannes unterbricht sie. „Das ist Karel. Für mich ist der da auf dem Bild ein hilfesuchender Mensch – das ist Karel. Wir haben ihn nicht gerettet. Vielleicht hätten wir es können, aber wir haben es nicht einmal versucht."

„Ich habe ihn kaum gekannt", entgegnet Valerie, „das tut mir leid. Aber für mich ist Karel, wenn er schon dieser Adam sein soll, kein Flehender. Kein Unglücklicher. Vielleicht hat er sich von seinen Ideen gelöst und sich von seinen früheren Freunden losgesagt. Vielleicht, verzeih, aus anderen Gründen auch von euch. Und vielleicht, wer weiß, ist er souverän und trotzig selbst gegangen."

Johannes ist betroffen.

„Er war mein Bruder. Er hat mir auf seine Art gezeigt, dass mein zerstörtes Gesicht nicht die Zerstörung meines ganzen Lebens bedeuten muss. Und ich glaube immer noch, dass wir uns schuldig gemacht haben an ihm."

*

Schlaflose Nächte. Ein Tier schabt im Gebälk. Vielleicht ein großes Insekt. Von Zeit zu Zeit brummt es auf, tut etwas, dann ist es wieder lange still. Johannes wartet auf den Ton.

In Venedig bricht alles auf.

Es ist zu abgründig und zu wahrheitstrunken.

Macht ihn wehrlos und vermessen und verrückt.

Hat ihn sein Schutzengel verlassen?

Wie kommt er auf *Schutzengel*? Er ist doch kein Kind! Geht doch nicht an der Hand der Mutter, sie gibt ihm Geleit und erzählt ihm Geschichten von Schwalben und Schutzengeln und dem Hyazinthblau aller Fragen … Unter dem Schaben und Brummen des Dachsparrentiers wälzt sich Johannes auf die andere Seite, aber da steht er, da stürmt er dahin, der große Engel im roten Gewand und mit riesigen Flügeln, auf einem Seitenaltar von San Giovanni Chrisostomo hat er ihn gesehen oder war es Santi Apóstoli?, in der Finsternis verwirren sich die Kirchen und Bilder, aber dieses eine Bild, das er jetzt deutlich vor sich sieht, bleibt: Dieser riesige, rote Engel, der ein fast widerstrebendes Kind an der Hand fortzieht, das Kind muss offenbar gerettet werden, koste es, was es wolle, eine junge, barbusige Frau, ganz klein in der linken unteren Ecke ist sie noch zu sehen, vielleicht die schwindende Erinnerung an die Kindheit, blickt ihm nach – und plötzlich – – Johannes schreckt auf, ja, das war, das könnte der Johanniter sein! Warum hat er ihn damals für einen zwar besonderen und rätselhaften, aber dennoch nur für einen *Ordensbruder* gehalten, ihn nicht eindeutig genug als dieses imaginäre Trugbild eines Schutzengels mitgedacht, der über die Zeiten gebietet, der ungreifbar und Geheimnis ist und es bleibt bis in die Phantasmagorien des weiteren Lebens? Und Johannes sucht den Unterschied zwischen seinen Erinnerungen an den Mann im langen, schwarzen Gewand und diesem rauschroten Engel – dieser hier ist anders, es ist ein venezianischer Engel, der zwischen Gewalt und Rettung steht und von beidem etwas hat, von Verführung und Raub, von Tod und Schönheit. Und irgendwo am Rand steht der kleine Mensch, allein gelassen zwischen seinem Glauben und seiner Angst. Dieser Engel ist nicht Michael mit dem Schwert und er ist nicht der Engel der Geschichte. Wie viele Bilder, wie viel Täuschung brauchen wir, um bestehen zu können, wie groß muss unser schlafwandlerisches Unverständnis sein, um im unendlichen Zug der Menschen voranzukommen? Da fällt ihm ein, dass Valerie neben ihm gestanden war, sie hatte ihm zugehört, sehr aufmerksam, hatte den Kopf geschüttelt und ohne ein weiteres Wort hatten sie den Kirchenraum verlassen und waren untergetaucht im Getümmel der Strada Nuova.

Das Tier im Gebälk ist still und langsam kommt der Schlaf. Und noch im Traumbild gibt er dem Johanniter die Hand, der ihn liebevoll ansieht wie beim Abschied in Breslau, und der wiederum sagt:

„Jetzt bist du angekommen, Johannes."

*

Ende November fällt der lange Schatten des Kirchturms der Madonna dell' Orto direkt auf das Haus an den Fondamenta della Misericordia Nr. 2504.

Ein Bote war aus dem Palazzo Balbini gekommen. Eliena nahm Antonio beiseite, man sah sie auf dem Kai in lebhaftem Gespräch auf- und abgehen, dann verschwanden sie im Sullaluna. Als sie zurückkamen, blieb selbst Antonio nachdenklich. Tage später erfuhr Valerie von ihrem Sohn, dass die Balbinis vor dem finanziellen Bankrott stünden. Möglicherweise müsste der Conte in Zukunft die monatliche Unterstützung für das junge Paar einstellen. Der Vater sei ernstlich erkrankt und die Mutter wäre verstummt.

Valerie ist besorgt. Sie überschlägt ihre eigenen Ersparnisse und die Summe auf dem Sparbuch, das Franz hinterlassen hat. Sie selbst hat nie etwas verdient. Wie lächerlich, dieses Buchführen, Handelsprotokolle schreiben und Morsen aus der Schulzeit! Nie genützt, nie angewandt. Von ehemaligen Kolleginnen weiß sie, dass sie Arbeit fanden, gute sogar, Mädchen mit dieser Ausbildung waren im allgemeinen Wirtschaftsaufschwung gesucht. Hat sie sich verloren im angenehmen Bahnhofsdampf? Punkt – Strich – Pause, nur aus diesen drei Elementen setzt sich das Morsealphabet zusammen, Punkt-Punkt-Punkt-Strich … Ihr Leben war so, einmal schneller, einmal langsamer und viele Wiederholungen. · · · – – – · · · , so tippt man das Notsignal SOS. Die Pause im Morsecode heißt „Schweigen".

„Warten wir erst einmal ab, wie die Dinge sich entwickeln“, sagt Johannes, „dann sehen wir weiter. Wir finden eine Lösung.“

Hat er „wir“ gesagt?

„Wir“? Tatsächlich und ganz einfach „wir“?

Valerie hat es gehört.

Es gibt immer eine Lösung. Erstarkt wie er sich momenthaft fühlt, sagt es Johannes mit Bestimmtheit und denkt ganz allgemein an gute Lösungen, denkt zusammenhanglos an das Schicksal jener Mädchen von Venedig, die der Maestro Antonio Vivaldi aus dem Waisenhaus holte, sie im Gesang ausbildete und sie hinter den vergoldeten Emporengittern seiner Kirche singen ließ – himmlisch wie Engel, schrieb man damals, und die Mädchen wurden zu Zelebritäten des venezianischen Gesellschaftslebens, während Vivaldi selbst später verarmt und verlassen in Wien starb und seine einst bejubelten Werke für lange Zeit aus den Konzertsälen verschwanden. Aber Herr Procháska, sein verehrter Musiklehrer, hat ihm Vivaldi-Noten gegeben, als er sich dem Violoncello zugewandt hatte – – und da sieht sich Johannes abends am Ufer der Metují eine von den über fünfhundert Kompositionen des Venezianers spielen und manch einer hat ihm vielleicht zugehört auf dem steilen Stiegenweg – –

„Ich hab dir mehrmals zugehört“, sagt Valerie.

„Warum hast du mir das nie erzählt?“

„Hätte ich sollen?“

Jetzt geht er mit Valerie durch Venedig und es geht um etwas anderes.

Der bärtige Mann, der ein unbedachter Mann sein möchte, spürt, dass sich in Venedig alles entscheiden wird. Hier ist die Lagune, die Mischzone zwischen süß und salzig, und tief unten ziehen die Strömungen über den Sand und widerstreiten und verkreiseln sich. Es muss eine Lösung geben, so oder so. Da hilft kein Ausweg in den leichtlebigeren Giovanni. Auch Casanova war immer auf der Flucht.

Auf dem offenen, ungeschmückten und erdigen Platz von San Polo, wo das einfache Volk Venedigs seine Feste feiert, kommen sie zur Ruhe. Herrlich frei von allem Gepränge und allen Bedeutungen ist es hier, die Perspektiven führen ins Leere. Nicht weit davon, auf dem unscheinbarsten aller Plätze, dem Campiello del Sol, essen sie in einer Bar an der Ecke, was geboten wird, und trinken ein Glas Wein und noch eines. Die letzten Sonnenstrahlen streifen die Dächer der hohen Häuser ringsum. Sieben Wege führen von diesem Plätzchen weg, manche sind ganz schmal, manche leiten zum Wasser und andere dienen dem Durchzug vom Rialto zum Bahnhof. Vielleicht kommt der Name *sol* auch nicht von Sonne, sondern von einem mundartlich verschliffenen *sale*. Vielleicht hat man hier damit gehandelt. Auch das wäre gut. Salz braucht man immer.

Und schön wäre es, hier zu leben, vielleicht.
Ganz oben im fünften Stock eines Hauses.
An der kobaltblauen Schulter des Himmels.

*

In der Bachleithen hat Johannes seine Venedig-Adresse hinterlassen. Täglich wartet er auf Post. Er möchte wissen, wie die Sensenwerke laufen, ob die bestellten Waren rechtzeitig fertig und, sorgfältig in Fässern verpackt, versandt werden könnten. Ob Peter Grafinger in den Werkstätten und Margarethe im Büro keine Schwierigkeiten hätten. Wie es Marie und den Kindern gehen und wo sich Arthur gerade aufhalten würde. Sogar nach Euphemia fragt er. Er bekommt gute, beruhigende Antworten. Grafinger ist verlässlich und umsichtig, Margarethe tüchtig wie sonst auch, Marie kommt zurecht. Arthur ist diesmal sogar bis San Francisco gereist, was angeblich einen Bauernknecht im Wirtshaus verleitet hatte, zu sagen: „Der kommt ja nur zurück, um seiner Frau ein neues Kind zu machen, und taucht erst wieder auf, wenn es geboren wird!“ Er hatte dafür von einem Vorarbeiter aus der Schmiede einen Faustschlag bekommen, worauf es zu einer allgemeinen Rauferei gekommen war.

Lukas Jančar fragt, ob er Erfolg hätte mit dem neuen Gesicht. Und ob sie sich nicht treffen wollten auf Johannes’ Rückreise, er wäre um diese Zeit in Triest und er würde ihm gerne sein nahe gelegenes Heimatdorf Hrastovlje und dort einen speziellen Sensenmann zeigen.

Die Dreifachnummer 381/382/383 vom September 1913 der roten *Fackel* legt Johannes schnell beiseite. Auf der Rückseite fällt ihm jedoch eine dickgedruckte Werbung für eine Literaturzeitschrift auf: *Der Brenner*. Soll das der Tiroler Pass nach Italien sein oder brennt Europa?

Zwei vorsichtige, höfliche Zahlungserinnerungen sind unter den Briefen: Johannes hat seit Monaten vergessen, die Beiträge für Bertha von Suttners Friedensbemühungen zu begleichen: für die *Österreichische Gesellschaft der Friedensfreunde* und für ihre Monatsschrift *Die Waffen nieder!*. Dauert der Frieden seit Königgrätz schon so lange, dass er selbstverständlich geworden ist, keines Gedankens mehr wert, selbst für ihn nicht?

Auch von Clara Immerwahr ist ein Brief dabei. Ihr Mann hätte sich nun tatsächlich dem Militär verkauft, sie sei sicher, dass er schon weit gekommen sei mit seinen Experimenten zu dieser neuen, geheimen Waffe für einen bevorstehenden Krieg. Und schreibt: „Was haben Sie mir einmal geschickt, Herr Johannes? Ich habe es wohl bewahrt:

's ist Krieg! 's ist Krieg! O Gottes Engel wehre
Und rede Du darein!
's ist leider Krieg – und ich begehre
Nicht schuld daran zu sein!“

In Berlin gäbe es allgemeine Unruhen, schreibt Clara weiter. Die Fabrikarbeiter, vor allem in den Rüstungsbetrieben, würden sich unter der Führung der sozialistischen Partei immer besser organisieren und für gerechtere Löhne streiken.

„... in den Rüstungsbetrieben" – wie selbstverständlich hatte Clara dieses Wort gebraucht! War Venedig tatsächlich ein Inselreich? Johannes hatte nichts von Rüstung und nichts von Unruhen gehört. Aber was wusste er auch schon als vorübergehender Gast, der er war, von den Menschen, die in den Glasbläsereien, Hafenanlagen und Industrievierteln hinter dem Bahnhof schufteten? Jüngst war er beim Stadtteil-Büro der sozialistischen Partei Italiens vorbeigekommen, es war geschlossen. Es lag in der Mitte von West-Cannaregio, das nahe an den Menschen ist, an ihrem kleinen Leben und großen Leiden. Das alte und das neue Ghetto sind hier, der zentrale Platz war so seltsam groß, Johannes war überrascht und verunsichert. War hier jüngst etwas niedergerissen worden? Nur drei Brücken weiter kannte er sich aus, da war das armselige Gebiet von Sant' Alvise. Für ihn war es der Hort der Verlorenen und der einsam Sterbenden – –,

– – armer Christian Doppler, Eliena hatte ihm das Haus unweit der Vivaldikirche an der lichtüberfluteten Riva degli Schiavoni gezeigt, dieses Haus, in dem der Mann der herausragenden Erkenntnisse vor sich hingestorben war, in einem Zimmer mit Blick auf das

Meer, und er siechte dahin an seiner Staublunge, wochenlang, monatelang, angefeindet von seinen Konkurrenten und noch nicht einmal fünfzig Jahre alt. Er hatte auf das Meer geblickt und in die Unendlichkeit des Raums, die er optisch und akustisch zu erforschen suchte und der er neue Gesetze gab – – und die Bilder begannen sich zu drehen, Johannes sieht sich in der Bibliothek des böhmischen Braunau studieren, Korbinian legt ihm die streng gehütete Abhandlung *Über das farbige Licht der Doppelsterne und einiger anderer Gestirne des Himmels* vor, sie diskutieren darüber, einmal mengt sich Clara Immerwahr ein und alles fließt zusammen, das Wissen, die Menschen und die Sterne, unter denen er vor wenigen Tagen mit Valerie gestanden ist, am Wasser des Rio della Sensa, vor dem Haus Tintorettos.

Im weißen Haus hat sich eine bedrückte Stimmung eingenistet. Antonio ist kaum mehr zuhause, er muss jedes Angebot annehmen, um Geld zu verdienen. Glücklicherweise ist er bekannt in Venedigs Gesellschaftskreisen, ist beliebt als schwungvoller Unterhalter und gefragt für jegliche Feste. Tagsüber zieht er sich in sein Musikzimmer zurück und probt die neuen Stücke, die er abends spielen soll. Sein Bubenlachen hat er verlernt.

Johannes steht am Fenster und grübelt. In der Küche des ersten Stocks hört er Valerie hantieren. Im Garten des Servitenklosters bindet jemand Schilf zusammen.

Die kleine Maria über dem Mauereck steht einsam wie immer unter dem rostenden Blechbaldachin. Machtlos ist sie, nur Projektion unserer Hoffnungen. Sie hat weder Paolo Sarpi vor den drei päpstlichen Anschlägen schützen noch die unschuldige Lucia von Syracus im römischen Sizilien des 3. Jahrhunderts vor ihren Mördern retten können. In der Kirche seines Taufkindes hat Johannes sie auf dem Altargemälde liegen gesehen, die Augen sind ihr ausgestochen und der Hals ist mit einem Schwertstich durchbohrt. Aber das wissen sie Gottlob nicht, die beiden, die ihr Mädchen auf diesen Namen taufen haben lassen, und „Lucia" ist ein schöner Name und bedeutet „die Leuchtende", dahinter jedoch steht das Grauen …, nein, nein, das wird er ihren Eltern nicht sagen, diesen jungen, ahnungslosen und lebenswilligen Menschen wie Eliena und Antonio, ich wünsche ihnen alles Glück, und ebenso der kleinen Lucia, die im Stock unter mir schläft oder vielleicht gerade gestillt wird.

*

Der Himmel ist müd geworden vom langen Jahr. Antonin ist bereits aus dem Haus, er ist in das Opernorchester von La Fenice aufgenommen worden, was viele Proben, aber auch Ehre und zumindest ein kleines sicheres Gehalt bedeutet. Draußen ist die Morgenmusik der erwachenden Geschäftigkeit. Und die beiden Menschen, die vorübergehend im weißen Haus wohnen – brauchen sie immer noch Barmherzigkeit?

Spröd ist die Luft, wenn sie sich morgens sehen.

Dünn die Membran der Haut.

Skorpion in den Gedanken.

Sie kommt vom unteren Stock, er vom oberen und sie treffen sich in der Mitte. Sie reden Belangloses. Jeder Satz, den sie zueinander sprechen, kommt jedoch von weither. Vielleicht vom Anfang eines Briefes, den sie lange, bevor sie sich kannten, zu schreiben begonnen haben. Rundum ist alles ein gewöhnlicher Tag. Sie decken den Tisch und schieben die Stühle zurecht. Sie waren nicht mehr jung. Sie ist in der Mitte ihres Lebens und er schon eine gute Weile darüber, aber längst sind sie jenseits der Zahlen. Sie haben ihre eigene Geschwindigkeit und ihre eigene Arithmetik erfunden.

Eine Handvoll Stunden.

Es ist kaum viel.

„Brandschatzen möchte ich können", hat sie einmal zu ihm gesagt.

*

Als Taufgeschenk für Lucia hat Johannes von Zuhause einen silbernen Maria-Theresien-Taler mitgebracht. Das Mädchen sollte sich daran erinnern, dass ihr Vater ein Bürger der Habsburgermonarchie war, die es dann, wenn das Kind groß sein würde, wahrscheinlich nicht mehr geben wird. Jetzt braucht er noch eine Aufmerksamkeit für alle im weißen Haus. Keine Masken.

Valerie ist mit Eliena und dem Kind zu Besuch im Palazzo Balbini. Die Mutter hat sich das Treffen gewünscht und schickt eine Gondel. Der Conte ist überraschend schnell genesen, angeblich hat ihm sein Bankhaus noch einmal einen beträchtlichen Kredit gewährt. Er ist in ein Landschloss bei Padua geladen, vielleicht zu galantem Abenteuer.

Nur noch zwei Tage kann Johannes bleiben.

In Sant' Alvise nimmt er das Linienboot und fährt noch einmal das Nordufer Cannaregios entlang, an allem vorüber, was ihm teuer geworden ist: An der Bucht der Misericordia seiner ersten Venedigtage und an den Fondamenta Nuove, die es noch nicht gab, als Tizians Garten bis an das Meer reichte, er an der Pest starb und sein mit Kunstschätzen überfülltes Haus geplündert wurde, kaum, dass er tot war. Er wechselt die Schifffahrtslinien und fährt zwischen den Werften des Arsenals und den öffentlichen Gärten hindurch, die große Kunstausstellung hat er versäumt.

An Santa Maria della Salute steigt er aus. Auf dem schwankenden Ponton, auf dem ein Gedränge herrscht, trifft ihn plötzlich ein Schlag auf den Kopf, hart und brutal. Wie von einem Schrapnell getroffen, bricht er zusammen. Panik im Körper, Feuer im

Gesicht – – Johannes braucht lange, bis er zurückfindet. Eine junge Frau steht an seiner Seite und redet beschwichtigend auf ihn ein. Sie entschuldigt sich. Ihre Mutter sei geisteskrank, es komme über sie in ihrer Verwirrung, sie seien gerade auf dem Weg in die Klinik. Nochmals bittet sie um Verzeihung, als sie sieht, wie verstört der Mann ist.

Johannes lässt sich auf den Holzstämmen nieder, die am Ufer liegen. Vor ihm ankert ein Lastschiff, beladen mit frischen Pfählen. Holzarbeiter hacken und fräsen langgezogene Spitzen in das dünnere Ende der Stämme. Dieses irdische Tun beruhigt ihn. Wer weiß, vielleicht kommen diese Stämme aus dem Riesen- oder Adlergebirge seiner Heimat, vielleicht aus dem Böhmerwald.

Lange bleibt er so. Schaut einfach zu. Denkt an Marie. Zum Tausendguldenblick, wo sie so glücklich war, geht er nicht. Auf den Wellen fernes Algengrün, frei von Gestade und Stein, leise schlagende Melodie, Lied ohne Bitternis. Über den Häusern und Kirchenkuppeln der Giudecca-Insel liegt dünner Nebel, sanfte Welteinhüllung. Eine Lichtbahn fällt in sein Auge. Er fährt sich über das Haar, den Bart, will ihn abnehmen, das Künstliche, Falsche…, und als es schmerzt, hält er inne, kommt zur Besinnung und tritt den Heimweg an.

Für Antonio kauft er Hammer, Zange und Nägel zum Reparieren der Haustür sowie ein paar alte Notenblätter, Auszüge aus einem Violinkonzert von

Antonio Vivaldi, die er für teures Geld in einem Antiquariat gefunden hat. Für Eliena ebendort einen offenbar aus einem Buch herausgetrennten Stich mit dem Portrait von Christian Doppler und für Lucia noch einen kleinen Zeichenblock aus Büttenpapier sowie Buntstifte, für später.

Niemand ist zuhause, als er nach Cannaregio zurückkommt. Er bleibt eine Weile an der Theke des Sullaluna. Mit Leonardo, dem Kellner, hat er sich angefreundet. Johannes trinkt ein großes Glas Wasser und ein kleines Glas Merlot und nimmt eine Flasche davon mit hinauf in die Küche. Keinen Malvasierwein. Beim Mohren mit der eisernen Nase neben Tintorettos Haus kauft er im Blumenladen einen großen Strauß buntgemischter Rosen, es ist ihm nach Farbe. Im Haus schließt er Fenster und Vorhänge und deckt den Tisch für drei. Antonio spielt auf einer Hochzeit in Asolo im Norden des venezianischen Festlandes, er muss alles annehmen, was sich bietet, seit die Unterstützung aus dem Palazzo fraglich ist. Dann hat Johannes keine Beschäftigung mehr für die Hände.

Nimmt den geborgten Paolo Sarpi zur Hand.

Blättert in den *Pensieri*.

„Il fine dell' uomo ... è vivere."

Er wartet.

Beginnt zu packen.

Gegen zehn erst kommt Valerie zurück. Legt Hut und Mantel ab, ultramarin ist ihr Kleid, raschelnder Taft bei jeder Bewegung. Eliena ist im Palazzo geblieben, einmal eine Nacht wieder in ihrem früheren Zimmer, bei der Mutter und den Geschwistern. Sie hat sie vermisst. Vielleicht auch ihre Kammerzofe und den Blick auf den großen Kanal allen Gepränges. Irgendwann wird Eliena Antonio verlassen, denkt Johannes, sie wird das einfache Leben satthaben und zurückkehren in das luxuriöse. Es wird Antonio das Herz brechen, vielleicht macht es ihn zum Virtuosen.

Valerie erzählt von Pracht und Größe des Palazzo Balbini, vom grünen Salon, dem blauen und dem großen goldenen, von den Handschriften, der Waffensammlung und dem chinesischen Porzellan. Erzählt von der kühlen, steifen Atmosphäre. Es ist spät, als sie das Abendessen bereitet, am Markt haben sie Lamm gekauft, der Rotwein passt gut dazu. Vom Turm der Madonna dell' Orto wehen die Schläge der großen Glocke herüber und mischen sich mit den zwölf stumpfen der Marziale.

Noch einen Kaffee?

Valerie dreht den Rosenstrauß in seiner gläsernen Vase rundum. „Weißt du, dass in verregneten Sommern eine Krankheit an den spätsommerlichen Rosenblättern ‚Sternrußtau' heißt?", fragt sie. „Ich kenne ihn aus meinem Garten hinter dem Bahnhof. Die Blätter bekommen gelb-schwarze Flecken und später fallen sie ab."

Sie schiebt ihm ihr Glas zum Nachfüllen über den Tisch. Sieht ihn lange an und sagt sehr still:

„Ich kann das Schwarz in Sternentau verwandeln."
Sie öffnet die Vorhänge, ein Fenster.
„Heute ist die Nacht dafür."
Weithin vor ihr die schlafende Stadt.
Das Sullaluna ist mit eisernen Balken verriegelt.
Die Gaslampe auf dem Tisch surrt leise.
Ihr Schein ist launisch.
Einmal ist er grünlich, einmal blau.
Keine Möwenschreie mehr.
Sie geht auf ihn zu.
Johannes löscht das Licht.
Entzündet eine Kerze, nimmt ihre Hand.
Das Treppenhaus ist dunkel.
Und dunkel ist die Dachkammer.
Und Valerie sagt:
„Nimm dein falsches Gesicht ab, Johannes – – .
Bei mir brauchst du es nicht."

*

Am letzten Abend spielen die Männer.

Es hat sich so ergeben.

Johannes hatte Lust, wieder einmal im Freien zu spielen, wie früher am Ufer der Metují. Er setzte sich einfach an einen der Tische der Bar am Rand des Kais, bestellte eine Karaffe Wein, und begann zu spielen.

… und spielt ohne Plan, streicht die Saiten in Dur und Moll, zupft ein flottes Pizzicato, trinkt einen

Schluck, Leonardo setzt sich dazu, ein paar Passanten bleiben stehen, das Orange der untergehenden Sonne lässt die Ziegelmauer der Serviten erglühen, Valerie und Eliena kommen mit dem Kinderwagen von Einkäufen zurück, Johannes sieht kurz auf und lacht verlegen, er ist nicht gerne im Mittelpunkt. Inzwischen hat Leonardo die übrigen paar Tische um den Spieler gruppiert, Gäste nehmen Platz und der Priester von der Marziale kommt herüber, bringt seine Laute mit und sie spielen zu zweit, finden ein paar Kirchenlieder, die sie beide kennen, *Großer Gott, wir loben dich, Herr, wir preisen deine Stärke… Te lodiamo, Trinitá, nostro Dio, t'adoriamo…*, ein paar Menschen stimmen ein und singen mit, und dann kommt Antonio, der Meister des Improvisierens, der die Musik im Blut hat, wie die Leute sagen, er kommt von einer Probe aus Verdis *Un ballo in maschera* und ist bestens gelaunt. Als er die Szene sieht, ruft er „Bravissimo, Giovanni!“, läuft in das Haus, bringt Geige, Klarinette und Trompete, Lucia schläft warm eingepackt in ihrem Wägelchen und die Männer spielen in den Abend und in die Nacht hinein, sie holen alle Mettau-Melodien hervor, die sie vor Jahren gemeinsam gespielt haben, Volkslieder und Walzer durcheinander, spielen Vivaldis und Mozarts, Smetanas und Antonín Dvořáks, Johannes hat viel vergessen, aber er schwindelt sich über die Lücken hinweg, Antonio ruft ihm die Akkordwechsel zu und sie spielen, zwei Hasardeure des Augenblicks, spielen sich in einen Rausch, bis sie nicht mehr können. Sie trinken, das geht aufs Haus!, ruft Leonardo, auf der Brücke haben sich Neugierige versammelt, die auf Weiteres warten, immer mehr Nachbarn kommen, der Marziale-Priester bringt ein paar Flaschen Messwein und der Obsthändler reife, weiche Feigen und blaue Trauben. Johannes, dem der Schweiß über die Stirn und in den Bart rinnt, sieht sie vor sich und sie verwandeln sich in das Dunkelviolett der fast verschrumpelten Zwetschken, die er Mitte Oktober von den Bäumen vor seinem Haus geerntet hat, im Winter wird der Nachbarbauer die Früchte gemeinsam mit den eigenen zu Schnaps brennen, er wird unter dem breiten Vordach seiner Scheune sitzen und der Rauch aus dem erhitzten Kupferkessel wird in die Schneenacht steigen, in die klirrende Kälte – –

Johannes schüttelt sich und trinkt.

Hier ist Venedig!

Er atmet Venedig – es ist dieser eine Abend dieses einen Jahres dieses einen einzigen Lebens. Hier ist das Viertel der Misericordia, das Sullaluna und immer noch die Wärme einer südlicheren Nacht. Die kleine Maria unter dem Blechbaldachin löst ihre erstarrte Hand und grüßt ihn. Er fühlt sich schwerelos und es ist genug. Der Himmel ist ein anderer als zuhause und er ist ein anderer und Antonio beginnt wieder zu spielen,

– er spielt ein rasendes Tempo, wechselt von der Geige zur Klarinette und wieder zurück nach Willkür und Laune, nimmt mit einem Seitenblick auf Johannes die Trompete zur Hand, bläst wild und verwegen in die Nacht, die Menschen springen auf und applaudieren und die Fische im Rio beginnen zu tanzen, jetzt, ja, jetzt greift sich Johannes selbst die Trompete!, er springt auf, bläst mit seinem bartverdeckten Mund einen kurzen, schiefen Ton, Georgette sieht ihn bestürzt, dann ermunternd an, er bläst noch einen Ton und der ist nicht besser, er lacht, gibt das goldene Ding Antonio zurück, dreht sein Cello auf dem metallverstärkten Stachel mehrmals rundum, setzt sich wieder nieder an den Rand der Fondamenta und spielt eine langsame, zärtliche Melodie. Leise beginnt ihn Antonio zu begleiten. Die Sterne stehen über der Marziale.

Es ist Frieden.

Und Johannes spielt,
spielt wie nie in seinem Leben
und selbstvergessen spielt er sich
in eine lindgrüne Ewigkeit.
Und ist erlöst.

II

Reiher stehen im hohen Schilfgras, ein Schwarm weißer Vögel fliegt auf. Der Zug fährt durch die Marschlandschaft der nördlichen Adria. Graublau ist das Meer und unbewegt geht es in das Graublau des Himmels über. Der Mann im Zug ist ein Passagier des Vorüberziehenden.

Er ist müde.

In Triest erwartet ihn Lukas Jančar.

Ein Pferdegespann steht bereit. Damian, ein Cousin, ist gekommen, um Lukas und den Freund abzuholen. Tiefe Schluchten des Rižanatales und Karstgestein. Je höher sie kommen, desto heller und lockerer werden die Wälder, Schirmpinien, Föhren und Macchia. Dann Wiesen und Felder auf einer buckligen Hochfläche. Locker verstreut liegen die Häuser des Dorfes Hrastovlje. Die alte Großmutter, sagt Damian, sie gehe auf die hundert zu, warte schon seit Tagen und würde alle zur Verzweiflung bringen mit immer neuen Wünschen in der Küche. Der ferne Enkel aus Molln ist ein seltener Gast, es sei wohl zum letzten Mal, dass sie ihn umarmen könne.

„Bitte, Damian, bring uns zuerst zur Kirche hinauf, du weißt schon“, sagt Lukas, „wir kommen dann zu Fuß zum Hof.“

Der Fußweg führt bergauf, vergilbt ist das Gras rundum, an der Südseite wächst ein wenig Wein. Das

Steinkirchlein von Hrastovlje ist zur Krönung eines Hügels erbaut. Wie eingewachsen steht es auf steinigem Grund, umgeben von einer hohen Wehrmauer mit vier verfallenden Ecktürmen. Überraschend gewaltig mutet das Ensemble aus der Nähe an, eine kleine Trutzburg, aus deren Mitte gerade noch der Glockenturm ragt. Welche Feinde haben sogar diesen gottverlassenen Ort gefunden und bedroht?

Als Lukas das Kirchentor aufsperrt, hält ihn Johannes zurück.

„Warte einen Moment. Ich muss dir etwas sagen, Lukas, und sei nicht enttäuscht, ich bitte dich darum. Ich sag es dir ganz einfach so – “

„Ja?“

„Ich will den Bart nicht mehr.“

Lukas blickt erstaunt auf.

„Ich brauche kein zweites Gesicht.“

„Jetzt nicht mehr?“

„Nein, Lukas, jetzt nicht mehr... In Venedig, weißt du, ist viel geschehen. Alles, was ich je – –“

„Sei still, Johannes. Ich kann mir denken, was du meinst.“

Die Minuten springen vor ihnen her wie ein Iltis auf der Flucht. Die kleinteiligen Felder sind abgeerntet, braun und steinig liegen sie zwischen großen Karstbrocken. Ein Schwarm von Feldschwirrln lässt sich auf den Weinstöcken nieder. Die Geräusche des ländlichen Alltags sind zu hören und aus der Ferne eine Sprengung, wahrscheinlich aus einem der Steinbrüche der Gegend, in denen Kalk abgebaut wird. Er hätte die venezianischen Gastgeber nicht verwirren wollen, sagt Johannes, darum hätte er bis heute gewartet, um den Bart abzunehmen. Sein Entschluss würde jedoch feststehen.

Lukas schweigt. Schließlich sagt er, mit einem warmen Ton in der Stimme:

„Vielleicht hast du recht, Johannes."

„Du bist nicht gekränkt?"

„Nein, bin ich nicht."

„Das erleichtert mich."

„Du bist stark genug für dich."

„Du glaubst – –"

„Es war ein Versuch, lieber Freund. Vielleicht war's auch mein eigener Ehrgeiz, etwas so Kompliziertes zu bauen. Dann entschuldige ich mich."

„Nein, Lukas, das brauchst du nicht! Es war meine Eitelkeit. Und meine Sehnsucht, ganz *normal* zu sein. Wieder *ganz* zu werden, oder, mehr als das, ein *Anderer* zu werden. Aber das geht nicht. Niemand kann sich auf die Dauer verstellen, ohne lächerlich zu werden. Auch nicht vor sich selbst."

Johannes fixiert Gras und Steine zu seinen Füßen. Schaut dann auf in Lukas' Augen, zögert.

„Es hat mir nur jemand deutlich machen müssen, dass es auch nicht notwendig ist."

Und stiller noch nach einer Weile:

„Dass einem mehr gegeben ist, als einem fehlt."

Schweigen, lange und gut. Dann nimmt Lukas Jančar Johannes bei beiden Schultern und schüttelt ihn. „Komm her! Machen wir's nicht so theatralisch, Johannes! Wie zwei Idioten stehen wir vor dem, den man den *Sensenmann* nennt, und reden um den heißen Brei. Wir leben doch und sterben müssen wir alle, aber noch leben wir und leben so, wie's uns am besten möglich ist. Das ist doch genug, oder?"

Sie lachen und beide machen sich am verankerten Bart zu schaffen und nehmen vorsichtig das falsche Gesicht ab. Die Haut ist leicht gerötet, Johannes fährt sich mit beiden Händen über Wange und Kinn und reibt die Reste des weichen Klebstoffs ab, reibt, bis alles glatt ist, macht einen tiefen Atemzug und jedes weitere Wort würde alles verderben.

Lukas öffnet das schwere Tor in den Innenraum des Kirchleins. Dunkles Gewölbe, die Zeit hat daran gebaut, von der Romanik bis zur Renaissance. Dort, wo der Verputz abblättert, sind im gesamten Kirchenraum Spuren von verblassten Fresken zu sehen. Aber da, an der südlichen Wand, da sind sie unterwegs: Die Brüder und Schwestern jeglicher Gegenwart und dazwischen er, der Unerbittliche. Ein mittelalterlicher Totentanz zieht sich von der Apsis bis zur Tür. Ein vielleicht ein Meter breites Freskoband über das Geborenwerden, den Gang durch das Erdenleben und das Ende im frisch geschaufelten Grab. Bürger, Bauer und Edelmann sind da, Kaiser, König und Bettelmann.

Zwischen jeder einzelnen Figur oder Figurengruppe schreitet leichtfüßig und grazil der Tod. Als nacktes Gerippe nimmt er alle an der Hand, er ist gerecht, er kennt keinen Unterschied. Unbarmherzig führt er die Karawane der Menschen ihrer Bestimmung zu. Wohin die Figuren unterwegs sind, scheinen sie selbst nicht zu wissen. Fragend schauen sie den Betrachter an.

Es ist vollkommen still.

Der Tod hat keine Sense geschultert.

Die beiden Männer verlassen die Stätte, gehen den Hang hinunter und jenseits wieder hinauf zum Bauernhof der Großmutter, die, umgeben von weißbraun gesprenkelten Hühnern, auf der Hausbank wartet. Sie gehen zu einer großen Familie, die sie herzlich willkommen heißt. Sie bekommen den Ehrenplatz unter dem Kruzifix am großen, eckigen Tisch, der übervoll gedeckt ist mit verführerisch duftenden Gerichten.

*

Café Landsiedel auf dem Steyrer Stadtplatz.

Johannes liest Zeitung.

Sonne fällt auf den Fenstertisch.

Es ist der 4. Mai des Jahres 1915.

Alles Blut weicht aus seinem Gesicht.

Am 2. Mai hat sich Clara Haber-Immerwahr erschossen.

Seit Monaten brennt Europa.
Am 28. Juli 1914 hat der große Krieg begonnen.
Die Friedensworte sind erstorben.
Es sterben die Soldaten.
Clara hat es gewusst.
Pervertierte Wissenschaft, vergastes Leben.

Mit verbissener Energie sucht Johannes alle Details zu Claras Selbstmord zusammen: Am 22. April 1915 setzt das deutsche Militär unter der wissenschaftlichen Leitung von Fritz Haber in der zweiten Flandernschlacht bei Ypern erstmals Giftgas ein. Als Chemikerin hat Clara Haber-Immerwahr die grauenhaften Folgen vorausgesehen, öffentlich davor gewarnt und sogar ihren Mann brüskiert. In der Nacht, in der Fritz Haber von Militär und Politik in der eigenen Villa in Berlin-Dahlem siegestrunken gefeiert wird, erschießt sie sich mit der Dienstpistole ihres Mannes.

Der elfjährige Sohn findet die Leiche.

Am Morgen, im Garten, blutüberströmt.

Herr Prof. Dr. Fritz Haber, dekoriert mit Ehrenzeichen, fährt noch am Abend desselben Tages an die Ostfront.

Johannes wartet auf einen Abschiedsbrief.
Wie er den Berichten der Dienerschaft in den Zeitungen entnimmt, hat Clara in dieser letzten Nacht noch Briefe geschrieben. Es können nur Abschiedsbriefe

gewesen sein. Keiner wurde je gefunden. Nie hat Johannes einen erhalten.

*

Arthur ist vermisst.

Seit der Schlacht um Lemberg im September 1914, in der die k.u.k. Armee der vielen Völker und vielen Sprachen schwere Verluste erlitten hat, wird Arthur vermisst. Seit mehr als einem halben Jahr keine Nachricht. Jetzt kann Johannes nicht fort, jetzt kann er sein Leben nicht ändern. In der Bachleithen herrscht Arbeitslosigkeit. Die bestehenden Aufträge sind storniert, neue gibt es nicht – Russland ist der Feind, in die USA sind die Transportwege gesperrt, Galizien und die baltischen Länder sind Kriegsschauplatz und die Türkei ist im Krieg mit Russland, England und Frankreich. Kein Land braucht neue Sensen. Die Männer sind alle im Krieg.

In den Dörfern rund um das Steyrtal treffen täglich Todesnachrichten ein. Schon jetzt sind ganze Familien im männlichen Stamm ausgelöscht: Karl Wagner, Anton Wagner, Hubert Wagner, Virgil Wagner, Josef Wagner… Der Vater, der Mann und die Söhne. Das Wort „Vaterland“ hat Konjunktur. Jetzt kommen die Albträume wieder. Der Sensenmann lässt einen Bruder tanzen, der hat schwarzes Glatthaar und ein groteskes, hässlich-schwarzes Bärtchen unter der Nase, er mäht die Menschen mit hysterischer Freude, sie fallen. Ein anderes Mal stopft er sie in einen riesigen Trichter und es macht ein ohrenbetäubendes Gerassel, wenn sie durch die Enge in den Orkus fallen, der dem zerschossenen Hügel von Chlum gleicht, und Johannes sieht einen einzigen sterben und flehen, nur einen, einer fleht, einer stirbt, einer ist tot und einer ist zu viel – – und er erwacht schmerzgepeinigt und nass von Schweiß. Tagelang kann er nichts essen.

Gleichmütig fließt der Rinnerbergerbach durch Wiesen und Gehöfte in die Steyr.

Blank ist der Morgen.

Verstörend schön und voll von Gesang.

Der Föhn mischt mit aggressiver Luft die Farben auf, die Ahornbäume leuchten in brennendem Rot, die Flüsse sind angeschwollen vom Schmelzwasser aus dem Sengsen- und dem Toten Gebirge.

„In dieser großen Zeit“ hat Karl Kraus seinen Titelessay in der *Fackel* zum Kriegsausbruch genannt. In der Februarnummer 1915 widmete er einen Teilertrag bereits dem Kriegsfürsorgezweck und den Lazaretten, in denen jene Verwundeten liegen, denen „Lippen und Mund weggeschossen sind. … Nein, ich bin nicht verpflichtet, den Haß zu arretieren, wenn die Schande am Tage bloß geht.“ Die Offiziere hingegen, so Kraus, hätten „immer noch a Hetz.“

Seit Johannes in der *Fackel* wiederholt eine Annonce für den *Brenner,* die Innsbrucker *Halbmonats-*

schrift für Kunst und Kultur, gesehen hat, hat er die Zeitschrift zur Probe für drei Nummern bestellt. Wie er schnell feststellen musste, war sie ein Blatt für Eingeweihte. Er war enttäuscht, denn er verstand kaum etwas vom Inhalt. Er selbst war nur ein beflissener Dilettant im Reich der großen Worte und Ideen, er wusste es sehr wohl. Von Zeit zu Zeit jedoch liebte er exzentrische Glanzlichter, die ihm sowohl sein diskussionsarmes Leben erhellten als auch sein mühsam erworbenes Selbstwertgefühl stärkten. Das Pochen der Schmiedehämmer hingegen zeigte ihm, woran er sich dauerhaft halten sollte: An den Rhythmus der kleinen, tatsächlichen Schritte, an Geduld, den Glauben an ein mögliches Gelingen und die Freude an einem guten Werkstück.

Im jüngsten *Brenner* stößt Johannes auf das letzte Gedicht eines Schriftstellers, den Karl Kraus liebte und förderte und mit dem er in einer anderen, unvorstellbaren Zeit des Friedens in Venedig gewesen war. *Grodek* heißt das Gedicht und Georg Trakl der Dichter, von dem er selbst als aufmerksamer Leser bisher noch nichts gehört hatte. Nach der Schlacht von Grodek bei *Lemberg* – hier horcht Johannes auf –, habe Trakl einen Selbstmordversuch unternommen. Er sei daraufhin in das Garnisonsspital von Krakau eingeliefert worden, wo er sich mutmaßlich mit einer Überdosis Kokain das Leben genommen habe. Siebenundzwanzig Jahre sei er alt gewesen.

Grodek liegt in der Nähe von *Lemberg*?
Johannes sucht die Orte im Atlas.
Sie sind nicht weit voneinander entfernt.
War Arthur möglicherweise in diesem Schuppen?
Wäre das möglich gewesen?
Lemberg … Grodek … Er beginnt zu lesen.

Am Abend tönen die herbstlichen Wälder
Von tödlichen Waffen, die goldnen Ebenen
Und blauen Seen, darüber die Sonne
Düstrer hinrollt; umfängt die Nacht
Sterbende Krieger, die wilde Klage
Ihrer zerbrochenen Münder.
…
Und leise tönen im Rohr die dunkeln Flöten des Herbstes.
O stolzere Trauer! ihr ehernen Altäre
Die heiße Flamme des Geistes nährt heute ein gewaltiger Schmerz,
Die ungebornen Enkel.

Wieder und wieder überfliegt Johannes das Gedicht.
Schreibt es ab und heftet es an seine Bücherwand.
Und die Enkel, die geboren werden …
Werden wieder Krieg führen.

*

Monate sind vergangen. Über den Verbleib von Arthur gibt es nach vor keine Gewissheit. Peter

Grafinger ist an der Isonzofront stationiert. Ja, jetzt muss Johannes bleiben. Er ist es der Schmiede schuldig und den Menschen, die sie aufgebaut und zur Blüte gebracht haben und die für sie und von ihr leben. Er wird sich nicht schämen, den Frauen der Schmiedknechte und Taglöhner, deren Männer im Krieg sind, das Banalste zum Trost zu sagen: es wird vorübergehen. Verzweifelt, wie sie sind, werden sie ihm glauben.

Mit Grafinger war er noch übereingekommen, die Arbeitszeit zu verkürzen, um dadurch zwar nur einen geringeren Lohn auszahlen, jedoch mehr Leute beschäftigen zu können und ihnen zumindest ein minimales Auskommen zu ermöglichen. Einige werden in die Landwirtschaft übernommen, sie ist wichtiger denn je, denn zu kaufen wird es bald nichts mehr geben. Auch er selbst und Grafinger haben ihren Lohn reduziert, Margarethe war ebenso einverstanden.

Johannes versucht, Marie zur Seite zu stehen, soweit es möglich ist. Täglich kommt der Postbote. Täglich ist wieder keine Nachricht von Arthur dabei. Das vierte Kind ist ein Mädchen geworden, es wurde Esperanza getauft.

Valerie kommt, bleibt und muss wieder zurück nach Neustadt an der Mettau.

Frantischek ist in die tödlichen Schlachten an der Westfront geraten, Theresa tut Dienst als Krankenschwester im Lazarett von Nachod, das bald vor der anrückenden russischen Front weiter zurück in das Wallenstein'sche Schloss von Jičín verlegt werden soll. Falls eines der Kinder für ein paar Tage Urlaub bekommt, müssen sie wissen, wo sie Zuflucht finden. Die Bahnhofswohnung ist immer noch Hort der Familie, das will Valerie erhalten, selbst wenn sie vorübergehend nicht da wäre und von Antonin und Eliena in Venedig gebraucht würde.

Die Nachrichten aus Venedig sind beunruhigend. Der Palazzo Balbini ist verkauft, er war hoch verschuldet. Theater und Opern sind geschlossen und Konzerte sind abgesagt, so muss Antonin um das Überleben seiner kleinen Familie kämpfen.

Monatlich schickt Johannes einen Geldbetrag in das weiße Haus von Cannaregio.

Leichten Herzens würde Valerie Czermak die Stadt auf dem Felsriegel über der Mettau verlassen. Hierher ziehen in dieses abgelegene Tal unter dem Rabenstein, um mit ihm zu leben, dem Cellospieler mit den sorgsamen Augen.

Aber es ist Krieg.

Neustadt hat sich verändert, es gibt Plünderungen und Feindseligkeiten auf beiden Seiten der tschechischen und der deutschen Nationalisten, die Bevölkerung ist aufgebracht und gewaltbereit. Das Reisen wird immer schwieriger, Anschlusszüge sind unpünktlich, manche fallen aus, da sie für Militär- oder

Verwundetentransporte gebraucht werden. Scharfe Kontrollen an jedem Knotenpunkt.

Verloren das Böhmische Paradies.

Verloren auch für Johannes.

Das kleine Haus am Ufer der Mettau war nicht mehr zu halten. Es war seelenlos und sinnlos geworden. Er verkaufte das Haus. Die wenigen Möbel übergab er einer Spedition, die mit Kriegsgut auf dem Weg in die Rüstungsbetriebe von Linz und Steyr war. Er ging auf den Friedhof, aber er besuchte Friedhöfe nicht gern. Das Fehlen von Vater und Mutter, von Franz und Karel, trug er als Gegenwart in sich, Stimmgabel aller schönen und schmerzhaften Erinnerungen. Dazu brauchte er keine Gräber. Einen kurzen Besuch stattete er seinem Musiklehrer ab, der einsam und etwas verwirrt im Altenasyl der Barmherzigen Brüder an der Kohenského trida lebte. Johannes wusste nicht, ob Herr Procháska seinen glühenden Dank noch aufnehmen konnte. An Frau Svobodová schrieb er einen Brief. Dann wartete er noch auf den Tag des Wochenmarkts. Schmal und ausgezehrt stand Branka vor ihrem Ziegenkäs. Kurz stob etwas auf in ihren Augen, als sie ihn sah, da trug sie die Nächte im gekräuselten Haar. Neben ihr stand ein kräftiger, fremder Mann. Johannes kaufte einen weißen, weichen Gupf Käse und ging. Der Stiegenweg hinunter an das Ufer der Metují kam ihm ziellos vor. Er setzte sich unter die Weide vor seinem ehemaligen Zuhause, das ihm die kalte Schulter zeigte.

Eine Weile sah er den Blättern im Kehrwasser zu, die Wind und Fluss hierhergetrieben hatten, wer weiß, von wo.

Es war nicht leicht, Abschied zu nehmen von einem Leben, das ein Leben war.

Ziegelrot erwartete ihn der Bahnhof. Die gusseisernen Schuhabstreifer standen unverändert am Rand des Perrons. In der Restauration brannte kein Licht, ebenso wenig in der Wohnung im ersten Stock. Der Zug nach Chotzen kam pünktlich. Johannes blickte noch einmal Richtung Westen, wo die Stadt, die einer Schlacht den Namen gegeben hatte, sowie der Hügel von Chlum zu ahnen waren. Er wandte sich ab und machte sich erleichtert bewusst, dass er Richtung Süden fuhr.

Als sie das nächste Mal in die Bachleithen kam, ist Valerie nur auf der Durchreise nach Venedig. Sie wird durch „Feindesland" fahren müssen. Denn seit Mai 1915 kämpft Italien auf der Seite der Alliierten gegen Österreich-Ungarn und hat sich, soweit aus den Geheimprotokollen durchgesickert war, als Beute die Alpengrenze bis zum Brenner, ganz Istrien und den größten Teil Dalmatiens ausbedungen. Hoffentlich wird sie die Grenze passieren können, sie, die böhmische Österreicherin. Den Adlerstein hat sie mitgenommen. Eleonora ist nicht schwanger. Aber mutlos und verzweifelt. Sie vernachlässigt Lucia, hat Antonin geschrieben und um Hilfe gebeten. Vielleicht hat der Stein auch in diesem Fall magische Kräfte.

Johannes wartet auf dem Bahnhof von Leonstein.

Unter dem Kastanienbaum steht die Pferdekutsche. Der Hofwirt gegenüber ist geschlossen und dient als Erholungsheim für Kriegsinvalide. Valerie steigt aus, er geht auf sie zu, mit glühenden Sinnen, im Dampf der Lokomotive, im Stampfen der Maschinenkolben.

Nur ihnen gehört der Augenblick.

Über dem winterlichen Land liegt eine beklemmende Stille. Wenige Tiere sind den Bauern geblieben, viele Pferde und Ochsen sind requiriert, viele Kühe geschlachtet für die Armee. Sieben Mitarbeiter aus den Werkstätten sind bereits gefallen, einer kam beinamputiert zurück, einer mit Bauchschuss. Abends stehen brennende Kerzen in den Stubenfenstern der Dörfler, damit einer, der von weither zurückkäme, nachhause fände. Adventkränze sind keine zu sehen.

Valerie hält sich viel im neuen Herrenhaus auf. Gemeinsam mit Marie wartet sie auf Post und sie wissen nicht, ob es eine gute oder schlechte Botschaft ist, wenn keine kommt. Bereits mehr als ein Jahr dauert das Warten. Wenn er nur noch am Leben ist …, sie würde ihn pflegen, sie könne alles ertragen, sagt Marie, wenn er nur wiederkommt, wenn er nur noch lebt … Monate vor Kriegsbeginn war Arthur aus Amerika zurückgekehrt, er war nicht untätig gewesen, hatte Unterlagen für technische Neuerungen, einen Großauftrag für blaue und einen für normale Sensen mitgebracht sowie einen dritten für Getreidesicheln. Es war etwas Neues zwischen ihm und Marie entstanden, in diesen bangen Monaten vor dem Krieg, in denen das Unheil zu spüren gewesen war. Ein Fronturlauber erzählt den beiden Frauen, dass er glaube, Arthur in einem Verwundetentransport gesehen zu haben, aber er wisse nicht, wohin der Zug unterwegs gewesen sei.

Leiser gehen die Schritte in der Bachleithen und leiser sind die Gespräche.

Über den Schauderzinken fegen die Schneestürme. Auf den Fludern treiben dünne Eisschollen, die an den Holzrechen zersplittern. Marie kommt oft zu Besuch in die *Buchenbücherei*, wie sie das Haus unter der Rotbuche nennt. Sie braucht Ablenkung und sucht die Nähe von Valerie und Johannes. Spät abends begleitet er sie über den eisigen Weg zurück nachhause, nur schwach erhellen Sterne die Dunkelheit. Aus einem der Zimmer im ersten Stock des Herrenhauses ist Weinen zu hören, auch die beschwichtigende Stimme des Kindermädchens. Marie umarmt den Mann, legt ihr Gesicht an seine Schulter. „Zeit zu zählen", sagt sie, als sie das Haustor aufsperrt, „verlorene Nächte zählen".

Auch Valerie ist unruhig. Sie weiß nicht, wohin. Sie soll und will überall sein, wo sie gebraucht wird.

Verzurrt und verzerrt alle Gedanken in den Krieg.

Lachen hört man keines.

Am letzten Abend spielt er Franz Schuberts *Notturno* für sie. Leid und Jubel und sanftes Verglühen.

*

Die Zahl der Arbeiter, die auf „dem Feld der Ehre" bleiben, wächst. Frühsommer 1916. Ein Ende des Krieges ist nicht in Sicht. Die Schmieden haben keine Aufträge.

Eine Schließung wird erwogen.

Massenentlassungen wären die Folgen.

Vor den Toren betteln Kinder um ein Stück Brot.

Da kommt eine Anfrage.

Eine Rettung?

Die Werndl-Werke aus Steyr fragen an, ob die Bachleithen nicht Ersatzteile für Gewehre und Kanonen herstellen könnte. Die Waffenfabrik sei am Ende ihrer Kapazitäten und könne der großen Nachfrage nicht mehr Herr werden. Durch die hohen Verluste und zur Verteidigung des Vaterlandes würde das Heer der k.u.k. Monarchie dringend Nachschub brauchen. Die Steyrer Werke wären auf die Unterstützung der Schmieden im Steyr- und Kremstal angewiesen. Wir alle, wir wären es der Heimat schuldig, stand im Nachsatz.

Die Anfrage war ein Schock für Johannes.

Ist Ablehnung des Angebots Vaterlandsverrat?

Zustimmung Mithilfe zum Töten?

Nein! Nein! Nein? … *und ich begehre nicht schuld daran zu sein – o Gottes Engel wehre – nicht schuld daran zu sein – –*

Kann er alleine bestimmen? Er ist zwar der Werksleiter, aber nicht der Eigentümer. Er verwaltet nur, es gehört ihm nichts. Jetzt geht es um das grundsätzliche Fortbestehen dreier bis vor kurzem blühender Schmiedewerke und deren Besitz an Wäldern, Landwirtschaft und Gewässerrechten. Darüber hinaus und vor allem um die Existenz vieler Menschen. Wer kann sagen, wie lange dieser Krieg dauern und wie die Welt danach aussehen wird?

Johannes bespricht sich mit Marie, die in Abwesenheit ihres Mannes die Rechtsinhaberin aller Liegenschaften ist. Über Arthurs Schicksal besteht nach wie vor Ungewissheit und immer weniger Hoffnung. Eilbriefe gehen zu Peter Grafinger, der einem Gebirgsjägerbataillon in 2000 Metern Höhe in den Schneestollen hoch über dem Isonzotal zugeteilt ist. Auch Euphemia wird in die Überlegungen einbezogen, ebenso der alte Werkmeister Hildebrand. Obzwar schon pensioniert, gilt er immer noch als Vertreter der Arbeiterschaft. Was tun?

Wenn tausend, tausend Väter, Mütter, Bräute,
So glücklich vor dem Krieg,
Nun alle elend, nun alle arme Leute,
Wehklagten über mich?

Fast eine Woche lang wird bis nach Mitternacht überlegt und abgewogen, hin- und hergewendet. Schwerwiegend sind die Argumente *für* die Annahme des Angebots. Erstens: Wäre es zu verantworten, bei notwendig gewordener Schließung rund einhundert Familien die Lebensgrundlage vollkommen zu zerstören und sie in noch größeres Elend zu stürzen? Zweitens: Der gesamte jahrhundertealte Besitz müsste für Arthurs immer noch erhoffte Rückkehr wenigstens halbwegs über die Runden gebracht werden. Drittens: Wäre es zu rechtfertigen, sich der „Verteidigung des Vaterlandes" zu widersetzen und damit dessen Niederlage zu beschleunigen?

Wie – auch in diesem Sinn?
In welchem überhaupt?
Was immer er tut –
Er wird schuldig am Tod unschuldiger Menschen.
Sagt er Ja, an den Feinden.
Sagt er Nein, an den eigenen Brüdern.
Bleibt also nur der Strick?
Oder tatenloses Zusehen?
Alles vergiftet.
Gedanken, Entscheidungen und die Wirklichkeit.

Ratlosigkeit. Schließlich entschlossen sich die Beteiligten, abzustimmen: Marie, Euphemia, Hildebrand und Johannes. Von Grafinger erwartete man täglich Antwort, am neunten Tag traf das Telegramm ein. Um keinen Keil in das ohnehin schwierige Zusammenleben in schwieriger Zeit zu treiben, kamen sie überein, schriftlich und geheim über Annahme oder Ablehnung des Steyrer Vorschlags abzustimmen.

Das Ergebnis war vier zu eins.

Für die Produktion von Waffenteilen.

Vier Stimmen dafür.

Eine dagegen.

*

Vorsichtig legt Johannes sein Cello in den hölzernen Kasten und umwickelt ihn mit weichen Tüchern. Er packt seine Seele ein. Die des Instruments oder seine eigene? Sonst hat er nicht viel, Bücher und ein paar Kleidungsstücke. Er verlässt das Haus mit der Rotbuche und dem Brunnen davor. Vorübergehend leitet Karl Hildebrand die Schmieden, sie sind in erfahrenen Händen. Er wird die Umrüstung der Maschinen mit einem Ingenieur der Steyrer Waffenfabrik reibungslos bewältigen.

Johannes wird sich nicht daran beteiligen.

Abschied, stechender Zweifel.

In Molln hat er eine kleine Wohnung gemietet.

Am Dorfrand, in der Nähe der Maultrommler. Lukas Jančar, der Freund. Geschickt und tatkräftig hilft er Johannes beim Einrichten. Abseits liegt das Haus, die Blasmusik ist hier nicht zu hören, die die immer neuen Rekruten zum Dorf hinausbegleitet.

Nahe genug jedoch an der Bachleithen.

Nahe musste es sein.

Es war keine Flucht.

Er ist nicht feig und stiehlt sich davon.

Als die Mobilmachung ausgerufen und Arthur eingezogen worden war, hatte er Johannes gebeten, sich auch privat um die Menschen zu kümmern, die er zurücklassen musste: Marie und die Kinder, verzweifelt und weinend, wie sie waren, sowie Euphemia, die alte *Herrin*. Mit erhobenem Kopf hatte sie Johannes gedankt, als er ging: „Für alles, was Sie bisher getan haben." Das hatte ihn sehr erstaunt und tiefer bewegt, als er ihr zeigen wollte. Und nach wie vor trägt er das Leben der Familien von Leonstein, Agonitz und dem Inneren Grubbach in sich, er kennt die meisten, nicht nur die Männer, auch die Frauen, viele von den Kindern, er hat sie heranwachsen gesehen … Ja, auch um sie will er sich weiter kümmern. Die Werke haben Arbeit, die Familien Brot, das ist gesichert.

Es soll jedoch nicht um diesen Preis sein.

Johannes sinnt auf andere Lösungen.

Er wird welche finden.

Muss sie finden!

„Für den Frieden" wagt er nicht mehr zu sagen.

Diese Zuversicht ist zersplittert.

Vielleicht für die Geschichte seines Lebens.

Für sein Geschick.

Johannes kann nicht mehr spielen.

Das Cello hat keine Seele mehr.

Der Krieg wird ein Ende nehmen, sagt Lukas.

Und zieht seine Maultrommel aus der Lodenjacke.

Setzt zu einer Volksweise an und bemerkt nebenbei: „Wir planen etwas Neues. Wollen einmal ausprobieren, wie das zusammenklingt: Maultrommel, Klarinette und Bassgeige. Oder Cello. Willst du nicht mitspielen?“

*

Kalter Regen fällt auf die Felder nieder.

Juli 1916.

Im Westen der erbitterte Kampf an der Somme.

Im Osten die Schlacht um Wolhynien und Galizien.

Brussilow-Offensive, verlustreich wie noch keine.

Ich glaub an Wunder, sagt Marie.

An der Isonzofront Einsatz von Giftgas.

Lastautos mit Kriegsgut verlassen die Bachleithen.

Die Grundschule von Leonstein ist geschlossen.

Der Lehrer ist im Krieg, die Lehrerin im Lazarett.

Das Wasser der Steyr ist smaragdgrün.

Die Kornfelder reifen.

Warmer Regen fällt auf die Wiesen nieder.

Hell und offen liegt ein Ort über der Steyr.

Hat ein lebhaftes Gemeinwesen, hält die Zeit.

Valerie ist zurück aus Venedig.

Sie war lange fort.
Zum ersten Mal sieht sie Molln als Möglichkeit.
Zwei Zimmer, ein eingefriedeter Garten.
Sternrußtau, Sternentau.

Einmal erwachen sie vom schleifenden, singenden Ton einer Sense. Auf der Wiese vor dem Haus mäht ein Mann Grünfutter für seine Kühe und Kälber, die ihm geblieben sind. Breitbeinig steht er auf der Erde.

Duft von frisch gemähtem Gras.
Sensenschnitt, singender Ton.
Melodie der Besänftigung.
Dann sprechen sie vom Vielleicht.
In einem Jahr, vielleicht in zwei.
Wenn – – dann – –
Dann – –
Vielleicht Venedig.
Vielleicht bleiben.
Am Spiegelwasser der Giudecca.
An der Bucht der Misericordia.
Auf dem siebenwegigen Campiello del Sol.
An der kobaltblauen Schulter des Himmels.

***

PRÉLUDE FÜNF

Plötzlich ist es dunkel. Keine Musik. Stille. Langsam stehen die Menschen auf und verlassen den Raum. Die Vorstellung ist für heute zu Ende.

Am nächsten Tag komme ich wieder. Warte. Dann setzt mit einem Schlag die Musik ein, die gebrochene Leinwand beginnt zu flimmern, die Ebenen verschieben sich und das Spiel fängt von neuem an. Da kommen sie alle wieder, die ich schon kenne, die Krüppel und die Hoffenden, die Geschlagenen und die Leichtsinnigen, die Kinder, Männer und Frauen der Karawane des Lebens, alle kehren zurück auf die Bühne der Erwartungen. Die Bilder werden ausradiert und wieder neu entworfen und der Staub der Kohle zerstiebt in der aus den Fugen geratenen Zeit. Im Rausch von Trommeln und Trompeten, von Zimbeln, Geigen und Posaunen, von Klarinetten und Kalimba, im Flimmern und in der Beschwörung des Schicksals, zieht ein leiser, steter Ton über den Sand der Welt. Der Ton eines Cellos.

Es ist früher Tag, niemand sonst im Museum der Moderne. Nur für mich taucht von links die Prozession der Menschen auf und geht ins Nichts. Und da ist auch er wieder, der Mann im langen, weiten Gewand, auf den ich warte, der in manischen Drehungen in die Gegenrichtung tanzt,

gegen den linearen Fortschritt des Kommenden.
Er ist der Widerstand.

Aber eine Figur fehlt. Es ist jene, die einen Stoß von
Blättern in der linken Hand trug und mit der Rechten
ein Blatt nach dem anderen über die Schulter warf
und zur Erde taumeln ließ. Keine Figur, keine Zettel,
keine Schrift? Ist die Geschichte zu Ende erzählt?
Keine Geschichte ist je zu Ende erzählt.
Auch die nicht, die geschrieben stand und die ich zu bergen
suchte vor den achtlosen Schritten der Vielen, die über das
Schicksal dieses einen einzigen Menschen hinweggingen,
über sein Leben, sein Leiden und sein Lieben.

Die wichtigen Fragen eines Lebens beantwortet jedoch
nur das Leben selbst – man kann davon erzählen,
aber tief in seinem Grund bleibt es Geheimnis,
bleibt ein Wimpernschlag zwischen Tag und Nacht.
Und wenn wir erwachen, kann es geschehen,
dass die Bilder, die wir in uns tragen, verwandelt sind,
denn nie ist der Ort, an den wir zurückkehren,
derselbe, den wir verlassen haben.
Es kann geschehen, dass das Gesehene und das Erlebte,
das Gedachte und das Erträumte sich vermengen
und ineinanderfließen, befremdlich und schön.
Und dass neue Bilder entstehen in der Gedankenmusik
einer Geschichte, in der jetzt, nur für einen Augenblick,
ein Paar auftaucht, es dreht sich zu einer Walzermelodie,
die Frau trägt ein langes Kleid in Ultramarin,

der Mann ein versehrtes Gesicht
und es scheint,
dass das Paar nicht mit der Karawane gezogen,
sondern dem Tänzer des Widerstands gefolgt ist.

Langsam verebbt das Fanal der Musik.
Es ist nur noch der leise Celloton zu hören.
More sweetly danse the dance.
Morgen, ja, vielleicht …

***

DANK

An alle, die diese Arbeit begleitet, ermuntert und bereichert haben. Herzlichst gedankt sei meinem Mann: für alles. Zum Thema Musik: Wolfgang Danzmayr, Hubert von Goisern, Karl Müller, Rudolf Pacik, Götz Teutsch, Franz Wimmer, Shane Woodborne, Gerald Zenz; Bruno Koppensteiner, Kurt Mitterer, Erwin Niedermann. Zum Thema Medizin: Erwin Bernauer, Raimund Margreiter, Christian Rippel.
Für weitreichende Anregungen und intensive Gespräche: Max Blaeulich, Elke Laznia, Karl-Markus Gauß, Petra Horn, Jaroslav Rudiš, Heinrich Schmidinger, Ilija Trojanow sowie Ilse und Christof Zeitlinger für die umfangreichen Unterlagen und Auskünfte zur Thematik der Sensenindustrie. Für Hilfe in Detailfragen: Korbinian Birnbacher, Sabine Coelsch-Foisner, Uta Degner, Jiří Hladik, Eugen Horn, Erna Kletzmair, Tanja Krombach, Ludwig Laher, Radek Malý, Dana Pfeiferová, Roman Reisinger, Ursula Schachl-Raber, Georg Schmidberger, Peter Maria Schuster, Wolfgang Schwarz, Giorgio Simonetto, Georg Steinwendtner, Michaela Steinwendtner, Hans Uhl, Hildegunde Wascher und Hans Weichselbaum.
Mein besonderer Dank gilt Christine Rechberger und Ludwig Hartinger, die mit Sorgfalt und Ideenreichtum dieses Buch lektoriert und ihm Gestalt gegeben haben. Ebenso der Literar-Mechana Wien für die Ermöglichung von Recherche-Aufenthalten und ruhigen Schreib-Zeiten.

Literaturhinweise:
Das *Kriegslied*, das sich als Motiv durch das gesamte Geschehen zieht, stammt von Matthias Claudius. Der Roman verwendet weiters Zitate von: H. C. Artmann, Gerald Bisinger, Lal Ded/ übersetzt von Ilija Trojanow, Theodor Fontane, Andreas Gryphius, Ludwig Hartinger, Heinrich Heine, André Heller, Friedrich Hölderlin, Wilhelm von Humboldt, Karl Kraus,

Heinrich Mann, Wilhelm Müller, Paolo Sarpi, Georg Trakl, Kurt Tucholsky, Giuseppe Ungaretti/übersetzt von Ingeborg Bachmann. Im Fließtext: Anja Golob, Sandor Marai, Friederike Mayröcker, Raoul Schrott, Patrick Syme, übersetzt von Frauke Bahle.